개뿔 같은 내 인생

개뿔 같은 내 인생

하응백 에세이집

1판 1쇄 발행 | 2021. 12. 1

발행처 | **Human & Books**
발행인 | 하응백
출판등록 | 2002년 6월 5일 제2002-113호
서울특별시 종로구 삼일대로 457 1409호(경운동, 수운회관)
기획 홍보부 | 02-6327-3535, 편집부 | 02-6327-3537, 팩시밀리 | 02-6327-5353
이메일 | hbooks@empas.com

ISBN 978-89-6078-753-7 03810

※ 이 책은 서울특별시, 서울문화재단 '2021년 창작집 발간 지원사업'의 지원을 받아 발간되었습니다.

개뿔 같은 내 인생

하응백 에세이집

Human & Books

차례

3부 / '오늘 하루만이라도'라는 시

4부 / 꼰대의 사명

5부 / 이 아름다운 지구에

손의 기억

중학교 1학년 때다. 학기 초에 국어 선생님은 작문 숙제를 냈다. 중학교 입학 소감을 써 오라는 거다. 그게 선생님의 눈에 들었는지 한 학기에 한 번 발간하는 학교신문에 내 글이 조그만 사진과 함께 실렸다. 제목은 '중학생이 되어서'다. 중학생이 되었으니, 부모님과 선생님 말씀도 잘 듣고 공부도 열심히 하는 모범생으로 성장하여 나라의 동량(棟梁)이 되겠다는 거창한 포부를 밝힌 글이다.

시간이 가면서 글의 계획대로 삶이 살아지지 않았다. 뭔가 일이 터져 조용히 공부만 할 수는 없었다. 중학교 2학년 때부터 이웃의 경북여고 여고생을 좋아했지만, 그 여고생의 여동생이 초등학교 6학년인 주제에 나를 좋아하는 바람에 사태는 심각하게 꼬이고 어긋나 버렸다. 그 사태를 해결하기 위해 나는 언니와 동생에게 아주 심중한 편지를 여러 번 썼다.

내 편지의 힘이 아니라 그 집이 이사 가는 바람에 모든 게 간단히 해결되었다. 인간의 노력보다 운명의 힘이 더 막중하게 작용할 때도 있다. 하지만 편지를 썼던 손의 기억은 두고두고 남았다.

그 손의 기억으로 인해 글을 쓰는지도 모르겠다.

2021년 늦은 가을 제주도로 참돔 낚시를 갔다. 배 뒤편에 붙여놓은 문구가 눈에 들어왔다.

"누구나 그럴싸한 계획을 가지고 있다. 꽝치기 전에는"

이 문구를 보고 처음에는 너무 그럴듯해 웃었다. 출조하기 전에는 몇 마리를 잡아 누구를 주고 어떻게 요리해서 누구와 먹고 하는 일련의 계획이 있다. 그러나 막상 낚시하다 보면 꽝 칠 때가 자주 있다. 본문에도 나와 있지만 낚시가 안 되는 이유는 108번뇌보다 더 많다. 배에 붙은 이 말이 재미있어 페이스북에 올렸더니 누군가가 이 말을 한 원조는 미국의 권투선수인 '핵주먹' 마이크 타이슨이라고 알려 주었다. 원문은 이렇다. "Everyone has a plan, until they get punched in the mouth." 굳이 번역하면 이렇게 된다. "누구나 계획은 있다. 턱쭈가리에 한 방 맞기 전에는." 대결을 앞두고 도전자가 뭐라고 하자, 타이슨이 대응한 말이다. 도전자는 시합에서 한방에 KO가 되었으니 계획은 무슨 개뿔!

이 책에 나오는 내용은 대부분 계획대로 못 산 이야기다. 계획대로라면 나는 장교로 군대에 가서 6개월 만에 전역을 해야 했고, 모교의 교수가 되어 안식년을 만끽하고, 해마다 겨울이면 플로리다나 바하마 제도에서 낚시를 즐겨야 했다. 그것도 아니라면 출판사 20년 정도 운영에 대형 베스트를 내어 빌딩 하나 정도는 소유하고 있어야 했다. 다 개뿔이다.

그래도 글을 쓰고 가끔 낚시도 가니 그나마 다행이다. 계획대로는 못 살았지만 다행인 이야기도 이 책에 출연한다. 그러니까 이 책은 슬프기도 하고 웃기기도 한 그런 이야기이다.

1부는 낚시, 2부는 문학, 3부는 역사, 4부는 잡탕, 5부는 페이스북에 올린 글 중에서 책으로도 읽을만한 걸 추렸다.
오래된 손의 기억이 여기까지 왔다.

2021년 늦은 가을
하응백

1부

잔인한 인간, 그대 이름은 낚시꾼

낚시는 '개고생'

주변에서 낚시꾼으로 소문이 나면, 잡은 물고기 맛 좀 보게 해달라는 분들이 있다. 실용적인 분들이다. 실천적인 분들은 낚시 갈 때 꼭 한 번 데려가 달라고 한다. 낚시는 안 해 봤지만, 전문가를 따라가서 푸른 바다에서 낭만도 즐기고 손맛도 보고 싶다는 거다. 말끝에 "혼자 신선놀음하지 마시고"라는 말을 덧붙이기까지 한다. 이 글을 읽고 동참할지를 판단하시기 바란다.

낚시 가기 직전의 풍경은 대개 비슷하다.

"새벽 1시 경부 만남의 광장에서 만나요"라고 일행들과 카풀을 위한 통신을 하고, 퇴근 후 낚시 준비에 들어간다. 낚싯대와 릴 등의 장비를 점검하고 채비를 준비한다. 미리 바늘을 묶고 오징어와 같은 미끼를 썬다. 두어 시간 눈을 붙이면 좋으련만 첫 미팅에 나가는 대학 신입생처럼 마음이 설레 좀처럼 잠을 이루지 못한다. 그럴 때는 슬그머니 욕실로 들어가 숫돌에 칼을 갈기 시작한다. 고기를 손질하고 회를 장만할 칼이다. 시퍼렇게 날을 세워 종이를 쓱 잘라보고는 혼자서 미소를 짓는다. 밤 12시쯤에.

마침내 새벽 1시, 경부 만남의 광장. 서너 명의 꾼이 모였다. 한 차에 옮겨타고 목적지로 출발한다. 이때가 가장 즐겁다. 그동안 각자 수집한 각종 조황 정보와 새로운 조법(釣法)이 등장한다. 수다도 이런 수다가 없다. 그때까지다. 남해건 서해건 바다에 도착하면 상황은 급변한다.

"집 나가면 개고생"이란 말이 한때 유행했다. 낚시 역시 '개고생'이다. 햇볕과 추위와 더위와 같은 기후적 요인이 우선 낚시꾼을 괴롭힌다. 햇볕이 강할 때는 자외선 차단제를 두텁게 바르고 모자를 쓰고 얼굴 가리개를 한다. 한여름에는 땡볕에 노출되면서 바다의 반사광까지 흡수하기에, 심하면 얼굴에 물집이 생기는 사람도 있다. 더위와 추위는 장난이 아니다. 바다에는 에어컨도 난로도 없다. 겨울에는 도시보다 적어도 체감 온도가 10도 정도는 내려간다.

날씨가 좋으면 다행이건만 그게 낚시꾼 의지대로 되지 않는다. 바람이 불면 배는 심하게 요동치기 마련이다. 선천적으로 멀미에 강한 사람도 있지만, 의외로 멀미에 약한 사람도 상당히 많다. 기골이 장대한 사내가 덩칫값도 못 할 때도 있다. 동해나 제주 근해는 특히 너울 파도가 심해서, 배를 타면서부터 멀미를 시작해 하루 내내 멀미에 시달리는 사람을 한두 번 본 게 아니다. 뱃전을 부여잡고 뱃속에서 노란 물이 올라올 때까지 바다에 물고기 밥을 주는 사람도 있다. 본인 스스로 민망하기도 하려니와 그 창피보다는 몸이 괴로워 견디기 어렵다.

파도가 심하게 쳐서 갑판으로 파도가 넘어올 때도 있다. 이럴 땐 온몸이 바닷물을 뒤집어쓴다. 어지간한 방수복을 입어도 속옷과 양말까지 다 젖어 여름에도 추위에 벌벌 떤다. 겨울에 파도를 뒤집어쓰면 뼛속까지 파고드는 한기로 인해 낚시는커녕 제대로 서 있기조차 힘들다. 이럴 땐 하필 이런 몰지각한 취미를 가졌는지 후회막급이다.

다행히 날씨가 좋다 해도 고기가 안 잡힐 때도 많다. 동풍이 불어서, 수온이 낮아서, 물이 탁해서 등등 그 이유는 수없이 많다. 그런 이유로 해서 거의 '꽝'을 치는 날이 다반사다. 예기치 않은 사고가 일어나기도 한다. 스크루에 해상 부유물이 감겨 표류할 때도 있다.

한 번은 서해의 한 항구에서 4시간이나 배를 타고 나가 낚시를 하는 중 선장의 다급한 SOS 교신을 들었다. "배에 기름이 떨어졌다, 구조하러 오라"는 내용이었다. 낚시꾼 20여 명은 처음에는 황당했고, 다음에는 불안해졌다. 마침내 엔진이 꺼지자 10톤 낚싯배는 일엽편주로 망망대해를 표류하기 시작했다.

승선했던 20명의 꾼들 대부분은 "이번에 살아나면 다시는 낚시 안 다닌다"고 각자의 신에게 맹세했다. 다행히 두 시간쯤 후에 1000톤급 해경선이 태극기 휘날리며 위풍당당하게 파도를 가르며 나타났다.

그때 같은 배를 탔던 꾼 중 몇 명은 10여 년이 지났지만 신을 배반하고 여전히 부지런히 낚시 다닌다. 숱한 전투에서 갖은 상처를 입었건만 그 상처는 영광의 훈장처럼 무용담이 되어 술자리에서 난무한다.

이제 눈치를 채셨을 것이다. 낚시의 환상은 그 무용담이 근원이었다는 것을. 냉정히 생각하시기 바란다. 현실은 낭만 너머, 대개는 '개고생'으로 존재한다.

낚시꾼의 '뻥'

'뻥'이란 속어가 있다. 뻥튀기에서 유래한 말인 듯한데 "무엇을 과장하여 이르는 말"을 뜻한다. '뻥'은 거짓말과는 어감이 좀 다르다. '뻥 친다', '뻥이다', '뻥 깐다' 등으로 활용된다. '구라'와 비슷한 의미이기도 하다. 이런 '뻥'을 자유자재로 구사하는 사람이 소설가 황석영 선생(그의 별명이 황구라) 말고도 좀 있다. 바로 낚시꾼이다.

'뻥'이란 속어가 있다. 뻥튀기에서 유래한 말인 듯한데 "무엇을 과장하여 이르는 말"을 뜻한다. '뻥'은 거짓말과는 어감이 좀 다르다. '뻥 친다', '뻥이다', '뻥 깐다' 등으로 활용된다. '구라'와 비슷한 의미이기도 하다. 이런 '뻥'을 자유자재로 구사하는 사람이 소설가 황석영 선생(그의 별명이 황구라) 말고도 좀 있다. 바로 낚시꾼이다.

수년 전 광어낚시를 하러 충남 태안 신진도항으로 갔을 때다. 배에 올라 본격적인 낚시 포인트까지 가는 데는 짧게는 30분, 길게는 두어 시간이 걸린다. 지루한 항해 중에 낚시꾼들은 배 후미에 모여 잡담을 한다. 생면부지의 사람들이 모여 오로지 낚시라는 화제로 이야기꽃을 피운다. 이때의 이야기는 '어마무시한' 대어를 잡았다거나 혹은 수십 마리를 잡아 아이스박스 하나를 가득 채우고도 남았다는 등의 무용담이 주를 이룬다.

"지난주에는 막판에 광어를 한 마리 올렸는데 빨래판 두 개를 붙여놓은 거만 했지 뭡니까."

이때 "뻥치지 마세요"라고 하면 절대로 안 된다. 자신도 '뻥'에 합류할 기회를 놓치기 때문이다. 다음 말이 이어진다.

"집에 가지고 가서 회를 떴더니, 동네 사람들 13명이 먹다 남았습니다."

"크긴 컸나 봅니다."

"윗 판만 뜬 겁니다."

광어로 회를 뜨면 아래 판과 윗 판이 각각 나오기에 하는 말이다.

이런 '뻥'이 나오면 후속타로 다른 꾼의 경험담이 계속된다.

"작년에 제주로 갈치 낚시 갔을 때 새벽에 한 마리 제대로 올렸죠. 10지 정도는 됐을 걸요. 용가리 저리 가라죠." 하면서 두 손바닥을 펴 보인다.

갈치의 크기는 사람의 손가락 너비로 표현한다. 가령 3지라면 손가락 세 개 정도 너비의 크기다. 보통 시장에서 보는 갈치의 크기가 3지 정도이고 4지나 5지는 대물이다. 그런데 10지라니. 이건 갈치라기보다는 괴물에 속한다. '뻥'도 심하다, 싶은 생각이 들 때쯤이면 누군가가 제지를 한다.

"에이 그런 갈치가 어딨어요? 내가 6지, 7지까지는 잡아봤지만, 10지는 듣도 보도 못했네."

그러면 10지의 발화자는 증거를 제시하기 위해 휴대폰 사진을 뒤진다. 대개 그 사진은 실수로 지워졌다. 그 사진이 실제 존재했는지는 그다지 중요하지 않다. 이미 다른 꾼이 또 다른 '뻥'의 세계로 일행을 인도하기 때문이다. 돌돔 대물과 힘겨루기를 하다가 용왕님을 알현하러 바로 수중으로 들어가 아직도 나오지 않는 추자도의 전설적인 낚시꾼 이야기가 등장하기도 한다. 그러다가 포인트에 도착하면 '뻥'은 신기루처럼 사라지고 꾼들은 실전에 돌입한다.

잡은 물고기에 비해 놓친 물고기는 세월이 갈수록 점점 자란다. 지난가을 뱃전까지 끌어올려 뜰채에 담으려는 순간 바늘털이를 하며 유유히 바다로 사라진 농어는 1미터는 족히 넘었을 것이고, 몇 해 전 남해에서 요동을 치면서 목줄을 끊고 코앞에서 달아난 우럭은 7짜는 되었을 것이다. 꾼들은 이런 추억의 대어를 첫사랑의 아련한 추억처럼 몇 마리씩은 마음 한쪽에 간직하고 있다.

남자들에게 군대와 군대 축구와 낚시 세계에서의 '뻥'은 무궁무진하다. 이중에서도 낚시꾼의 '뻥'은 유쾌하기까지 하다. 누구에게도 피해를 주지 않는다. 그게 거짓말과 다른 점이다. 주위에서 낚시꾼이 '뻥'을 친다면 사기꾼이라고 생각하지 마시라. 그의 황당하고도 황홀한 '뻥'을 제지하지 마시라. 침을 꼴깍 삼키면서 꼭 한번 먹고 싶다고 간절히 말해 보시라. 그러면 언젠가는 푸른 바다에서 갓 잡아 올린 싱싱한 자연산 우럭회와 광어회가 당신 앞에 차려질 것이다. 운이 좋으면 붉바리나 자바리나 돌돔과 같은 고급 어종을 맛볼 수도 있다. 그 푸른 잔치에 동참할 수 있다.

낚시 미끼 이야기

1.

낚시를 모르는 사람들은 보통 낚시 미끼 하면, 지렁이나 떡밥을 생각한다. 하지만 지렁이와 떡밥은 붕어 낚시에 주로 해당하는 것으로 낚시꾼이 잡으려는 대상 어종이 달라지면 미끼 역시 달라진다. 붕어 미끼만 해도 수십 종이 넘고 잉어를 잡으려면 또 다른 미끼를 사용해야 한다. 바다낚시로 가면 미끼 또한 더욱 다양해진다. 갯지렁이, 크릴새우, 오징어살, 바지락, 민물 새우, 미꾸라지 등이 대표적인 미끼다. 감성돔 낚시에는 심지어 수박껍질도 동원한다. 아이들이 먹는 젤리 종류인 '왕꿈틀이'를 사용해서 노래미나 우럭을 잡는 낚시꾼도 본 적이 있다.

인조미끼를 사용하는 낚시를 통칭하여 루어(Lure)낚시라고 한다. 생미끼가 가지는 생물스러움에 기겁을 하는 사람이 많다. 이를테면 꿈틀, 미끈거리는 지렁이나 코를 쥐게 하는 강력한 냄새의 오징어 내장이나 꼬물거리는 구더기나 손톱을 찔러대는 가시로 무장한 성게 같은 그런 생미끼와 도저히 친해지지 않는 인간을 위하여 개발된 게 바로 인조미끼, 루어다.

숟가락 비슷한 데다 낚싯바늘을 단 스푼 루어가 있고, 플라스틱 재질의 벌레 모양으로 만든 웜 루어도 있다. 물고기 모양을 흉내 낸 것은 미노우라고 한다. 로버트 레드퍼드가 감독하고 브레드 피트가 출연한 영화 〈흐르는 강물처럼〉의 낚시 장면은 송어를 잡아내는 플라이낚시 장면이다. 플라이(Fly:파리) 낚시란 말 그대로 인조 파리를 미끼로 하는 낚시다. 송어나 산천어 같은 흐르는 물에 사는 물고기들은 강물 위에 떨어지는 곤충을 받아먹는 습성이 있다. 그 습성을 이용해 날벌레 모양의 인조미끼를 만들어 송어를 유혹하는 게 플라이낚시다.

하지만 가짜 파리는 가볍다. 가벼우니 멀리 날아가지 않는다. 이 때문에 라인의 원심력을 이용해 대상어가 있을 만한 곳으로 훅(바늘)이 달린 파리를 날려 보내야 한다. 〈흐르는 강물처럼〉의 낚시 명장면도 라인을 날리는 플라이낚시의 특성이 있었기에 잡아낼 수 있었다. 골수 플라이낚시꾼 중에는 강에 도착하면 먼저 날벌레부터 잡는 사람도 있다. 이들은 준비해 간 색실과 같은 여러 재료로 잡은 날벌레와 똑같은 모습의 벌레를 타잉(Tying:미끼 만들기)을 통해 새로 만든다. 자연물을 본뜬 인공물의 제작이다. 이렇게 낚시를 시작하여 자신이 만든 가짜 미끼로 물고기를 잡았을 때 엄청난 희열을 느낀다. 신(神)과 낚시꾼의 결합이 플라이낚시 하나에 들어 있다.

견지낚시를 아시는가? 한국의 전통낚시다. 대쪽으로 만든 납작한 외짝 얼레에 가는 줄을 감고 물의 흐름을 이용해 고기를 잡는 낚시다. 이 견지낚시의 미끼는 전통적으로 구더기를 쓴다. 물론 요즘은 미끼용으로 양식하여 낚시점에서 판다. 깨끗한 구더기다. 재래식 변소를 생각하면 안 된다.

견지꾼들은 구더기를 '구씨' 혹은 '덕이'라는 말로 좀 순화시켜서 지칭한다. 이 덕이를 두세 마리 바늘에 끼우는 것인데, 견지낚시를 몇 년 하다 보면 이 꼬물꼬물하는 덕이가 귀여워지는 순간이 온다. 견지로 큰 누치를 걸어내야 진짜 견지꾼이 되는 게 아니라 덕이가 귀여워지는 그 순간을 경험해야 진정한 꾼의 경지에 들었다고 말할 수 있다.

낚시를 다녀온 다음 간혹 덕이가 담긴 낚시가방을 차 트렁크에 싣고 다닐 때가 있다. 며칠 후 트렁크를 열면 수백 마리의 파리 떼가 하늘로 비상하는 장관을 목도한 경험 정도는 있어야 견지꾼이라고 말할 수 있다. 이런 견지꾼의 경지를 알 리가 없는 보통 사람들은 덕이를 보면 기겁을 하게 마련이다.

이 덕이란 놈은 온도가 높은 곳에 두면 금방 번데기가 되고 성충으로 탈피하기에 냉장고나 아이스박스에 잠시 보관하기도 한다. 통에 넣어 검은 비닐에 싼 채로 넣어두기에 다른 음식물과 절대로 소통할 수 없다. 하지만 검은 봉지에 비밀스럽게 싸여 있는 그것이 무엇인지 기어코 알고 싶은 냉장고의 주인 혹은 책임 관리자가 판도라의 상자를 열고 만다.

한낮 주택가의 적막을 깨는 비명이 이웃까지 퍼져 나간 사연은 그렇게 사소하다. 그다음의 구박과 박해는 〈쿼바디스〉에 나오는 초기 로마 기독교 교도들이 받은 그것과 별반 다르지 않다. 그런 경지를 넘어서야 낚시꾼으로 우뚝 설 수 있다.

2.

낚시는 유혹의 기술이다. 영화나 연극에서 주인공이 연기를 통해 관객을 홀린다면, 낚시에서는 미끼가 바로 유혹의 주인공이다. 미끼는 낚시꾼의 연출에 따라 정중동의 현란한 연기를 펼쳐 물고기라는 관객을 현혹한다. 물고기는 존재 자체로 꾼을 유혹하고, 꾼은 미끼로 물고기를 유혹한다. 유혹의 상호작용이다.

낚시 미끼는 대상 어종에 따라 매우 다양하다. 낚시 자체가 물고기의 먹이 활동을 연구하면서 발전했기에 물고기가 다양한 만큼 미끼도 다양할 수밖에 없다. 전통적인 낚시 미끼는 지렁이나 새우와 같은 생물 미끼다. 생물 미끼는 자연 생태계에서의 물고기의 먹이다. 이를 꾼들 용어로 '생미끼'라 한다.

「백치 아다다」라는 소설의 저자이자 조선일보 출판부 기자를 지냈던 계용묵은 조선일보사가 간행했던 월간종합잡지 『조광』 1939년 8월호에 「낚시질독본(讀本)」이라는 기사를 쓴다. 여름을 맞이하여 "날이 더우면 그러지 않아도 물이 그리운데 그 물 우에 생선까지 번득이며 뛰노는 것이 보일 때면 낚시질꾼으로서는 그 유혹에 아니 끌리지 못한다"라고 전제하면서 낚시 방법을 소개한다.

"미끼에는 구데기, 파리, 밥알, 새우 등 다수하나 역시 지렁이 우에 가는 놈이 없다…큰 고기를 낚으려면 지렁이보다 새우가 좋다… 강냉이 눈을 삶아 따서 미끼로 하면 잡것을 물리치고 붕어만을 낚을 수가 있는 것이다… 메기나 가물치나 장어 같은 것의 낚시에는 미꾸라지나 개고리 같은 놈을 미끼로 쓰는 것이 보담 효과적인 것은 누구나 아는 일"이라고 설명한다.

간단히 말하면 붕어 낚시에는 일반적으로 지렁이를 사용하되, 피라미와 같은 잡어가 많을 때는 옥수수를, 대어를 노리려면 새우를 사용하라는 것이다. 계용묵의 '미끼론'은 요즘의 붕어 낚시에도 여전히 통하는 방법이다.

민물낚시에서 바다낚시로 눈을 돌리면 미끼의 세계는 바다 어종이 다양한 만큼 광대무변(廣大無邊)하게 확장된다. 생미끼 그대로 사용하기도 하지만 인간의 창의성을 발휘해서 생미끼에 변형을 가하기도 한다. 우럭 낚시에는 오징어를 길게 잘라 미끼로 사용한다. 누군가가 염색한 빨간 오징어를 사용해서 조과를 올리자, 너도나도 따라 해서 빨간색 오징어 미끼는 요즘 우럭 낚시의 대세 미끼가 되었다.

꾼 중에 누군가가 출항 전 아침 백반 반찬으로 나온 오징어 젓갈을 슬그머니 종이컵에 담아가 미끼로 사용해 보았다. 한국의 물고기도 젓갈을 좋아하는지 이게 노래미 같은 어종에 상당히 효과적이라는 것이 입증되자, 아예 젓갈을 미끼용으로 가져오는 꾼들도 생겨났다. 한술 더 떠서 아이들이 먹는 '왕꿈틀이'라는 젤리를 우럭 미끼로 사용하는 꾼도 있다.

갈치낚시에서 주로 사용하는 미끼는 냉동 꽁치다. 반드시 예쁘게 썰어서 달아야 입질을 한다. 갈치는 미끼에 대한 미학적 감식안이 있는 상당히 세련된 물고기인지라 꽁치포가 너덜너덜하면 갈치는 미끼에 절대 입을 갖다 대지 않는다. 꽁치포에 잔 갈치가 낚이면 큰 씨알의 갈치를 노리기 위해 잡은 갈치를 썰어 미끼로 달 때가 있다. 새벽녘에는 갈치 토막 미끼에 큰 씨알의 갈치가 물고 늘어질 때가 제법 많기 때문이다. 갈치는 동종(同種) 포식을 하는 어종이어서 그 습성을 이용하는 거다. 하지만 동족(同族) 포식을 유도했다고 해서 슬픔을 느끼는 꾼은 없다.

잔인한 인간이다. 물고기 몇 마리 잡는 게 뭐 대단한 일이라고 동족상잔의 비극을 연출하는가 말이다. 하지만 해 보면 그렇게 된다. 그게 낚시다.

그래도 먹을 수 있는 미끼라면 좀 낫다. 아예 못 먹는 미끼도 있다. 생미끼 대신 쇳조각이나 플라스틱 등 여러 재료로 아예 가짜 미끼를 만드는 것이다. 이를 통틀어 루어(Lure)라 한다. 영어 Lure는 꾀다, 속인다는 뜻으로 여기에 낚시(Fishing)을 덧붙이면 가짜 미끼로 하는 모든 낚시를 통칭하는 용어가 된다.

　루어낚시의 기원에 대해서는 여러 설이 있다. 중세 유럽에서 누군가가 호수에서 뱃놀이를 하던 중 실수로 티스푼을 떨어뜨렸다. 그 티스푼에 물속의 송어가 달려드는 걸 보고 만들었다고도 하고, 아프리카의 나일강에서 그랬다고도 한다. 정확한 문헌 기록이 없으니 유럽 쪽에서 루어낚시의 기원은 확인할 길이 없다.

　우리나라에는 오히려 가짜 미끼의 기록이 있다. 주꾸미나 갑오징어, 무늬오징어, 한치, 문어 등의 두족류를 낚을 때 사용하는 인조미끼를 통칭하여 에기라고 한다. 에기는 일본말 えぎ(에기, 餌木)에서 온 말로 '미끼 나무'라는 뜻이다.

　약 200년 전인 19세기 초반 조선 순조 때 쓰여진 백과사전인 서유구의 『임원경제지』 4권 '전어지'에는 "漁人以銅作烏賊形 其鬚皆爲鉤 眞烏賊見之 自來罹鉤(어인이동작오적형 기발개위구 진오적견지 자래리구)"라는 문구가 있다. 번역하면, "어부는 구리로 오징어 형태를 만들되, 그 발을 모두 낚싯바늘로 만든다. 그리하면 오징어가 그것을 보고 스스로 달려들어 낚싯바늘에 걸린다." 서유구는 이 문구 다음에 출전(出典)을 『화한삼재도회』라고 해놓았다. 이 책은 1713년 출간되었으며 일본의 의사 데라지마 료안(寺島良安)이 지은 일종의 백과사전이다. 일본에서는 18세기 초 이전에 이미 루어로 오징어를 잡았다는 이야기다. 당시 조선의 어부들이 루어낚시를 했다는 직접적인 증거는 없다.

　루어로 많이 알려진 것만 해도 스푼(spoon), 웜(warm), 미노우(minnow), 메탈지그(metal jig), 에기(egi), 타이라바(tie-raba) 등 수십 종이 넘고, 해마다 새로운 제품들이 출시된다. 이제 지구상에는 수백만 개의 가짜 미끼가 공장에서 만들어진다. 이미 루어 제조는 하나의 산업이 되었다. 해마다 새로 출시되는 루어를 보면 이게 과연 물고기를 속이기 위한 건지 사람을 현혹하기 위한 건지 아리송할 때가 많다. 특히 미노우나 에기는 미학적인 관점에서 보아도 예쁜 것들이 매우 많다. 색동부터 형광까지 총천연색 파노라마에 호화찬란 비까번쩍이다. 물고기 한 마리 속이기 위해 인간은 혼신의 힘을 다해 온갖 지혜와 꼼수와 창의력을 발휘한다.

아놀드 토인비는 인류 문명은 도전과 응전의 역사라고 했지만, 내가 보기에 인류 문명은 물고기를 속이는 과정에서 탄생한 찬란한 부산물이다.

잔인한 인간, 낚시꾼이여! 너로 인해 문명이 탄생했노니.

빨래판과 대포알

사물의 크기나 무게는 미터법 등의 도량형 단위로 표현하는 것이 가장 정확하다. 도량형의 탄생이야말로 문명 성립의 기본 조건이다. 하지만 일상 생활에서는 일일이 크기를 계측하기가 불편하니, 눈대중으로 짐작하여 사물에 빗대어 표현할 때가 훨씬 많다.

이를테면 아주 작은 물건은 콩알만 하다, 그보다 더 작으면 쌀알, 좁쌀, 더 크면 밤톨, 감자, 주먹, 머리통 등으로 비유한다. 바다에서 파도가 높으면 '집채만 한 파도'라고 표현한다. 이런 비유를 직관적으로 잘 활용하는 사람이 바로 낚시꾼이다.

서울 시내를 달리던 전차는 1899년 개통하여 1968년 사라졌다. 붕어낚시꾼은 전차의 유산인 '전차표'를 여전히 사용한다. 붕어꾼이 "그 저수지에서는 전차표밖에 못 잡았어"라고 하면 전차표만한 크기의 붕어밖에 못 잡았다는 뜻이다. 치어를 갓 벗어난 붕어를 호박씨, 3치 정도의 붕어는 전차표 혹은 버들잎, 그보다 약간 크면 콩잎, 일곱 치 이상 월척보다 작으면 준척, 30.3cm 이상이면 월척이라 불렀다. 월척 중에서도 대물은 '짚신'이라 표현했다. '짚신' 정도는 올려봐야 고수의 반열에 등극한다.

월척이란 말은 일반인들도 잘 아는 말이기에 낚시간다고 하면 덕담으로 "월척 잡으세요"라고 한다. 하지만 농어나 대구를 잡으러 갈 때 '월척' 잡으라고 하면 오히려 악담이다. 30cm 이하의 농어나 대구는 〈수산자원관리법〉에 의해 잡으면 안 되는 크기이기 때문이다. 잡더라도 놓아주어야 한다.

대어를 잡는 것이 낚시꾼의 목표이고, 자신이 잡은 물고기의 크기를 '자랑질'해야 하므로 낚시꾼 사이에서는 물고기 크기에 대한 별칭(別稱)이 많다. 이 별칭은 대개 물고기의 생김새를 잘 반영하고 있어 들어보면 낚시꾼이 아니라도 그 모양이나 크기를 짐작할 수 있다.

8짜(80cm)가 넘는 대형 광어는 '빨래판'이라고 말한다. "지난번 출조에서 빨래판 잡아서 13명이 회를 실컷 먹었어"라고 하면 실감이 난다. 학꽁치는 작은 건 '볼펜', 아주 크면 '형광등'이라 부른다. 학꽁치가 길쭉하기에 볼펜과 형광등은 아주 적절한 비유다. 남해에서 많이 잡히는 큰 볼락이나 열기(불볼락)는 '신발짝'이라 한다. 우럭의 경우 5짜 이상의 크기를 '개우럭'이라 한다.

우리말에서 접두어 '개'나 '돌'이 붙으면 야생을 뜻하고 그 크기도 작다. 우럭의 경우 '개'는 반대의 뜻이다. '개우럭'이 왜 '큰우럭'을 뜻하는지는 꾼들 사이에서 이설(異說)이 많다. 그중 '개우럭'에서 '개'는 '견(犬)'이라는 설이 그럴듯해 보인다. 강아지 크기의 우럭이라는 말이다. '개우럭'을 잡아 놓고 보면 실제 입 큰 불독(Bulldog)같이 보인다.

낚시꾼이 사용하는 말 중에는 그 어원을 짐작하기 어렵거나 사라진 우리말도 많다. 4짜가 넘는 크기의 쏘가리는 '대꾸리', 6짜 이상의 누치는 '멍짜', 8짜 이상의 농어 대물은 '따오기'라 한다. 작은 크기를 따로 부르는 말들도 있다. 작은 참돔은 '상사리', 작은 갈치는 '풀치', 작은 숭어는 '동아', 3짜 정도의 작은 농어는 '깔따구', 작은 민어는 '통치'라 부른다. 민어의 주산지인 임자도에서는 '통치' 따위는 민어에 끼워주지도 않는다.

지난 주말 서해로 주꾸미·갑오징어 낚시를 다녀왔다. 낚시 도중에 미끈한 '대포알' 하나가 바다에서 쑥 올라왔다. 대포알? 바로 대형 갑오징어를 이르는 말이다. 잡아봐야 왜 큰 갑오징어를 '대포알'이라 부르는지 알게 된다. 유선형 몸통이 꼭 대포알처럼 생겼다.

겨울이 오면 '신발짝'을 건지러 저 머나먼 섬 남해 여서도나 사수도 근해로 가야 한다. '빨래판'과 '대포알'과 '신발짝'에 중독되면 낚시도 "죽음에 이르는 병"이다.

물고기가 안 잡히는 108가지 이유

베테랑 낚시꾼이라도 고기를 못 잡을 때가 많다. 돈 잃고 기분 좋은 노름 꾼이 없는 것처럼, 고기 못 잡고 기분 좋은 낚시꾼은 없다. 낚시꾼은 "바다 가 주는 만큼 얻어 간다"고 점잖게 말하면서도, 사실은 더 많이 잡기 위해 고기 못 잡은 원인을 면밀하게 분석한다. 낚시란 게 자연을 상대하는 거라 계절적 동향과 물고기의 생태적 특성을 파악해야 좋은 조황을 올릴 수가 있 기 때문이다.

이를테면 서해 근해 우럭은 보리가 익고 밤꽃이 피는 6월과 벼를 추수하 는 10월 중순 이후 약 한 달 동안 잘 잡힌다. 갈치는 추석 무렵부터 12월까 지가 호조황이고, 열기(불볼락)는 12월 말부터 3월까지가 적기다. 계절별로 잘 잡히는 어종을 꿰고 있어야 한다는 거다.

물고기의 시간과 인간의 시간을 잘 이해하는 것도 관건이다. 대개의 직 장인은 주말에 출조하지만, 물고기들은 직장인의 타이밍에 맞추어 꼭 주말 에 잘 잡혀주는 게 아니다. 물고기에게는 물고기의 시간이 따로 있다. 그게 바로 '물때'다. 조금과 사리, 들물과 날물에 따라 물고기의 먹이 활동 패턴은 달라진다.

하지만 물때와 바람과 수온 같은 조건이 맞았음에도 불구하고 "봉돌이 우럭 대가리를 때려도 안 문다"라는 낚시꾼의 속담처럼, 고기가 안 잡힐 때는 수없이 많다. 도대체 왜 고기가 잡히질 않는가? 그 원인은 무엇인가?

일본에서 지진이 나면 우리나라 서해 물고기가 귀신같이 알고서 전혀 입질을 안 한다. 똑똑한 우리나라 물고기다. 물이 너무 맑아도 반대로 물이 탁해도 입질이 없다. 비가 오래 오지 않아 염도가 높아도 반대로 비가 많이 와서 염도가 낮아도 안 된다. 복어 새끼나 멸치나 보리멸이나 망상어 같은 잡어들이 설쳐서 낚시가 안 될 때도 많다. 해파리가 떠밀려 와도 안 된다. 안개가 껴도 안 되고 기압이 낮거나 높아도 안 된다. 흐린 날이거나 동풍이 불면 안 되는 때가 많다. 하굿둑 수문을 열어서 혹은 수문을 너무 오래 안 열어서 안 될 때도 있다. 조류의 방향이 안 맞으면 특히나 안 문다.

달이 밝으면 안 된다. 월명(月明)이라고 해서 갈치낚시는 특히 보름 주변에는 낚시가 안 된다. 보름달 때문에 집어등의 집어 효과가 사라지기 때문이다. 그렇다고 그믐 때라고 다 잘 되는 것도 아니다. 파도가 전혀 없어도 안 된다. 미끼가 싱싱하지 않아서 안 되기도 하고, 하필 특정 미끼가 없어서 못 잡기도 한다. 주변이 너무 시끄러워서 안 되고, 불빛이 있어서 혹은 불빛이 없어서 안 되기도 한다. 물속에 상괭이(서해 돌고래)가 와도 낚시가 안 된다.

장비가 안 좋아서, 잘 잡는 배들이 다 잡아가서 못 잡기도 하고, 옆 사람이 너무 잘 잡아서 내가 잡을 물고기를 싹쓸이해서, 내 옆 사람이 너무 못해 봉돌로 바닥을 쳐 물고기를 다 쫓아 보내서 안 되기도 한다. 선상낚시에서 옆 사람이 줄을 너무 풀어, 종일 줄이 엉켜서 낚시를 못 하는 경우는 비일비재하다. 선장이 한쪽으로만 배를 대어서 못 잡는 때도 허다하다. 심지어 누군가가 "오늘은 꼭 많이 잡아 오세요"라고 해서 고기가 안 잡힌다고 핑계 대는 한심한 꾼도 있다. 이렇게 낚시가 안 되는 이유는 불교에서 말하는 인간의 번뇌만큼이나 많다. 헤아려 보지는 않았지만 최소 108가지는 된다.

낚시꾼이 아무리 알려고 해도 알 수 없는 예측 불가능성이 바로 낚시의 궁극적인 매력이다. 황동규 시인의 표현처럼 낚시는 "우연에 기댈 때"가 더 많다. 우연히 대박 조황일 때가 있고 기대보다 훨씬 큰 대어를 낚을 수도 있다. 그런 희망에 차서 꾼들은 또다시 출조를 감행한다.

낚시꾼은 선별적으로 망각한다. 못 잡고 고생했던 기억은 금방 잊어버리고 좋았던 일만 오래오래 과장해서 기억한다. 추억의 대어는 세월이 갈수록 점점 자란다. 늘 희망에 들떠서 새로운 출조를 감행한다. 그게 바로 낚시의 매력이다. 한용운의 시 「님의 침묵」식으로 표현하자면 이렇다.

우리는 입질 왔을 때에 놓칠 것을 염려하는 것과 같이, 놓쳤을 때 다시 만날 것을 믿습니다.

아아 돌돔은 갔지마는 나는 돌돔을 보내지 아니하였습니다.

주꾸미 낚시와 주꾸미 논쟁

　수도권에서 가장 인기 있는 낚시가 주꾸미낚시입니다. 비교적 쉬운 낚시라 남녀노소가 함께 어울립니다. 인천, 궁평, 대부도 등 경기권과 오천, 안면도, 대천, 무창포, 홍원항 등의 충청권, 군산 비응항 등 전라권의 거의 모든 낚싯배가 총출동한다고 보면 됩니다. 그럼에도 9월과 10월 주말은 예약 전쟁입니다. 골프 부킹은 여기에 비하면 식은 죽 먹기에 다름없습니다. 서너 달 전에 이미 주말 예약은 끝났습니다. 인기 있는 배는 예약이 오픈되는 1월 1일에 주말 자리는 모두 마감되었습니다. 배는 정원이 정해져 있는 것이라 어떻게 늘릴 수도 없습니다. 주꾸미낚시의 인기를 실감할 수 있는 거죠.

　그러다보니 낚시꾼과 어부들 사이에 싸움이 붙었습니다. 주꾸미는 봄철에 산란하고 죽는 1년생 두족류입니다. 봄에 산란한 알은 여름에 부화하여, 8월이 되면 손톱만해 지고, 9월이면 제법 자라 먹을만해집니다. 이때 주꾸미가 야들야들 가장 맛있죠. 낚시꾼 사이에는 "9월 주꾸미는 처가에도 안 준다"라는 말이 있을 정도입니다. 9월부터 주꾸미는 하루가 다르게 성장하여 12월 정도에 성체가 됩니다. 이때부터 알을 품기 시작하고 2, 3월이 되면

알이 가득하죠. 3, 4월이면 산란을 합니다. 어부들이 주꾸미를 본격적으로 잡는 건 이때입니다.

소라방이라 해서 산란기 주꾸미는 은신처에 잘 숨는 습성이 있습니다. 어부들이 그 습성을 이용해 빈 소라를 줄에 매달아 바다에 쭉 늘어놓는 거지요. 그럼 주꾸미는 빈 소라를 은신처로 알고 입주를 합니다. 이걸 거두는 게 봄철 서해안 주꾸미 소라방 어획 방식입니다. 이때 서해안의 여러 지자체에서는 주꾸미 축제를 열죠. 언론에서도 주꾸미가 연일 등장합니다. 이 무렵 알밴 주꾸미 샤브샤브나 주꾸미 볶음은 식도락가의 입맛을 사로 잡습니다.

낚시꾼은 가을에 어린 주꾸미를 잡고, 어부들은 봄에 알밴 주꾸미를 잡습니다. 주꾸미 자원은 한정되어 있는데 이렇게 잡아대니 주꾸미 자원이 점점 고갈됩니다. 그래서 시중에는 베트남산, 태국산 주꾸미가 많이 팔립니다. 주꾸미구이나 볶음을 하는 음식점 대부분 수입산 냉동 제품을 사용합니다. 국산 주꾸미는 값이 비싸 식당으로서는 타산을 맞추기 힘듭니다.

여기서 싸움이 일어납니다. 어부들은 어린 주꾸미를 잡는 낚시꾼 때문에, 낚시꾼은 산란기 주꾸미를 잡는 어부 때문에 자원이 고갈된다고 서로의 행위를 비난합니다.

어부들은 생계, 낚시꾼은 취미 활동이니 낚시꾼이 양보해야 한다고 생각할 수도 있습니다. 하지만 그게 그렇게 쉬운 문제가 아닌 게, 가을철 주꾸미 낚시에 생계가 달려 있는 낚싯배 선장과 관련 업계도 있는 겁니다. 수적으로는 주꾸미를 잡는 어부보다 주꾸미 낚싯배를 운영하는 선장이 훨씬 많습니다. 게다가 낚시꾼에 의지해 먹고사는 현지의 식당, 낚시점, 편의점 등등도 상당합니다. 보령이나 군산의 지역 경제에 낚시가 차지하는 비중은 상당히 높습니다.

이러다 보니 알밴 주꾸미와 어린 주꾸미 중에 무엇을 금지해야 하느냐 하는 논쟁은 치열하게 전개되었습니다. 닭이 먼저냐, 달걀이 먼저냐 하는 논쟁과 하등 다를 게 없습니다. 몇 년 전 정부가 중재했습니다. 그게 바로 금어기 설정입니다. 8월 주꾸미를 못 잡게 한 거죠. 보통 8월 10일에서 20일부터 주꾸미낚시를 시작했으니 한 보름 정도를 유예한 겁니다. 그 이후 9월 1일부터 주꾸미 낚시를 합니다. 그 정도로 하고 어부와 낚시업계는 휴전에 들어갔습니다만, 언제 또 싸움이 시작될지 모릅니다.

어떻습니까? 주꾸미 하나를 두고도 이렇게 첨예한 싸움이 벌어집니다.

이제 주꾸미 그만 잡아 먹으라구요?

물고기 이름의 명암

낚시를 하다 보면 여러 어종의 물고기를 낚는다. 이름을 모르는 처음 보는 고기를 낚으면 선배 낚시꾼에게 물어보거나 어류도감을 찾아 이름을 꼭 확인했다. 잡혀서 죽는 것도 억울하니, 잡는 사람이 이름 정도라도 알아주어야 조금은 덜 원통할 게 아닌가.

처음 낚시에 입문할 게 1990년대 초반, 견지낚시부터다. 견지낚시는 물이 흐르는 강 상류의 여울에서 낚시하기에 잡히는 민물고기도 다양하다. 그러다 보니 우리나라 토종 물고기들의 이름이 참 다양하고 재미있다는 사실을 알게 되었다. 쏘가리, 꺽지, 퉁가리, 쉬리, 버들치, 납자루, 마자, 갈겨니, 미꾸리 등의 민물고기는 이름을 듣고 고기를 보면 생김새와 이름이 참 어울린다는 생각이 바로 든다. 꺽지는 꺽지같이 생겼고, 쏘가리는 쏘가리처럼 생겼다.

바다 물고기 이름도 마찬가지다. 노래미, 전갱이, 도다리, 쏨뱅이, 볼락, 아귀, 매퉁이, 보구치, 우럭, 도루묵 등도 친근감이 가는 이름들이다. 이 물고기 중에서 아주 점잖은 이름을 가진 녀석이 있다. 겨울철부터 봄까지 동해안에서 낚시로도 잘 잡히는 임연수어가 바로 그 주인공이다. 임연수어는 주로 구이로 먹지만 특히 껍질이 맛있어 강원도 지역에서는 임연수어 껍질 쌈밥을 별미로 친다. 대개 노래미, 대구, 임연수어와 같은 생선은 껍질이 맛있다.

실학자 서유구가 1820년경 저술한 어류학지 『임원경제지』 '전어지'에 임연수(林延壽)라는 사람이 이 고기를 잘 낚았다고 하여 그의 이름을 따서 임연수어라 적고, 한글로 '임연슈어'라고 하였다고 한다. 또 다른 민간 전설에는 강원도의 한 천석꾼이 워낙 임연수어 껍질을 좋아해서 그것을 먹다가 가산을 탕진했다는 이야기가 있다. 그 사람 이름이 바로 임연수였다. 무엇이 진실이든 물고기가 사람의 이름을 차용하고 있다.

여수 지방에 가면 '샛서방 고기'라는 생선이 유명하다. 워낙 맛이 좋아 본 서방에게는 안 주고 정분이 난 새 서방에게만 준다고 해서 붙여진 별칭이다. 이 생선의 공식 이름은 '군평선이'다. 지역에 따라 금풍쉥이, 딱돔으로도 불리는 이 생선 이름의 유래도 재미있다. 임진왜란 때 이순신 장군이 여수 감영을 순시했을 때였다. 장군이 식사 때 밥상에 올라온 생선이 워낙 맛이 있어 이름을 물어보았다고 한다. 누구도 생선 이름을 대답하지 못했다. 그래서 장군이 음식상을 차려온 관기의 이름을 물으니 '평선이'라는 대답이 돌아왔다. 장군께서 점잖게 "앞으로 이 생선 이름은 평선이로 불러라"고 하명했다.

그 후에 이 생선은 구워 먹으면 더 맛있다고 해서 '군평선이'로 불렸다고 한다. 남해안에서 도다리나 민어 낚시를 하다 보면 가끔 잡히는 군평선이는 크기는 작아도 구워 먹어 보면 대단히 맛있다. 워낙 맛이 좋아 장군을 끌어들인 것 같지만 어쨌거나 임연수어와 더불어 사람 이름으로 호사하고 있는 실명제 생선이다.

이와 반대로 좀 슬픈 사연의 이름을 가진 물고기도 있다. 왕이 전란을 피해 지방으로 피신 갔을 때 수라상에 올라온 생선이 '묵'이었다. 워낙 맛이 좋아 임금은 이 생선을 '은어(銀魚)'로 고쳐 부르도록 했다. 후일 임금이 궁으로 돌아와 다시 그 생선을 올리라 해서 맛을 보니 이번에는 맛이 영 기대치에 못 미쳤다. 피란지에서 먹던 그 맛이 아니었다. 임금은 그 생선을 "다시 묵으로 불러라"고 했고 이후 이 생선의 이름은 '도로묵', '도루묵'이 되었다. '말짱 도루묵'이라는 관용어가 그래서 생겼다. 공들여 노력한 일이 아무 소용이 없게 된 걸 표현하는 말이다. 그 임금이 누구냐 하는 데선 고려의 공민왕과 조선의 선조로 두 설(說)이 있다.

조선 중기 문신 택당 이식(澤堂 李植:1584-1647)은 이 도루묵을 한자로 '환목어(還目魚)'라 하고 같은 제목의 시를 지었다.

환목어(還目魚)

목어(目魚)라는 이름 가진 물고기가 있었나니
바닷고기 중에서도 품질이 형편없어
원래 번지르르하게 기름지지도 못하였고
타고난 생김새도 볼 만한 게 없었으나
그래도 씹어 보면 담박한 맛이 있어
겨울철 술안주로 즐길 만하였어라

왕년에 임금님이 난리를 피해

황량한 이곳 해변 고초를 겪을 적에

마침 목어가 수라상에 올라와서

출출한 배 든든하게 채워 드리자

은어라는 명호(名號)를 특별히 하사하시고

영원히 양전토록 하명(下命)을 하셨더라

그 뒤 대가(大駕)가 도성으로 귀환하여

수라상 각종 진미(珍味) 서로들 뽐낼 적에

가엾게도 목어 역시 그 사이에 끼였는데

한번이라도 맛보시는 은총을 어찌 받았으리

금세 명호가 깎여 도로 목어로 떨어지며

순식간에 버린 자식 취급받게 되었어라

잘나고 못난 것이 자기와 상관있으리요

귀하고 천한 신분 때가 결정하나니

명칭이란 그저 겉치레에 불과한 것

버림받았다 해도 그대 탓이 아니로세

푸른 바다 깊숙이 가슴 펴고 헤엄치며

유유자적(悠悠自適)하는 것이 그대의 본령(本領)일지로다

有魚名曰目 海族題品卑 膏腴不自潤 形質本非奇

終然風味淡 亦足佐冬䕩 國君昔播越 艱荒此海陲

目也適登盤 頓頓療晚飢 勅賜銀魚號 永充壤奠儀

金輿旣旋反 玉饌競珍脂 嗟汝廁其間 詎敢當一匙

削號還爲目 斯須忽如遺 賢愚不在已 貴賤各乘時

名稱是外飾 委棄非汝疵 洋洋碧海底 自適乃其宜

(한국고전번역원, 이상현역)

　　택당과 같은 명문장가가 도루묵의 유래와 처지를 유희 삼아 재미있게 표현한 시(詩)다. 이름이 무엇이든지 간에 "명칭이란 그저 겉치레에 불과"하며 바닷물고기의 본령은 "푸른 바다 깊숙이 가슴 펴고 헤엄치며 유유자적(悠悠自適)하는 것"이란 대목에서 택당의 진면목이 나온다. 품위가 있다. 과장하면 도루묵은 택당의 시로 다시 명예를 회복했다.

낚시와 소설 그리고 글쓰기

1.

해양소설하면 미국의 작가 멜빌의 『백경』이나 헤밍웨이의 『노인과 바다』를 떠올린다. 한국에도 해양소설이 분명 있으련만 선뜻 떠오르는 게 없다. 물고기 이름을 제목으로 한 소설이나 동화 같은 건 꽤 많이 있다. 윤대녕의 「은어 낚시 통신」이나 안도현의 『연어』가 그렇다. 서정인의 『붕어』, 이청해의 『숭어』, 공지영의 『고등어』 같은 소설도 있고, 베스트셀러 반열에 올랐던 김주영의 『홍어』도 있다. 김주영 선생은 『멸치』라는 소설도 냈다.

김주영의 소설 『홍어』에서는 홍어가 살던 바다는 정작 등장하지 않는다. 내륙지방의 한 주막을 중심으로 한 장소에서 등장인물은 만남과 떠남을 계속한다. 외로움과 인간에 대한 그리움이 소설 『홍어』의 주제라고 보면 된다.

낚시를 본격적으로 다룬 소설은 거의 없다. 그도 그럴 것이 낚시가 워낙 재미있는데, 시간 있으면 낚시하지 왜 소설을 쓰겠는가?

2.

본격적인 낚시 소설의 범주에 속할 작품이 있기는 하다. 안정효의 「미늘」이 그렇다.

안정효의 「미늘」은 추자도의 부속 섬인 푸랭이섬을 배경으로 펼쳐지는 우리나라의 거의 유일한 본격적인 낚시 소설이다. 이 소설은 사랑과 욕망과 낚시를 적절히 배합한다. 주인공이 삶의 어떤 미늘(낚싯바늘 안쪽에 있는 고기가 빠지지 않게 하는 작은 갈고리)에 걸려 마치 미끼를 문 물고기처럼, 꼼짝도 못 하는 상황을 설정한다.

이 소설의 주인공 〈구찬〉은 죽음을 결심하고 서울을 떠나지만, 그는 평소의 습관대로 목포의 단골 낚시가게까지 온다. 그는 어영부영하다 죽지 못하고 그곳에서 우연히 만난 한전무라는 골수 낚시꾼과 조를 이루어 낚시를 떠난다.

그는 사랑해서 결혼했다. 그러나 그는 이상형의 여성을 상정해 놓고 아내라는 여자를 대입하려 했다는 것을 곧 깨닫는다. 이후 그는 아내가 변을 본 후 물 내리는 소리마저 역겨웠다. 그의 사랑은 실체가 아닌 추상적 관념이었고 그 관념이 헛된 것임을 알지만 그 생각을 고칠 수가 없었다. 그즈음 이복형제와 상속 재산에 대한 다툼이 벌어진다. 〈구찬〉은 재산에 집착하는 형과 재산까지도 집착하는 아내와 그 재산을 쉽게 포기하지 못하는 자신 모두에 환멸을 절감하고 섬으로 장기간 도피 여행을 떠났다.

그곳에서 우연히 다가온 여자가 〈수미〉였다. 그들은 육욕적이며 그래서 더 환상적으로 사랑한다. 문제는 그 다음부터다. 일회성이었을 것 같았던 〈수미〉와의 관계는 수년간 지속되고, 그 이중 살림을 아내가 알아버렸다. 아내가 그를 몰아칠 때 마다 그는 섬으로 스스로를 유폐시켰다. "죄의식없는 부도덕, 사라진 존엄성, 동물적인 몰락, 나태하고 무방비한 상태로 현실을 살아가는 삶"에 대한 환멸이 그를 섬으로 몰아갔다.

푸랭이섬에서 그는 한전무의 직선적인 성격, 자신에 대한 확신, 죽음에 맞서는 용기 등을 보고 깊은 감명을 받는다. 정작 한전무는 여(간조시 드러나는 바위섬)에 상륙했다 죽을 고비를 겨우 넘긴다. 서울로 돌아온 〈구찬〉은 수미의 아파트로 갔다가 그녀의 메모를 발견한다. 〈수미〉는 두 여자를 다 불행하게 한다며 우유부단한 그를 저주하며 떠났다. 아내 역시 그를 더러운 물건 취급한다. 이제 그는 어떻게 살아야 할까. 이 지점에서 그는 이렇게 생각한다.

"짧은 삶에 넘치는 아픔, 운명이란 거창한 것이 아니라 이렇게 스스로 삼키다 목구멍에다 박히는 하나의 작은 미늘 돋은 바늘인지도 모르겠다고."

이 소설을 쓴 안정효 선생이 낚시광이다. 안정효는 1941년생으로 기자 생활도 했고, 번역가와 소설가로 활동했다. 『하얀 전쟁』, 『은마는 오지 않는다』 등이 대표작이다. 이 두 소설은 영화화되기도 했다. 젊었을 때는 바다낚시도 많이 다녔고, 만년에는 강화도에 붕어낚시를 자주 다녔다.

이 소설 곳곳에 디테일이 굉장히 섬세하여 낚시꾼이 아니면 잡아낼 수 없는 장면이 나와 감탄한다. 주인공 두 사람이 목포의 낚시가게 앞에서 사소한 접촉사고를 낸다. 보통 사람들 같으면 보험사를 부르거나 경미한 사고면 서로 합의하여 사고처리를 한다. 하지만 이들은 서로가 낚시꾼임을 알아본 뒤에 '물때'를 놓치면 안 되니 차는 그냥 주차해 놓고 낚시부터 다녀와서 처리하자고 바로 합의한다. 출조를 앞두고 사고처리는 성가신 일이다. 마음은 이미 바다에 가 있다. 빨리 배를 타고 갯바위로 가야 한다. 늦게 가면 포인트를 뺏길 수도 있고 물때가 지날 수도 있다.

이 소설에서 주인공의 애정 행각은 그냥 짜낸 장식이다. 김승옥의 소설 「무진기행」의 영향력 아래에 있다. 그러나 낚시 장면은 대단히 뛰어난 리얼리티가 있다. 이 작품은 실패한 애정 소설이면서, 성공한 낚시 소설이다.

낚시 자체가 사느냐 죽느냐의 죽음과 삶의 절대적 드라마라, 소설이 개입할 여지가 별로 없기는 하다. 낚시를 즐긴 여러 작가가 있지만, 본격적인 낚시 소설이 매우 적은 것도 바로 그 이유 때문이다. 더 직접적으로 말하면 낚시가 워낙 재미있어 글 쓸 시간이 없다. 헤밍웨이도 겨우 짧은 낚시 소설 하나를 썼다.

3.

2017년 가을 오래전부터 해 보고 싶었던 일을 실천에 옮기기로 했다. 바닷가 경치 좋은 곳에서 창문 밖으로 바다를 보면서 진한 커피도 마셔 가면서 글을 쓰는 것. 그게 30년 글을 쓰면서 해 보고 싶었던 일 중의 하나였다.

10월 1일 무려 488km를 운전해서 전남 고흥군 거금도의 한 펜션에 도착했다. 10일 동안 바다를 보면서 글을 쓸 거다. 바닷가 별장에서 붙잡고 있던 원고의 나머지 부분을 완성할 거다, 이렇게 작정했었다. 그러나 노트북을 열기도 전에 나는 낚싯대를 들고 펜션 바로 앞에 있는 조그만 석축 방파제로 나갔다. 농어 새끼 여러 마리를 잡고, 다음 날 새벽에는 갑오징어를 몇 마리 잡았다. 아침 식사를 하고는 본격적으로 해상 좌대를 탔다. 비바람 속에서도 학꽁치, 고등어, 전갱이 등 횟감으로 맛있는 생선을 꽤 잡았다. 10월 3일 아침에는 펜션 앞 방파제에서 낚시하다가 이런 방송도 들었다.

"아, 캭, 이장입니다. 안녕하시지라우. 어제는 금산면 청년 체육대회 했는디, 우리 마을은 청년이 없는 관계로 출전은 못하고 술만 디지게 마셨지라요. 다 잘 계시고 이장은 추석 때 서울 아들집에 가서 없을꺼이, 아, 캭. 마을에 별일 없을꺼구만요. 그럼 잘 계시지라우. 방송 끝."

그날 점심 때까지 노트북을 열어보지도 못했다. 그리고는 깨달았다. 나는 바닷가에서 글을 쓸 수 없다는 것을. 낚시할 바다가 있는데 어떻게 글을 쓰랴. 글은 내 작업실에서나 써질 것이다. 그런 깨달음을 얻고 바로 자동차 시동을 걸고 상경했다. 남은 일주일 동안, 목표한 분량의 글을 썼다.

그래도 꿈을 꾼다.

바닷가 별장 서재 창밖으로 바다 풍경이 펼쳐진다. 식전에 별장 바로 앞 방파제에서 고등어 두어 마리를 잡아 온다. 커피 한 잔에 견과류 몇 알로 아침 식사를 한다. 고등어는 오븐에 구워져서 점심 식사가 될 거다. 오전에 십여 장의 원고를 쓴다. 점심 후 바닷가로 강아지와 함께 산책갔다가 낮잠을 좀 즐긴 다음 해거름에 짬 낚시로 학꽁치와 우럭 서너 마리를 잡는다. 회와 찌개, 몇 잔의 술로 저녁 식사. 그리고는 음악을 좀 듣다가 잠이 드는 거다.

그렇게 사는 거다.

부가범택, 다산 정약용과 하응백의 마지막 소원

현대에는 못 미치겠지만 조선시대 사람들도 낚시를 즐겼다.

낚시를 좋아하여 목숨을 건진 사람이 있다. 정도전의 아우 정도복(鄭道復:1351-1435)은 형이 권력의 정점에 있을 때 부름을 받았지만, "세력과 지위는 오래 가기 어려우니 믿을 수 없는 것입니다. 또 우리는 한미(寒微)한 가문인데 영화(榮華)가 이미 지극합니다. 다시 무엇을 바라겠습니까? 마땅히 낚시질하고 밭을 갈며 내 천년(天年)을 마치겠습니다. 청컨대, 형은 번거롭게 하지 마소서."라고 하면서 사양하였다. 이후 경북 성주로 낙향하여 후학들을 가르치다가 환란을 피했다. 정도복이 정말 낚시를 즐겼는지는 알 수 없으나 낚시 핑계로 목숨을 건진 건 사실이다.

그는 형 정도전이 1차 왕자의 난 때 이방원에게 피살된 1398년 이후 37년을 더 살았다. 그의 말대로 하늘이 준 수명[天年]인 85세를 채웠다.

반대로 낚시 때문에 곤욕을 치른 사람도 있다. 태종의 사위였던 윤연명(尹延命)은 낚시를 매우 좋아했다. 세종 20년(1438년) 그는 문소전(文昭殿)

당직 날 성문 밖으로 빠져나가 낚시를 하다가 사헌부에 걸려 탄핵을 받았다. 요즘 말로 하면 근무일에 땡땡이치고 낚시하러 갔다가 감찰에 걸린 것이다. 이게 한 번이 아니라 무려 다섯 번이나 된다. 보통 사람이면 큰 처벌을 받았겠지만 세종은 그를 외방으로 귀양보내는 것으로 마무리한다. 윤연명이 자기 누이인 소숙(昭淑)옹주의 남편이었던 까닭이다. 하지만 이 귀양마저 흐지부지 없었던 일이 되고, 윤연명은 사은사(謝恩使)의 명을 받아 바로 중국으로 떠난다. 사헌부 탄핵이 거세자 세종이 귀양보낸다고 해 놓고, 중국 사신으로 파견해 사헌부의 예봉을 피했던 것 같다.

낚시를 좋아했던 임금도 있다. 정조는 창덕궁 후원인 부용지에서 낚시를 즐겼다. 공식적으로 단체 낚시를 즐기기도 했다. 특히 꽃피는 봄이 오면 규장각의 여러 신하와 함께 낚시했다.

술이 몇 순배 돌자 상이 세심대의 대자(臺字) 운(韻)을 써서 입으로 칠언(七言)의 소시(小詩) 한 수(首)를 지어 읊은 다음 대신과 제신(諸臣)에게 화답하라고 명하였다. 또 부용정(芙蓉亭)의 작은 누각으로 거둥하여 태액지(太液池)에 가서 낚싯대를 드리웠다. 여러 신하들도 못가에 빙 둘러서서 낚싯대를 던졌는데, 붉은색 옷을 입은 사람들은 남쪽에서 하고 초록색 옷을 입은 사람들은 동쪽에서 하고 유생들은 북쪽에서 하였다. 상이 낚시로 물고기 네 마리를 낚았으며 신하들과 유생들은 낚은 사람도 있고 낚지 못한 사람도 있었다. 한 마리를 낚아 올릴 때마다 음악을 한 곡씩 연주하였는데, 다 끝나고 나서는 다시 못 속에 놓아 주었다. 밤이 되어서야 자리를 파했다.(정조 19년, 1795년 3월 10일 『정조실록』 기사, 한국고전번역원 이상현 번역)

정조가 네 마리나 낚았다고 한다. 무슨 고기였을까? 아마도 붕어 아니면 잉어였을 것이다. 당시 장면을 상상하면 무척 재미있다. 임금이 한 마리를 잡을 때마다 뒤에서 풍악이 울린다. 요즘 말로 하면 팡파르가 울렸다. 신하들이 잡든지 말든지 그게 중요한 건 아니다. 임금만 잘 잡으면 된다. 아마도 임금이 앉을 자리에 늘 떡밥을 뿌려 그 자리만 잘 나오게끔 누군가가 미리 수를 써 놓았을 거다. 만약 당시 정조 임금은 '꽝'인데 옆에 앉은 신하만 계속 잡았다면, 정조도 분명 열 받았을 거다.

이날 정조가 낚은 건 물고기만이 아니다. 신하들의 충성스러운 마음도 낚았다.

이때 낚시를 한 신하 중의 한 사람이 바로 다산 정약용(茶山 丁若鏞:1762-1836)이다. 다산이 고기를 낚았을까? 사실 그건 다산에게 별로 중요하지 않다. 이때가 바로 젊은 다산이 수원 화성 준공을 앞두고 가장 의욕적으로 일했던, 마치 물을 만난 고기 같았던 시절이었기 때문이다.

정약용은 사도세자의 융릉으로 가는 정조를 위해 1789년 한강 배다리를 준공하고 1793년 수원 화성을 설계하였다. 1795년은 화성 준공을 일 년 앞둔 시기로 정약용에 대한 정조의 총애는 깊기만 했다. 다산은 자신을 알아주는 정조를 위해 수원 화성 건설에 자신의 천재성을 유감없이 발휘했다. 2년 반이라는 놀랄 만큼 짧은 시간에 수원 화성을 준공한 것도 다산이 발명한 거중기 같은 기계 장치가 있어서 가능한 일이었다.

1800년 정조가 급사(急死)한 후 다산의 운명은 180도로 달라졌다. 1년은 경상도 포항 장기(長鬐)에서, 17년은 전라도 강진에서 유배 생활을 했다. 끝내 관직에 복귀하지 못했다. 그 대신 그는 방대한 저술을 남겼다. 농담처럼 말한다. 이때 다산은 '다산출판사' 주간 겸 대표였다. 여러 사람을 동원해 많은 서적의 기획, 편집, 저술에 온 힘을 기울였다. 『목민심서』와 『경세유포』와 같은 대작이 이때 탄생했다. 다산은 언젠가 정조 같은 임금이 다시 나오면 자신의 저술이 현실 개혁의 밑거름이 될 거라는 확신으로 그 출판사를 운영했다. 시적(詩的)으로 말하면 다산의 저작물은 자신을 알아준, 정조에 대한 그리움의 산물이다.

공공의 삶을 중시했던 다산에게도 사적인 삶의 영역이 있었다. 그 영역 속에서 작은 소원이 있었다. 바로 부가범택(浮家汎宅:물에 떠다니면서 살림을 하고 사는 배)이다.

나는 적은 돈으로 배 하나를 사서 배 안에 어망(漁網) 네댓 개와 낚싯대 한두 개를 갖추어 놓고, 또 솥과 잔과 소반 같은 여러 가지 섭생에 필요한 기구를 준비하며 방 한 칸을 만들어 온돌을 놓고 싶다. 그리고 두 아이들에게 집을 지키게 하고, 늙은 아내와 어린아이 및 어린 종 한 명을 이끌고 부가범택으로 종산(鐘山)과 초수(苕水) 사이를 왕래하면서 오늘은 오계(奧溪)의 연못에서 고기를 잡고, 내일은 석호(石湖)에서 낚시질하며, 또 그 다음날은 문암(門巖)의 여울에서 고기를 잡는다. 바람을 맞으며 물 위에서 잠을 자고 마치 물결에 떠다니는 오리들처럼 둥실둥실 떠다니다가, 때때로 짤막짤막한 시가(詩歌)를 지어 스스로 기구한 정회를 읊고자 한다. 이것이 나의 소원이다.(「초상연파조수지가기(苕上煙波釣之家記)」 중에서. 한국고전번역원, 김도련 번역)

다산이 소원을 이룬 것은 62세 때인 1823년 4월 경이다. 다산은 큼직한 고기잡이배를 구하여 집처럼 꾸미고 각종 가재도구를 실었다. 이 배에 '산수록재(山水綠齋)'라는 현판을 달았다. 배 기둥에는 "부가범택(浮家汎宅:물에 뜬 집이라는 뜻임)·수숙풍찬(水宿風餐:물 위에서 자고 바람을 먹는다는 뜻)"이라 썼다. 한강을 떠다니면서 유유자적, 낚시하고 시를 짓고 풍경을 즐겼다. 내가 보기에 다산 인생에서 가장 편안했을 때가 바로 이 시기다. 다산은 그로부터 14년을 더 살았다.

내 소원을 다산의 부가범택, 수숙풍찬에 슬쩍 끼워 넣는다. 내 배를 장만할 형편은 못되어 선비(船費)를 내고 선장이 모는 낚싯배를 타는 점이 다산과 다르다. 다산처럼 한강의 풍경을 구경하며 여기저기 다니지는 않지만, 대신 동·서·남해 삼면의 바다를 누비며 잡아 온 여러 바닷고기를 맛본다. 이만하면 말년의 다산이 부럽지 않다. 다산이 살아온다면 바꾸자고 할 것이 틀림없다.

윤두수의 별장 마을에는 꽃이 지고

윤두수의 별장 마을에는 꽃이 지고

1. 추억의 소환

세월이 흐른 뒤에야 광휘(光輝)의 나날이 바로 그때였음을 깨닫는 때가 있다. 중계동 은행사거리에 살았던 30대에서 40대 초반까지의 세월이 그렇다. 88올림픽이 끝난 후 서울의 부동산 가격은 급등했다. 전세를 살다가 몇 번을 쫓겨나다시피 하고 무려 18번이나 아파트 청약을 거듭한 뒤, 서울살이에서 처음으로 내 집을 마련했다. 1991년 중계동 분양 아파트 채권입찰제 청약에 성공한 것이다. 공사가 진행되는 동안 몇 번이나 중계동 현장에 왔었다. 내 집이, 서울 시내에, 저 불암산 아래 어딘가에 세워지고 있다!

처음에는 도로도 없어, 온통 진흙밭이었다. 공사가 진척되어 여기저기서 아파트 골조가 서기 시작했다. 모레 파동이 일어나 바다 모레로 아파트를 짓는다는 소문이 무성했다. 신축아파트가 와우아파트처럼 무너진다는 소문이 돌기도 했다.

1993년 은행사거리에서 불암초등학교 쪽으로 조금 들어간 곳, 그곳에 드디어, 정말 드디어, 내 집이 생겼다. 아파트 베란다에서 보면 불암산의 시원한 이마가 늘 도시를 내려다보고 있어서 좋았다. 희고 시린 그 화강암 바위는 그림도 조형도 없는 '큰 바위 얼굴'이었다.

1990년대 초반 중계동 아파트 단지 입주가 시작되면서 주변 거리는 활기를 띠기 시작했다. 은행사거리는 사거리 모퉁이마다 은행이 있다고 해서 붙여진 이름이다. 당시 조흥은행, 상업은행, 주택은행, 한일은행이 각각 있었다. 2021년에도 신한은행, 우리은행, 국민은행, 기업은행이 들어서 있으니 여전히 은행사거리인 셈이다. 처음에는 이름조차 없다가 주민들이 택시를 타면서, 혹은 누구에게 위치를 설명할 때 '은행이 있는 네거리'를 표현을 사용하면서 5, 6년이 지나자 서서히 거리 명칭으로 '은행사거리'란 이름이 굳어졌다. 자연 발생한 이름이 틀림없다. 중계본동 원암유치원이 있는 마을쪽에 은행나무 고목이 있다고 해서 은행사거리가 되었다는 이야기는 전혀 근거가 없는 낭설이다.

몇 년 지나 은행사거리 주변으로 학원가가 형성되면서 은행사거리는 '강북의 대치동'이라는 별칭도 얻게 되었다. 은행사거리는 주변에 초등학교와 중학교와 고등학교가 여럿 있고, 학원가가 성업 중이어서 늘 학생들로 붐빈다. 노원구의 교육 1번지라는 별명도 얻게 되었다.

2. 납대울 마을과 윤두수, 그리고 은행나무

집 나가면 바로 산이 있어 좋았다. 주말이면 불암산에 올랐다. 불암초등학교 뒤편으로 해서 개인 사유지를 지나 쭉 올라가면 학도암 능선에 도착한다. 약수터를 지나 제법 가파른 산길을 오르면 불암산 주능선이다. 약수터에서 천천히 혹은 빨리 오르다 보면 헬기장이 나오는 불암산 중봉이다. 불암산 정상으로 가다가 상계역으로 빠져도 되고 수락산이 이어지는 곳까지

가도 된다. 이 코스를 수백 번도 더 올랐다.

노원문화예술회관에서 불암산 쪽으로 길을 건너면 아파트가 아닌 자연마을이 나타나고 삼거리에 편의점이 하나 있다(CU 중계 한아름점, 노원구 중계로 14사길 4). 이 편의점 앞에 그야말로 볼품없는 비석이 하나 서 있다. 비석의 내용은 이렇다

> 납대울 마을
> 나라에 바치는 세곡(稅穀)을 모아 놓았던 곳에 유래하여 납대(納大)울이라 하였으며 조선 선조 때 영의정 윤두수가 살았던 마을

짧은 한 문장이지만 비문(非文)이고 성의도 없다. 무엇보다 밑도 끝도 없고 근거도 없어 사실 확인도 어렵다. 이 마을에서 전해져 내려오는 이야기가 이렇게 간단히 정착된 것인지도 모른다. 노원구청 홈페이지의 지명 유래를 봐도 이 이상의 상세한 이야기는 찾아보기 힘들다. 시골이라면 대대로 터를 잡고 사는 사람이 있으련만 아파트 사이에 겨우 남아 있는 자연마을에서 마을 역사의 진상을 수소문하기는 불가능하다. 이럴 때 이 비문의 진실성, 혹은 사실성을 확인하는 마지막 방법은 문헌 조사를 통해서다. 윤두수가 선조 때 영의정을 지냈다면, 이 마을에 살았다는 기록이 있을지도 모른다.

윤두수(尹斗壽:1533~1601)는 1555년에 생원시 1등, 1558년 식년 문과에 2등으로 급제한 수재였다. 이조정랑, 대사간, 평안감사 등 조정의 주요 관직을 거쳤다. 1592년 임란이 일어나자 아들과 함께 선조의 몽진을 수행했다. 임란 중 어영대장, 우의정, 좌의정을 역임했다. 1597년 정유재란 때에는 영의정 류성룡과 함께 난국을 수습하였다. 전쟁이 끝나고 난 뒤 영의정

에 올랐으나, 대간의 계속되는 탄핵으로 사직하고 물러났다. 호는 오음(梧陰)이며, 남긴 책으로는 아들 윤방(尹昉:1563~1640)이 1635년 편찬한 『오음유고』가 있다.

윤두수의 장남인 윤방도 훗날 영의정에 오른다. 조선조에서 2대에 걸쳐 영의정이 된 경우는 아주 드물다. 윤두수는 서인이었던 관계로 그에 대한 역사적 평가는 다를 수 있지만, 윤방의 둘째 아들 윤신지가 선조의 딸 정혜옹주의 배필이었음을 보아도 당시 윤두수 가문의 명성을 알 수 있다. 윤방과 선조는 사돈지간이었다. 대개 이 정도의 위세를 가진 가문이 이 마을에 살았다면 그럴듯한 집 한 채, 정자 한 칸 정도는 있게 마련이다. 하지만 중계동 부근에 그러한 흔적은 전혀 없다. 그러니 헛소문이 전해 내려오는 것은 아닐까? 반신반의하면서 혹시나 하고 『오음유고』를 뒤지기 시작했다. 옛 사대부들의 기록은 거의 틀림이 없다. 더군다나 이 정도의 관직을 지냈던 사람이라면 더욱 그렇다.

『오음유고』는 3권으로 구성되어 있다. 1, 2권은 오음이 쓴 시, 3권은 서(序), 발(跋), 기(記), 문(文) 등이 모여 있다. 큰 기대없이 살펴보다가 2권에서 의미심장한 시 두 편을 발견했다.

기해년(1599, 선조32) 5월에 노동(蘆洞)의 작은 별장으로 갔다가 취하여, 우는 냇물 소리를 들으며 우연히 제하다(己亥五月 往蘆洞小莊 醉聞鳴磵聲 偶題)

동쪽 시냇물이 서쪽 시내에서 오니
나막신 신고 새 이끼를 밟을 필요 없네

석 잔 술에 취하여 시냇가에 누웠노라니

감은 눈 귓가의 우렛소리에 자주 놀라네

東磵水從西磵來 不勞蠟屐破新苔 三杯一醉溪邊臥 合眼頻驚耳側雷

7월에 노동의 별장에 갔다가 돌아오는 길에 비를 만나 우연히 짓다(七月 往蘆莊 歸路遇雨 偶作)

검은 사모에 흰 갈옷은 교외 행차에 걸맞은데

다시 옅은 구름 보니 나의 시정을 일으키네

해 지고 돌아오며 도로에서 시름하나니

하늘 가득한 비바람이 신경을 어둡게 하네

烏紗白葛稱郊行 更看輕陰起我情 日暮歸來愁道路 滿天風雨暗神京

'노동(蘆洞)'이라는 단어에 눈이 번쩍 뜨였다. 노동이라면 바로 노원구를 말하는 것일 수 있기 때문이다. 현재의 노원구(蘆原區)는 조선시대 '노원역(蘆原驛)', '노원면(蘆原面)'에서 나온 말이다. 중랑천 혹은 당현천을 따라 대규모 갈대밭이 형성되어 있었을 가능성이 있다.

이 시 두 편은 1599년 지은 것이니 이때 오음 윤두수는 여러 기록으로 보아 분명 서울에 살고 있었다.[1] 그러니 '노동'은 노원구의 어느 동네를 말하는

---

1 기해년(1599)에 여러 겸직을 갖춘 영의정, 세자사(世子師)에 임명되었는데, 논자들이 들고 일어나기를 또 심하게 하였으나, 상이 끝내 윤허하지 않고, 심지어는 "노성하고 재능이 있으니, 수상(首相)에 적합하기로는 이만한 사람이 없다."라고 하였다. 공이 결국에는 힘을 다해 사양하여 체직되었으나, 훈작(勳爵)은 그대로 있어 대사(大事)에 참여할 수 있었다. 이때부터 더욱 세사(世事)에 뜻이 없었다. 언젠가 이르기를, "나는 대신으로서 나이가 70에 가깝고, 여러 아들들도 모두 조정에서 벼슬을 하고 있으니, 받은 복이 극에 달하였다. 이치상 더는 오래가기가 어려우니, 떠나가지 않고 어찌하랴." 하였는데, 남파(南坡)에 작은 집이 완성되자 그곳에서 생을 마치려는 계획이 있었다.(최립(崔岦)이 찬(撰)한 「윤두수 신도비명병서」)에서.

것일 수 있다. 또 '교행(郊行)'이라는 단어를 보면 서울 도성의 교외를 가리킨다. 또 "동쪽 시냇물이 서쪽 시내에서 오니(東磵水從西磵來)"는 중랑천과 당현천을 표현하는 것일 수 있다.

이런 여러 정황으로 보아 이 시 두 편에 나오는 노동과 노장(蘆莊:노동의 별장)은 노원구의 어느 마을일 가능성은 상당하다. 하지만 이것이 결정적인 증거는 아니다. 서울 주변에 갈대가 많은 곳이 노원구만이 아닐 수도 있기 때문이다.

좀더 결정적인 증거는 없을까? 더 확실한 증거는 없을까? 그러다가 2권에서 아래와 같은 시를 발견했다.

경자년(1600, 선조33) 2월에 노동(蘆洞)의 별장을 방문하고 짓다(庚子二月 往訪蘆莊有作)

1.
동부에는 구불구불한 길 하나 희미하고
길게 늘어진 칡덩굴은 치의를 걸어 놓은 듯하네
산꽃이 마치 산인의 술을 권하는 듯하니
종일토록 앞 내에서 돌아가길 잊었네
洞府盤回一逕微 薜蘿長擬掛絺衣 山花似勸山人酒 盡日前溪却忘歸
2.
성 동쪽 십 리 밖은 세상의 번잡 적지만
필마에 아직도 단후의를 걸쳤네
흰 돌 깔린 맑은 내에서 이런 말을 듣나니

산꽃이 지기 전에 돌아와야 할 거라나

東城十里世紛微 匹馬猶兼短後衣 白石淸川聞此語 山花未落我當歸

(이상 한시 번역은 한국고전번역원 권경열)

성 동쪽 십리 밖(東城十里)은 '노동'의 위치에 대한 결정적인 단서다. 실질적으로 동대문에서 노원구까지는 이십 오리 정도 되지만, 이 정도 거리를 시로 표현할 때는 대개 십리로 했다. 그래야 시적이다. 여기서 십리란 '멀지도 가깝지도 않은 거리'란 뜻이다.

아무리 별장이래도 산중이거나 들판 한가운데 있는 경우는 드물다. 별장도 사람 사는 마을에 들어선다. 납대울 마을에는 수령 400년으로 추정되는 은행나무가 있다. 이 은행나무 주변으로 또 300년 정도 되는 은행나무가 있고, 또 수령을 짐작하기 어려운－약 400년 이상으로 보이는－느티나무도 빌라 사이에 서 있다. 은행나무와 느티나무는 사람이 살았다는 표식이다. 이 보호수는 최소한 약 400년 전에 여기에 마을이 형성되어 있었다는 증거라 할 수 있다.

이런 몇 가지를 모아서 추론해 보면 납대울 비석에서 윤두수가 살았다는 말은 가공의 이야기가 아니다. 다만 살았다기보다는 '윤두수의 별장이 있었던 마을'이 더 정확한 표현이다. 구전, 400년 된 은행나무, 『오음유고』의 시 세 편, 이 세 가지 증거로 보아 노원구 중계동에 윤두수의 별장이 있었던 것은 확실하다.

노원구 중계본동 일대에 윤두수의 별장이 있었다는 역사적 사실보다 더 중요한 것은 세 편 윤두수 시의 수준이다.

「노동(蘆洞)의 별장을 방문하고 짓다(往訪蘆莊有作)」는 매우 빼어난 시다.

음력 2월 이른 봄이라 단후의(짧은 외투)를 걸쳐야 했다. 이른 봄 불암산 산 꽃의 정취와 맑은 시냇물을 윤두수는 절묘하게 표현했다. 봄꽃이 지기 전에 다시 보러 오겠다는 말을 둘러서 멋을 냈다. 이 시는 윤두수가 67세에 지었다. 간결하면서도 완숙미가 돋보인다. 그다음 해인 1601년 오음 윤두수는 68세를 일기로 유명을 달리했다.

3. 불암산 학도암

납대울 마을 표지석에서 길을 따라 올라가면 각각 수령 400년과 300년이 된 은행나무가 위용을 자랑한다.

여기서 원암유치원 쪽으로 올라가다 보면, 우측 빌라 건물 사이에 느티나무 한 그루가 있다. 사람 가슴 높이 나무 둘레가 약 5m가 되니 수령이 족히 400년은 되어 보인다. 많은 터를 사람에게 내어주고 힘겹게 숨을 쉬고 있는 듯 보인다. 사실 땅의 주인은 느티나무인지도 모르는데 말이다.

유치원 뒷길로 올라가면 불암산 학도암으로 가는 길이 나온다. 천천히 걸어도 약 30분이면 학도암에 이르는 능선길이다. 쉬엄쉬엄 가다 보면 학도암이다.

학도암은 여러 번의 불사(佛事)로 정비가 잘 되었다. 암자라기보다는 이제 번듯한 절이다. 학도암은 무엇보다 절 뒤편 마애관음보살좌상이 명물이다. 1870년 명성황후가 후원하여 조성하였다 한다. 안내판의 설명은 서울시 유형문화재 제124로, "명성왕후는 궁녀의 권유로 경복궁 중건에 동원된 화원, 석공을 참여시켜 기운이 가장 좋은 불암산 학도암에 불상을 조성하였다고 한다. 이후 고종의 사랑을 얻어 낳은 왕자가 조선의 마지막 왕, 순종이라고 전해지다"로 되어 있다. 믿어도 좋고 안 믿어도 좋다.

학도암 마당에 서면 바람이 불어 좋다. 멀리 서울 동부 시가지의 모습이 들어온다. 마당에는 탐방객들의 편의를 위해 설치한 간이 카페가 있다. 커피를 한 모금 하면서 땀을 식힌다.

1993년 무렵 여기를 처음 올랐다. 30여 년이 금방 지나갔다. 오음의 시를 생각하면 30년은 가소롭다.

산꽃이 지기 전에 한 번 더 올 수 있을까?

불암산을 걷다

1.

"1408년) 9월 9일 갑인일에, 도성의 동쪽 양주(楊州)의 치소소재지(治所
所在地)의 검암산(儉巖山)에 장사하였다. 능(陵)을 건원릉(健元陵)이라고 하
였다.(葬丁城東楊州治之儉巖之山 陵曰健元)."

권근(權近:1352-1409)이 지은 건원릉 신도비에 나오는 대목이다. 죽은
이는 일세의 영웅 태조 이성계. 그를 검암산에 장사지냈다는 건데, 그 검암
산이 바로 요즘의 불암산(佛巖山)이다.

서울 노원구의 불암산과 구리 동구릉의 건원릉을 아는 사람이라면 다소
의아하게 생각할 수 있다. 불암산과 건원릉의 거리가 다소 멀기 때문이다.
하지만 불암산의 남동쪽 자락은 넓게 구릉 지역으로 펼쳐져 있고 땅의 힘[地
氣]은 왕숙천을 지나 한강에 이른다. 건원릉과 불암산 사이에 태릉, 강릉, 서
울산업대학교, 육군사관학교, 육사 골프장, 삼육대학교, 서울여대 등이 자
리한다.

경춘선 숲길을 지나 행정구역으로는 경기도 남양주시 별내면에 속하는

불암사(佛庵寺)로 향한다. 불암산에서 가장 유서깊은 사찰이 바로 불암사다. 불암사 일주문에서 불암사로 들어서는 길은 그리 길진 않지만, 노송들이 제각각 자유로운 멋을 부리며 개성을 뽐내고 있어 서울 주변 사찰 중에서는 가장 멋지다.

땀이 조금 흐를만하면 불암사가 나타난다. 범 무서운 줄 모르는 하룻강아지 한 마리가 객의 바짓가랑이를 물어뜯으러 나와 꼬리를 흔든다. 이 녀석아, 이 아저씨는 수백 년 전의 시(詩)를 공부하는 무서운 사람이란다. 저리 가거라.

권근의 외손자였던 서거정(徐居正:1420-1488)은 조선 초기, 가장 활발하게 시를 지은 사대부다. 양과 질 모두에서 후인(後人)을 놀라게 한다.

불암사(題佛巖寺)

절집이 가까이 우리 마을 서쪽에 있기에
흥겨우면 지팡이에 짚신 신고 와서 노는데
골짜기는 깊숙한데 하얀 돌이 널려 있고
산중에는 졸졸졸 시냇물 소리가 들리네
녹음 속의 작은 와탑은 잠자리가 안온하고
달 밝은 높은 누각엔 술도 휴대할 만하구나
문득 우스워라 남쪽 이웃의 병든 거사가
푸른 이끼 돌더렁밭에 길을 내놓은 것이
招提近在我村西 有興來遊輒杖鞋 洞裏幽幽羅白石 山中咽咽響淸溪
綠陰小榻眠初穩 明月高樓酒可携 却笑南鄰病居士 蒼苔石徑已成蹊

서거정의 집이 불암산 남서쪽 자락에 있었던 모양이다. 가끔 시간이 나고 흥에 겨우면 지팡이를 짚고 불암사에 들렀다. 누각도 있어 그곳에서 정취에 젖기도 하고 술도 가져와 한 잔을 기울였다. 세종부터 성종까지 무려 6대에 걸쳐 임금을 모시며 '문학의 정부(政府)' 역할을 한 서거정은 스스로를 이웃의 병든 거사(鄰病居士)라 했다. 나 역시 이웃의 병든 거사다.

2.

불암사를 돌면 본격적인 등산로가 나타난다. 깔딱고개라 이름지은 곳을 숨 가쁘게 통과하면 불암산 주능선에 이른다. 주능선에서 곧바로 정상으로 가지 않고 남쪽으로 방향을 튼다. 불암산성의 흔적을 찾기 위해서다. 20여 분 천천히 남쪽으로 능선을 따라가면 헬기장이 있는 남쪽 봉오리에 이른다. 여기에 불암 산성의 흔적이 남아 있다. 학도암이나 하계동 쪽에서 올라오면 만나게 되는봉오리다. 널찍한 남쪽 정상에 서면, 전망이 좋다. 동쪽 중계동 우거(寓居)에 꽤 오래 살았다. 서거정은 나보다 500년도 더 전에 이곳에 살면서 집에 대한 시를 남겼다.

불암산(佛巖山)

불암산 아래에 띳집 한 채가 있으니
문 앞에 당한 봉우리는 그림보다 좋고말고
오늘은 사공의 나막신을 상상하거니와
당년에 반랑의 나귀는 몇 번이나 거꾸로 탔던고
지는 꽃 흐르는 물은 예가 바로 신선 집이요

고목 사이 굽은 절벽은 보찰의 나머지로다

원숭이 학이 해마다 응당 서글피 바라보겠지

소매 속에는 이미 사직소를 초해 놓았노라

佛巖山下有茅廬 當戶峯巒畫不如 今日追思謝公廛 當年幾倒潘間驢

落花流水仙家是 古木回巖寶刹餘 猿鶴年年應悵望 袖中已草乞骸書

시는 온통 불암산 아래 마련한 집의 경치 자랑이다. 그림보다 좋단다. 낙화유수로 하여 신선의 집이 바로 자신의 집이라 했다. 이 시의 핵심은 사표를 써서 간직하고 있다는 거다. 신선처럼 사는데 벼슬에 구애받을 건 또 뭐냐. 언제든지 사표를 낼 수 있다는 것. 하지만 서거정은 임금에게 총애를 받았기에 사표를 내지 못했다. 오히려 일반적인 조선의 관리들처럼 외직도 거의 맡지 않고 거의 중앙부서를 돌았다. 그러다가 1460년(세조 6년) 여름에 사은사(謝恩使)로서 중국 북경에 갔다. 이때 시재(詩才)로 중국인을 놀라게 했다. 다음의 시는 이해 가을 중국에서 지은 것으로 보인다.

양주(楊州)의 촌서(村墅)를 생각하다(憶楊州村墅)

불암산 기슭이며 풍양 고을 서쪽으로

두 이랑 묵정밭에 초가집이 나직하니

여름엔 어린애와 함께 순채를 취하고깊은 가을엔 내처와 더불어 밤도 줍노라

나는 좋은 술에다 흰 쌀밥을 좋아하는데

남들은 참게가 누런 닭보다 낫다 하누나

금년에도 이 흥취를 다시 저버렸는지라

타향살이 구월에 생각이 더욱 헷갈리네

佛岩山下豐壤西 二頃荒田草屋低 長夏討蕈同稚子 深秋拾栗共萊妻

我愛綠 兼白粲 人言紫蟹勝黃鷄 今年此興還辜負 九月他鄕思轉迷

(이상 한시 번역은 한국고전번역원, 임정기)

불암산 아래 집에서 여름엔 아이들과 텃밭을 가꾸고, 가을이면 아내와
밤을 주워 먹으며, 좋은 술에다 흰쌀밥. 여기에 참게 안주에 닭백숙이면 금
상첨화다. 무엇이 더 부러울까?

평생 6,000여 수의 시를 지은 서거정도 술은 어지간히 좋아했나 보다. 시
마다 술이 흐른다. 서거정의 집이 있었던 불암산 남쪽 기슭을 바라보다 방
향을 북쪽으로 돌린다. 능선을 따라 정산으로 걷는다. 남봉에서 정상까지의
능선 길이 불암산 산행의 백미다. 여기서 보면 길게 누워 도성으로 흐르는
북한산과 도봉산의 진면목을 볼 수 있다. 눈으로 시원함을 즐기면서 30여분
걸어가면 어느새 불암산 정상 바로 아래다.

3.

불암산 정상까지는 바위에 안전 설비를 잘해 놓아 별 어려움 없이 오를
수 있다. 좁은 화강암 바위 정상에 빼곡하게 등산객이 들어차 있다. 정상에
서면 조망이 좋다. 북한산과 도봉산과 수락산과 불암산이 품고 사는 인구가
거의 200만이다. 도성 주위의 산은 그 많은 사람에게 오래도록 자연의 품격
을 선사했다.

서거정보다 딱 150년 늦게 태어난 청음 김상헌(金尙憲:1570-1652)이 불
암산을 구경했다. 병자호란 때 끝까지 싸울 것을 주장했던 주전파의 대표

김상헌의 불암산에 대한 인상은 좀 기발하다.

"불암산(佛巖山)은 푸른빛으로 서 있는데 바라보니 손으로 움켜잡을 수 있을 것처럼 가깝게 보였다. 바위 봉우리가 빼어나게 솟은 것이 예사로운 모습이 아니었다. 만약 왕실을 가까이에서 보익하여 동쪽의 진산(鎭山)이 되어 서쪽과 남쪽과 북쪽의 세 산과 더불어 함께 우뚝 솟아 있었다면, 실로 도성의 형세를 장엄하게 했을 것이다. 그러나 멀리 서울을 수십 리 벗어난 곳에 있어 마치 거친 들판으로 달아나 있는 것처럼 보이는바, 조물주가 사물을 만든 뜻이 참으로 애석하였다.(「유서산기(遊西山記)」, 한국고전번역원, 정선용 역)"

무슨 말인가? 한양 도성 경북궁을 기준으로 하면 풍수지리적으로 각각 북현무가 북악산, 남주작이 남산, 우백호가 인왕산, 좌청룡이 낙산이다. 이 중 동쪽의 낙산이 지세가 약하다. 이를 보충하기 위해서 동대문을 흥인지문(興仁之門)이라 해서 '지(之)' 자를 보강해 놓았다. 하지만 글자 한 자로 약한 지세를 보충하기는 어려울 것. 이에 자나깨나 우국지사 김상헌이 불암산이 지금의 동대문 낙산 자리에 있다면 얼마나 도성의 형세가 장엄했을까 하고 염원했다. 김상헌은 20대에 임란 당시 한양 도성의 처참한 광경을 목격했기에 더욱 그러한 생각을 했을지도 모른다. 좀 황당한 상상이긴 해도 이런 공직자가 많았으면 좋겠다는 생각을 하긴 한다. 요즘은 땅을 보아도, 산을 보아도 재산증식을 생각하는 소인배 공직자가 여럿이기에 하는 말이다.

불암산 정상에서 하산하는 길은 여러 갈래다. 상계역으로 빠져도 좋고, 당고개역으로 빠져도 좋다. 당고개는 성황당이 있었던 곳이라 해서 붙여진 이름이다. 무속인과 우리 전통 재인들이 이 당고개를 중심으로 활약했음직도 하다. 하지만 그 흔적을 찾기는 쉽지 않다. 천한 직업이라 해서 쉬쉬하면서 스스로 흔적을 없애버리기 때문이다.

　덕릉고개로 내려오는 길도 있다. 덕릉고개로 하산하면 수락산으로 바로 이어진다. 덕릉은 선조임금의 아버지, 덕흥 대원군의 묘가 있어서 붙여진 이름이다. 왕의 아들이 아니었던 선조는 명종이 후사 없이 타계하자 사가(私家)에 있다가 별안간 임금이 되었다. 자신의 아버지를 대원군으로 부르는 데까지는 성공했으나, 아버지의 무덤을 묘가 아닌 '릉'까지는 차마 승격시키지 못했다. 그래서 한가지 꾀를 내었다. 이 고개를 거쳐 동대문에 숯을 팔러오는 장사치들에게 덕릉고개 너머에서 왔다고 하면 값을 후하게 쳐주니, 장사치들이 모두 덕묘라 하지 않고 덕릉이라 했다고 한다. 믿거나 말거나 설화지만, 요즘 말로 하면 SNS 홍보를 통한 진실 왜곡이다. 지금도 덕릉고개라 하니 선조의 조작은 성공적이었다.

　불암산은 딩고개역 혹은 덕릉고개에서 출발해서 남쪽으로 능선을 타는 방법도 있다. 어느 쪽을 선택해도 4시간 정도면 종주할 수 있다. 고마워, 불암.

명예와 염치

고려 말 공민왕과 우왕 때 왜구의 침탈이 극심했다. 왜구는 해안 지방뿐만 아니라 수원과 같은 내륙까지 깊숙이 쳐들어와 재산을 약탈하고 양민을 포로로 잡아갔다. 정부 조운선(漕運船)의 곡식을 빼앗겨 관리들의 녹봉도 주지 못한 적도 있었을 정도로 고려의 피해는 이만저만이 아니었다. 최영과 이성계와 같은 명장들이 왜구의 침탈을 여러 번 막아냈지만 서·남해안 여기저기를 게릴라식으로 치고 빠지는 왜구를 완벽하게 방어하기는 거의 불가능했다. 이에 고려 정부는 양면 작전을 개시했다. 무력 방어 외에 외교적 방법도 동원했다.

1377년(우왕 4년) 고려 정부는 외교적 수완이 뛰어났던 정몽주를 일본 막부에 파견하여 왜구 문제를 해결해 보려 했다. 1377년 9월 목은 이색(李穡)은 정몽주 환송 연회에서 「일본으로 떠나는 정몽주를 보내며(送鄭達可奉使日本國)」라는 시를 지어 정몽주에게 주었다. 이 시에는 이런 구절이 있다.

몸이 다하더라도

이름만은 남긴다네

선비는 죽일지언정 욕되게는 못할 것이요

蓋此身兮漸盡 羌名譽兮求存也 士可殺不可辱兮

비장하다. 선비란 목숨은 버릴 수 있어도 명예는 영원하니, 목숨을 아끼지 말고 사명을 완수하라는 말이다. 이색의 부탁대로 정몽주는 외교적 수완을 발휘하여 일본 막부와 협상에 성공하며 이듬해인 1378년 7월 잡혀간 포로 수백 명과 함께 귀환했다. 물론 이것으로 왜구의 침탈이 완전히 끝난 것은 아니지만, 왜구의 준동은 잠시 주춤했었다. 정몽주는 일본 체류 기간 중 13편의 시를 써 남겼다. 그중 아래의 시는 그의 나이 42세 때인 1378년 봄에 지었다.

섬나라에 봄빛 흐드러졌는데

나그네는 아직 고향에 가지 못하네

초록은 끝없이 천 리에 푸른데

밝은 달빛은 두 나라를 함께 비추네

유세하다 보니 여비마저 떨어지고

돌아갈 생각을 하니 머리가 희어졌네

장부의 높고 큰 뜻은

오로지 이름만을 남기기 위한 것은 아니었네

水國春光動 天涯客未行 草蓮千里綠 月共兩鄉明

遊說黃金盡 思歸白髮生 男兒四方志 不獨爲功名

목은과 포은의 이 시는 결국 명예를 노래했다. 목은은 포은에게 비록 죽을지라도 명예롭게 죽으라고 했고, 포은 역시 헛된 공명이 아니라 진정한 명예를 위해 살겠다고 큰 포부를 밝혔다.

춘추전국시대의 묵자는 명예에 대해 이렇게 말했다.

"명은 헛되이 생겨나지 않고 예는 저절로 자라나지 않으니, 공을 이루면 이름은 자연히 뒤따르는 법이다(名不徒生, 而譽不自長, 功成名遂)."

포은 역시 묵자의 이 말을 되새김질했다.

이런 명예 이전에 대유학이었던 포은이 필히 염두에 둔 좌우명이 있다. 바로 부끄러움(恥), 염치(廉恥)를 아는 것. 『논어』 자공(子貢)편에 나오는 말이다. 자공이 스승에게 "어찌하면 선비라고 할 수 있습니까?"라고 물었다. 공자는 "몸소 행동함에 부끄러워할 줄 알고, 사방에 사신으로 가서 임금의 명을 욕되지 않게 하면, 가히 선비라고 할 수 있느니라.(何如斯可謂之士矣, 行己有恥, 使於四方不辱君命)"

염치를 아는 것, 이것은 당시의 정몽주와 같은 관료들이 기본적으로 지켜야 할 필수적인 품성이었다. 염치를 안다는 것의 구체적인 항목은 무엇이었을까? 조선시대에 그것은 대개 금품과 관련되어 있다.

조선 조정은 관료들이 염치를 지킬 수 있도록 토지나 녹봉을 주었다. 『태종실록』을 보면 "예·의·염·치(禮義廉恥)는 나라의 사유(四維)이니 하루도 없어서는 안 되는 것입니다. 지금 우리 국가에서 이미 과전(科田)을 주고 또 녹봉으로 우대하니, 선비를 대우하는 도리가 후하다 하겠습니다."(고전종합DB)라는 내용이 보인다. 먹고살 것을 제공하니 염치를 지키라는 국가의 주문이었다.

하지만 염치를 지키지 못하는 관료도 가끔 있었다. 세종 때 일본으로 사신을 갔던 박희중은 일본에 포로로 잡혀 있던 중국인을 몰래 데려와 자기의 종으로 삼으려다가 발각되어 "하물며 글 읽은 유신(儒臣)으로서 타국에 사신으로 가서 행동이 너무나 염치(廉恥)없었고, 더욱이 도적질까지 하여 자신이 웃음거리가 되고 임금의 명령을 욕되게 하"였다고 하여 탄핵을 받았다. 그 정도는 약과다.

성종 때 이시애의 난을 평정하는 데 공을 세워 2등 공신에 올랐던 심응은 "과부 소비(小非)의 재산을 탐내어 상중(喪中)임에도 불구하고 협박 간통하여 염치의 도리(道理)를 잃었"다고 하여 탄핵을 받았다. 임도 보고 뽕도 땄지만 현대적인 관점에서도 용서받지 못할 파렴치한 인간이다. 재산에 대한 탐욕이 지나치면서 표리부동하니 염치없음이 극에 달했다.

염치를 못 지켜서 패가망신하는 사람은 예나 지금이나 상당히 많다. 나는 괜찮겠지 하는 안이한 후안무치가 결국은 화를 부르게 되어 있다. 염치는 말 그대로 체면을 차려 부끄러움을 아는 마음이다. 체면까지는 그래도 봐줄 수 있다. 부끄러움은 제발 좀 알기 바란다. 그래야 인간이다.

세종대왕과 문어 두 마리

세종 14년(1432년) 6월 25일 세종은 세 의정 대신과 핵심 관료들을 소집했다. 대사헌 신개(申槪)가 최치(崔値)라는 자에게 문어 두 마리를 뇌물로 받았다고 해서 열린 어전회의였다. 세종은 다음과 같이 서두를 연다.

"치는 물품을 훔쳐서 제가 가졌으며, 권문(權門)에 뇌물로 주었으니 치의 죄는 진실로 용서할 수 없으나, 뇌물을 받은 자의 죄는 내가 다 용서하겠다. 그러나 치의 말이 '문어 두 마리를 대사헌 신개에게 주었다.' 하고 신개는 받지 않았다고 하니, 이것은 의심할 만한 일이다."(이하 인용은 〈한국고전종합DB〉)

사건은 몇 해 전에 발생했다. 강원도 고성군 국고(國庫)의 미곡(米穀)이 사라진 것이 발견되었다. 고성군의 나라 창고에서 쌀이 사라진 것이다. 이 사건을 1차로 수사했던 강릉판관 최안선은 창고지기가 훔쳤다고 결론을 냈다. 그런데 조사과정에서 창고지기가 옥사(獄死)했다. 핵심 증인이 죽어버린 것이다. 미심쩍은 구석이 있어 강원도 감사가 고성을 순시하면서 재수사를 했다. 재수사 결과도 창고지기가 범행으로 결론이 났다. 상식적으로 생각해도 뭔가 좀 이상하지 않은가? 이 사건의 중앙 담당부서인 형조에서 이 사건의 전말을 보고받고 "사건의 자취가 사리에 맞지 않는 것을 의심하여" 재조사를 요구했다.

새롭게 강원도 감사로 임명된 황보인(皇甫仁)은 재조사를 통해 사건의 전말을 밝혀냈다. 그 전의 조사는 모두 잘못이었다. 고성군수 최치가 고을 아전 이자련(李自連)과 공모하여 국곡을 훔쳤다. 그걸 창고지기에게 누명을 씌웠다. 심지어 사건을 엄폐하고자 창고지기에게 고문을 가하여 죽여버렸다. 이게 사건의 진실이었다. 이에 형조에서는 최치를 잡아들여 국문했다. 이때 최치가 대사헌 신개에게 뇌물로 문어 두 마리를 주었다고 자복한다.

사건이 이렇게 돌아가자 형조는 신개를 탄핵했다. 세종은 비록 문어 두 마리라는 보잘것없는 뇌물일지라도 감찰과 사정의 수장이었던 대사헌을 그냥 둘 수 없었다. 이에 세종은 단호하게 말했다.

"만약 보통 관원이라면 마땅히 문제 삼을 것이 없겠지만 개는 풍헌관(風憲官)으로 있으면서 이와 같은 일이 있었으니 세상의 여론에 어떻겠는가. 천관(遷官)시킬 것인가, 그냥 둘 것인가."

신개의 혐의를 두고 상세한 조사가 이루어졌다. 조사 결과 신개 친척의 하인이 고성에서 문어가 아닌 생대구 두 마리를 받기는 했다. 하지만 이 대구는 신개와 무관함이 밝혀졌다. 하지만 신개는 두 번이나 사직을 청한다.

"풍헌의 직책은 위로는 조정의 잘되고 잘못된 점과, 아래로는 중앙과 지방의 모든 관원의 시비(是非)와 사정(邪正)을 말하지 않음이 없사오니, 그 임무가 크고 직책의 무거움이 이와 같거늘, 신은 용렬한 사람으로 장관의 자리를 채우게 되니 이미 부끄러운 마음이 많사온데…"

풍헌관의 자리는 이렇게 어렵다. 세종은 풍헌관에게는 엄격한 도덕적 잣대를 요구했고, 신개 역시 이를 받아들였다.

하지만 요즘 풍헌의 직책을 맡고 자들은 어떤가? 대사헌이면 요즘으로 검찰총장이다. 그 아래 검사들이 다 풍헌관이다. 요즘 이들의 처신을 보면, "어찌 부끄러운 얼굴로서 백관을 규찰할 수 있으며, 자기가 결점이 있고서 여러 사람을 바로 잡을 수 있겠습니까?"라고 한 신개의 말이 통렬하게 가슴을 친다.

욕망과 변명과 담합이 난무한다. 후안무치(厚顔無恥)도 강렬 그 자체다. 말 그대로 목불인견(目不忍見)이다.

세종의 치세(治世)는 우연히 얻어진 것이 아니다. 세종의 엄격한 리더십과 관료들의 예의염치(禮義廉恥)에서 비롯된 것임을, 우리는 기억해야 한다.

세종 7년, 한 갓바치의 죽음

세종 7년(1425년) 가죽신을 만드는 이상좌라는 갓바치가 집 앞의 홰나무에 목매달아 자살했다. 도대체 무슨 일이 있었던 것일까?

개국 초기부터 조선 조정은 화폐개혁에 착수했다. 고려 때부터 화폐를 만들어 거래에 사용하고자 하는 시도는 여러 번 있었으나 거의 실패를 했다. 태종은 종이돈인 저화(楮貨)를 본격적으로 유통시켰다. 하지만 저화의 화폐 가치가 날로 떨어지는 등 부작용이 속출하자, 태종은 "나중에 명군이 나오면 이를 시행할 것이다(後有明君出而行之)"라는 말을 남기며 저화 유통을 포기했다.

세종은 아버지의 실패를 교훈 삼아 새로운 시도를 했다. 조선통보라는 동전을 제조하여 온 백성이 사용하도록 한 것이다. 세종 5년부터 조선통보를 제작, 유통 준비를 시작해 세종 7년 2월 18일 공식적으로 이를 사용하게 했다.

예나 지금이나 새로운 제도가 도입되면 백성은 쉽게 받아들이기 힘들다. 백성은 포나 쌀로 교환하는 물물교환의 관습을 금방 바꾸기가 힘들었다. 이

2부 / 윤두수의 별장 마을에는 꽃이 지고

에 세종은 벌금이나 세금도 조선통보를 내도록 했으며 일반 소액 상거래에도 반드시 조선통보를 사용하도록 했다. 만약 상인이나 장인들이 조선통보를 사용하지 않으면, 중범은 사형에 처하고 경범은 장 100대에 가산 몰수 후 수군(水軍)에 편입시키도록 하는 어마어마한 처벌 조항을 함께 제시했다.

이런 조치가 시행된 직후에 갓바치 이상좌는 자신이 만든 가죽신을 쌀 1말 5되와 바꾸었다가 돈을 사용하지 않았다는 이유로 경시서(京市署:상인 및 시장 감독관청)에 잡혔다. 법대로 하자면 가죽신을 팔아 돈을 받고, 그 돈으로 쌀을 사야 했으나 그는 관습대로 거래했다. 경시서에서는 이상좌의 나이를 감안하여 곤장을 때리지 않고 8관의 벌금을 내도록 했다. 가난했던 이상좌는 이웃에게 빌려 1관의 벌금을 냈으나 경시서의 독촉이 계속되자 자살로 삶을 마감해 버렸다.

이 사건의 전말을 보고받은 세종은 깜짝 놀랐다. 세종은 나이 많은 백성의 죽음에 가슴 아파하며, 다음과 같은 지시를 내렸다. "나라에 입법(立法)한 것은 돈을 많이 이용하도록 하려는 것이지 사람을 죽게 하려는 것은 아니었다. 지금 상좌가 죽은 것은 반드시 경시서에서 가혹하였기 때문이니 내 마음이 아프다. 너희는 그 실정을 조사하여서 아뢰어라. 만약 가혹하였다면 죄를 용서하지 않겠다."(1425년 8월 23일 실록) 더불어 이상좌의 집에 쌀 3섬을 주고, 받았던 속전은 되돌려 주도록 명했다.

국가의 재정을 튼튼히 하고 백성들의 삶을 기름지게 하려 했던 태종과 세종의 화폐개혁은 결국 실패했다. 250년이나 흐른 숙종 대에 이르러 상평통보가 주조되면서 태종과 세종이 그토록 바랐던 화폐유통은 확고하게 자리를 잡게 된다. 실물경제가 화폐유통을 받아들이기에는 긴 시간이 필요했다.

나라의 새로운 정책이 국민을 위하지 않는 것이 얼마나 있겠는가? 하지만 정책 입안자의 의욕이나 논리적 당위성만으로는 국민의 삶이 실제 나아지지 않는 경우가 많다. 정책의 입안이나 입법도 중요하지만, 그 시행 과정에서의 부작용을 세심히 살피는 일이 더욱 중요하다. 부작용이 심하다면 그 입안 자체를 무효화 할 수도 있어야 한다. 세월이 몇백 년 지났어도 그러한 원칙은 변함이 없다.

역사 해석의 어려움

임진왜란 때 육전(陸戰)에서 맹활약했던 정기룡(鄭起龍:1562-1622) 장군. 경북 상주와 하동에는 그를 추모하는 사당이 있다. 그래도 이순신 장군처럼 전국적 유명 인사는 아니기에 약간의 소개가 필요하다.

장군은 1562년 하동군 금남면 중평리에서 태어났다. 활쏘기와 말타기에 천부적 재능이 있어서 19세 때 고성 향시(鄕試) 무과에 합격했고 25세에 무과 별시에 1등으로 합격했다. 동북면 무관으로 종사하다 훈련원 봉사(奉事: 종 8품의 하위 관료)에 임명된 게 1591년, 그의 나이 30세 때였다. 그 이듬해 임란이 발발하자 경상우도 방어사 조경(趙儆) 휘하에 배속되었다.

이때부터 그의 눈부신 활약이 시작된다. 처음 왜적과의 전투에서 거창에 있던 적 500여 명을 격파하고 김천 부근에서 왜적과 격전. 이 전투에서 그의 상관 조경이 포로로 붙잡힌다. 이에 단기필마로 적진에 뛰어들어 조경을 구출한다. 그 후 상주성 탈환에 결정적 공훈을 세우는 등 크고 작은 60여 회의 전투에서 모두 승리한다. 정유재란 때는 고령 전투에서 1만 2천의 일본군을 대파했고 36세 나이에 경상우도 병마사(종2품)로 승진하기도 했다. 그는 1622년 61세에 삼도통제사 겸 경상 우수사로 재직하던 중 통제영에서 병으로 사망했다.

　정기룡 장군은 원래 이름은 무수(茂壽)였다. 장군이 무과 별시에 응시했을 때 임금인 선조가 기이한 꿈을 꾸었다. 서울 종루(鍾樓)거리에 용이 일어나 하늘로 올라가는 꿈이었다. 이에 선조가 종루로 내관을 보냈더니, 그 종루에 장군이 자고 있었다. 선조는 그를 궁으로 불러 자초지종을 알아보고, 만약 무고에 급제하면 용이 일어난 꿈을 꾼 다음에 얻은 장수이니 '기룡(起龍)'이라는 이름을 사용하라고 했다. 전설 같은 이야기지만 『국조인물고』에 나오는 내용이라 믿지 않기도 힘들다.

　정기룡 장군은 임란 때 육지 전투에서 한 번도 패배하지 않은 유일한 장수였지만, 타고난 무인이어서 장계 같은 걸 잘 올리지 않았다. 그래서 그런지는 몰라도 임란 때의 맹활약에도 불구하고, 장군 사후 150년이나 지난 1773년에 영조에 의해 '충의공(忠毅公)'이라는 시호가 내려졌다. 정 장군에 대한 역사가들의 평가는 어떠했을까?

　우암 송시열은 그를 두고 조자룡과 같이 용맹하다고 했고, 홍량호(洪良浩)는 『해동명장전(海東名將傳)』(1794)에서 "…항상 적은 수의 군사로 많은 적과 싸웠지만, 한 번도 패하지 않았다. 50명의 기병을 이끌고 수천 명의 일본군을 물리친 적도 있다. 일본군과 싸울 때는 반드시 선봉에 서서 싸웠지만, 한 번도 부상을 당하지 않았다. 부대를 잘 통솔해 그의 부대가 이르는 곳의 백성은 모두 안심했고, 그를 존경하고 사랑했다"라고 극찬했다. 1746년 정구정(鄭龜禎)이 발간한 「매헌실기(梅軒實記)에는 "공이 없었다면 영남이 없고, 영남이 없었다면 나라도 없었다(無公則無嶺南 無嶺南則無國家)"라고 표현하고 있다. 극찬 중의 극찬이다. 물론 이 책은 후손이 편찬하였고, 책의 간행 연대(1746년)와 영조에 의해 시호가 내려진 해(1773년)를 미루어 추측해보면 무엇인가 작업의 냄새가 나긴 난다. 그렇다고 해도 정기룡 장군이 우리 역사에서 보기 드문 맹장(猛將)임은 부정하기 어렵다.

하지만 조선왕조실록을 보면 뜻밖의 기록이 발견된다.

> 통제사 정기룡이 임소(任所)에서 죽었다. 전교하기를,
>
> "또 어진 장수를 잃으니, 매우 놀랍고 측은하다. 주사(舟師)에 대해 잘 알고 익숙한 사람을 빨리 골라 보내고, 해조와 해도에 명하여 관곽(棺槨)을 내려주도록 하고 일로에서 호송해 주도록 하라" 하였다.
>
> [기룡은 선조(先朝)의 숙장(宿將)으로 누차 전공을 세웠다. 이때에 이르러 궁첩과 결탁하여 뇌물을 바치고 잘 섬긴 결과로 임금의 총애를 받았는데 진지에서 죽었다.] [기룡은 용감한 장수였다. 임진란에 힘써 싸워 공로가 있었는데, 이때에 이르러 내간(內間)과 결탁하여 사사로이 바치기를 끊임없이 하여 심지어 나전팔첩대병(螺鈿八貼大屛)을 만들어 올리기까지 하였으니, 죽어서도 남는 죄가 있었다.]
>
> (한국고전번역원, 김경희 번역)

1622년 광해 14년의 기록이다. 이 기록을 보면 광해군은 정기룡의 죽음을 매우 애석해했다. 하지만 사관(史官)은 그가 임금의 궁첩(임금의 후궁)과 결탁해 뇌물을 바쳤고, 그 뇌물 중의 하나가 '나전팔첩대병'이었다고 구체적으로 기록했다. 나전팔첩대병이라면 자개로 만든 팔첩 병풍이었을 것이니 매우 진귀한 물건임에 틀림이 없다.

정기룡이 통영에서 지휘관을 했고, 또 통영이 나전 공예의 본고장이니

충분히 개연성도 있다. 또 통영의 통제영에는 그런 장인들이 많았다.

임란 중에 정기룡의 아내는 진주성이 함락되자 진주 남강 푸른 물에 논 개처럼 몸을 던지기까지 했다. 그런 정기룡 장군이 나중에는 뇌물을 바치는 타락한 관리가 되었다는 게 사실일까? 사관이 "죽어서도 남는 죄가 있다"라고 한 말은 너무 심한 게 아닌가?

사관의 말은 『광해군 일기』의 기록이다. 주지하다시피 『광해군 일기』는 인조반정의 성공 세력인 서인이 주도하여 편찬했다. 이괄의 난 때문에 실록 편집에도 우여곡절이 있었다. 때문에 다른 실록보다 신빙성이 떨어진다고 볼 수 있다. 그러나 그렇다고 하더라도 중앙 관계에 발도 못 붙인 정기룡을 서인이 헐뜯을 이유도 뚜렷하게 찾아보기 힘들다. 후일이지만 서인의 영수인 우암 송시열이 그를 높이 평가함을 보면 더욱 그렇다.

나전팔첩대병을 뇌물로 보지 않을 수도 있다. 한 지방의 특화된 으뜸 물품을 임금에게 바치는 것은 관례일 수도 있다. 다만 공식적인 루트가 아닌 좀 비공식적인 루트로 궁으로 들어갔을 수도 있다. 광해는 나쁜 인간이고 광해에게 바쳤으니 무조건 나쁜 짓이라는 사관의 지나친 이분법적인 판단이 그의 일생의 공적을 한순간에 무위로 만들었을 수도 있다.

무엇이 진실일까? 한 인간에 대한 대단한 극찬도 참담한 혹평도, 다 진실이 아닐 가능성이 많다. 인간은 대개 양면을 다 가지고 있기 때문이다. 인간은 언제나 상당히 복합적이고 복잡한 존재다. 누구나 그렇다.

역사 기록은 늘 승자의 권리라 하지만, 진실은 언제나 극과 극 사이의 어느 중간에서 떠돈다. 분명 말할 수 있는 것은 특정한 목적이 내포된 극단적 역사 해석은 일정 기간이 지나면 바로 뒤집힌다는 사실이다. 그것을 역사의 사필귀정이라고나 할까.

설죽(雪竹)을 아시나요

조선시대의 여성 시인하면 신사임당, 허난설헌, 황진이, 매창을 떠올린다. 신사임당과 허난설헌은 사대부 집안의 여성인 만큼 현대에 와서도 제대로 대접을 받는다. 황진이나 매창과 같은 기녀 시인도 유명 인사와의 교류를 통한 일화가 많이 남아 있어 평가가 활발했다. 하지만 조선 선조 때 승지 조원(趙瑗:1544-1595)의 첩실이었던 이옥봉(李玉峯)이나 경북 봉화 출신 여성 시인 설죽(雪竹)에 대한 연구나 평가는 그들의 신분으로 인한 이유로 이제 막 시작되고 있다.

2018년 10월 13일 봉화 닭실 청암정에서는 의미 있는 행사가 열렸다. 이 마을 출신인 설죽의 삶과 시에 대해 봉화의 학자인 이원걸 박사의 집중적인 조명이 있었다.

설죽은 권벌(權橃)의 손자였던 권래(權來:1562-1617)의 여종이었다. 권래는 시로 문명을 떨쳤던 권필(權韠)의 인척이었고, 권필은 성로(成輅:1550-1615)와 절친한 친구였다. 성로의 호는 석전(石田)이다.

권필과 성로는 송강 정철(鄭澈)에게서 학문을 배운 동문수학의 친구였다.

권필이 광해군 때 필화사건으로 귀양을 가다 울분에 차서 죽자, 석전 성로 가 자신의 시를 불태우고 세상을 한탄하며 술로 세월을 보냈다고 하는 것을 보면 그들의 우정을 알 만하다.

상상을 펼쳐본다. 벼슬보다는 시에 뜻이 있어 한평생을 시와 술과 친구 와 더불어 사는 풍류객이 바로 성로였다. 성로는 아내와 사별하고 울적함을 달래기 위해 권필의 고향인 봉화 닭실에 놀러 갔다. 그곳에서 어여쁘고 재 기발랄한 설죽을 만났다. 그는 첫눈에 설죽에게 반했다. 설죽 역시 감수성 뛰어난 시인이었던 성로가 좋았다. 그들은 나이와 신분을 뛰어넘어 금방 사 랑에 빠졌다. 친구의 사정을 눈치챈 권필은 친척인 권래에게 부탁해 설죽의 신분을 성로에게 시집갈 수 있게 한다. 설죽과 성로는 함께 서울로 올라와 서호(西湖:현재의 양화나루 근처)에서 십 년을 살았다.

십 년간 석전과 짝하여 한가히 노닐며
양자강 가에서 취해 지냈어요
오늘 홀로 떠난 임 계신 곳 찾아오니
옛 섬엔 백빈향만 가득합니다
十年閑伴石田遊 揚子江頭醉幾留 今日獨尋人去後 白蘋香滿舊汀洲

둘의 행복은 석전의 사망으로 인해 10년 만에 끝이 났다. 이때 설죽의 나 이가 26세로 추정된다. 이후 설죽의 행적은 호서지방에서 보인다. 『해동잡 기』, 『패관잡기』 등의 여러 문헌에서 설죽은 호서 기생으로 등장하는 것이 다. 이때 설죽이 지은 시 중의 하나로 「완산 객사에서 피리 소리를 듣고」라 는 작품이 있다.

피리 소리에 원망이 가득 담겼고

밤중의 창가엔 달이 기울어요

매화곡 연주하지 마세요

외로운 저의 애간장을 태우니까요.

逐秦龍吟怨思長 月斜窓外夜中央 遊人莫弄梅花曲 獨妾天涯易斷腸

(이상 한시 번역은 이원걸)

설죽이 어떻게 해서 호서의 기생이 되었는지는 잘 알려지지 않았다. 그녀는 약 20년 정도 호서지방에서 생활하다가 한양으로 올라온다. 한양에서도 고향 닭실을 그리워하는 여러 편의 시를 남겼다. 설죽 생의 마지막은 닭실에서 보낸 것으로 추정된다.

이원걸 박사에 의하면 설죽이 남긴 시는 놀랍게도 167편이나 된다. 권상원(權商遠)의 시집인 『백운자시고(白雲子詩稿)』 뒤편에 166수, 『청장관전서』에 한 편이 수록되어 있다. 이는 다른 조선의 여성 문사들에 비해 압도적으로 많은 양이다. 옥봉의 시가 『가림세고(嘉林世稿)』 뒤에 붙어 전하는 것과 같은 양식이다.

설죽의 시를 일별해보니 대부분 깔끔하고 산뜻하다. 설죽, 매창, 옥봉 등을 모두 포함한 가칭 '조선 여성 문학사'도 생각해 봄 직하다.

승평부 대부인, 박씨 이야기

1. 강태공과 월산대군

낚시를 좋아한다고 하면, 가끔 "강태공이시군요"라는 말을 들을 때가 있다. 강태공 정도는 알고 있으니 유식하다는 걸 인정해 달라는 무의식적 언어 사용 습관이다.

강태공은 주나라 문왕을 도와 주나라의 기틀을 다진 정치가로 본명은 강상(姜尙)이다. 자세한 생몰연대는 알 수 없다. 대략 기원전 약 1200년의 인물이다.

강상은 위수(渭水)에서 미늘 없는 바늘로 물고기를 잡는 시늉만 내면서 누군가가 자기를 알아주기를 기다렸다. 이를 두고 후세 사람들은 강태공이 세월을 낚으면서 때를 기다렸다고 한다. 다행히 주나라 문왕이 그를 발탁하였다. 유비를 도와 촉나라를 세우는 데 큰일을 한 제갈공명과 같이, 강태공은 문왕을 보필하여 주나라를 패권 국가로 만들었다. 문왕의 아들 무왕은 상나라를 완전히 멸망시키고 중국 천하의 주인이 되었다. 강태공은 뛰어난 전략가였지만, 고기를 잡지 않았기에 진짜 낚시꾼은 아니다.

고기 잡을 뜻이 아예 없었던 낚시꾼이 또 있다. 조선조 9대 임금 성종의 친형인 월산대군이 그랬다. 월산대군을 이해하기 위해서는 설명이 좀 필요하다.

세종대왕의 아들인 조선 7대 임금 세조는 조카를 죽이고 찬탈했다는 불명예를 지울 수가 없다. 이후 세조의 왕위 계승은 순조롭지 않았다. 장남인 의경 세자는 수빈(훗날의 인수대비)과의 사이에 두 아들을 남기고 20세에 죽었다. 세자가 죽자 차남인 예종이 왕위를 계승했다. 하지만 20세 때 재위 13개월 만에 죽었다. 예종이 첫 부인 한씨와의 사이에서 얻은 아들(인성대군)은 3세 때 죽었다. 한씨는 출산 후유증으로 죽었다. 이어 후비 인순왕후와의 사이에 1남 1녀를 두었으니 제안대군과 현숙공주였다. 복잡하니 7대 임금 세조부터 11대 임금 중종까지 가계도를 그려보자.

*세조, 예종, 성종 가계도

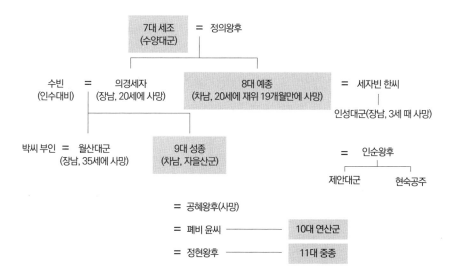

극적인 왕위 계승은 8대 예종이 죽고 나서다. 예종은 독살설이 나돌 정도로 20세에 갑자기 죽었기에 왕위 계승 작업도 급박하게 이루어졌다. 조선 법도로 보면 왕 계승 1순위는 예종의 아들인 제안대군, 2순위는 20세에 사망한 의경세자의 장남인 월산대군, 3순위는 의경세자의 차남인 자을산군이었다.

법도대로라면 예종의 장남인 제안대군이 왕위를 이어야 했다. 하지만 왕위 계승 1순위 제안대군은 성품이 어리석고 어리다는 이유로 제외되고 사촌 형인 자을산군이 보위에 올랐다. 자을산군은 한명회의 사위였다. 훈구파 대신(大臣) 한명회는 당시 조정에서 가장 강력한 세력을 구축하고 있었다. 한명회는 자신의 사위 자을산군을 보위에 올리고 자을산군(성종)의 후견인이 되는 동시에 자신의 영향력도 유지했다. 이렇게 되자 성종의 형인 월산대군과 예종의 장남 제안대군은 평생을 조심스럽게 살지 않으면 안 될 처지가 되었다. 이를 백척간두의 삶이라고 해야 할까, 바늘방석에서의 삶이라고 해야 할까. 월산이나 제안이나 모두 자신의 할아버지 세조가 단종을 어떻게 죽였는지를 잘 알고 있었기에, 극도로 몸을 사릴 수밖에 없었다. 조금이라도 권력에 욕심을 보이면 바로 죽음이고, 누군가가 정변을 일으키면, 역모의 수괴라는 누명을 쓸 가능성도 있었다. 죽지 않으려면 어떻게 해야할까?

제안대군과 월산대군이 살기 위해 달려간 곳이 바로 풍류의 세계다. 월산대군이 지었다고 하는 시조 한 수가 남아 있다.

추강(秋江)에 밤이 드니 물결이 차노매라
낚시 드리오니 고기 아니 무노매라
무심(無心)한 달빛만 싣고 빈배 저어 가노매라

가을밤 낚시를 했다. 고기가 물지 않아 한 마리도 못 잡았다. 애당초 고기를 잡을 생각이 없었는지도 모른다. 고기 욕심도 없을 정도니 물욕도 없고 정치 욕심도 없다. 사실이 그랬다기보다 그렇게 보여야만 살아남을 수 있었다. 그러니 이런 시조를 지어 동네방네 소문을 내야 한다. 당시 시조는 노래의 가사였다. 문학작품으로 시조를 짓는 것이 아니라 노래 가사로 짓고, 그것을 소리 기생이 노래(가곡)로 불렀다. 그래야 더욱 소문이 난다.

월산대군은 양화도 북쪽 언덕(지금의 마포구 망원동)에 망원정(望遠亭)을 짓고, 시문을 읊고 풍류를 즐기면서 살았다. 1488년(성종 19년) 월산대군이 죽었을 때 작성한 『성종실록』의 졸기(卒記:사관이 쓴 죽은 사람의 간략한 전기. 상당히 객관적인 평가다.)를 보면 그가 어떻게 살았는지 짐작할 할 수 있다.

월산대군(月山大君) 이정(李婷)이 졸(卒)하였다… 오직 시주(詩酒)만 좋아하였다… 지은 시(詩)가 평담(平談)하였으며 음률(音律)도 알았다. 비록 문사(文士)를 좋아하였으나 함부로 사귀고 접하지 아니하므로… 매일 아침에 예궐하여 문안하며 아무리 심한 추위와 더위에도 일찍이 잠시도 폐함이 없었다. 잔치와 활 쏘는 데 입시(入侍)하여 아무리 즐거움이 지극하더라도 법도에 따르고 조금도 실수함이 없었다… 이해 9월에 인수 왕대비(仁粹王大妃)가 불예(不豫)하자 시약(侍藥)하면서 근심과 걱정으로 병을 얻어 두어 달을 끌어오다가 이에 이르러 졸하니, 나이가 35세이다. 평양군(平陽君) 박중선(朴仲善)의 딸에게 장가들었는데, 후사(後嗣)가 없고 측실(側室)에 두 아들이 있다.

(세종대왕기념사업회, 김익현 번역)

이를 보면 월산대군은 시와 술을 좋아하고, 사람을 좋아했으나 사귀지는 않아 찾아오는 사람이 거의 없었고, 매일 임금에게 문안을 드리고 실수하지 않고 살았다… 한마디로 말하면 극도로 조심하면서 살았다는 거다. 엄청난 스트레스를 받았을 거 같다. 졸기에는 어머니 인수대비 병간호하다 병을 얻어 죽었다고 하지만 그대로 받아들이기 힘들다. 35세라면, 여전히 한창 청년인데 말이다.

2. 제안대군과 장녹수

흔히 조선시대 최악의 폭군으로 연산을 꼽는다. 연산의 악행 후반기에 연산의 혼을 빼놓은 여자는 장녹수로 알려져 있다. 흥미 위주의 드라마나 소설에서 장녹수는 연산에게 섹스어필한 여인으로 그려진다. 대단한 미모의 여인일 것 같지만 실제 장녹수는, 얼굴은 중인(中人) 정도를 넘지 못했다는 실록의 기록으로 보아 출중한 미인은 아니었다. 장녹수는 가무(歌舞)를 익혀 오히려 가수로서의 명성이 장안에 자자했다. 『연산군일기』에는 다음과 같은 기록이 있다.

성품이 영리하여 사람의 뜻을 잘 맞추었는데, 처음에는 집이 매우 가난하여 몸을 팔아서 생활을 했으므로 시집을 여러 번 갔었다. 그러다가 대군(大君) 가노(家奴)의 아내가 되어서 아들 하나를 낳은 뒤 노래와 춤을 배워서 창기(娼妓)가 되었는데, 노래를 잘해서 입술을 움직이지 않아도 소리가 맑아서 들을 만하였으며, 나이는 30여 세였는데도 얼굴은 16세의 아이와 같았다. 왕이 듣고 기뻐하여 드디어 궁중으로 맞아들였는데, 이로부터 총애함이 날로 융성하여 말하는 것은 모두 좇았고, 숙원(淑媛)으로 봉했다.

(한국고전번역원, 이재호 번역)

이 기사를 보면 장녹수가 어떤 인물인지 잘 드러난다. 장녹수에게 노래와 춤을 가르쳐 창기(娼妓:노래하는 기생)로 만든 이가 바로 제안대군이다.

정작 제안대군은 평생 여색을 가까이하지 않았고다. 다만 성악(聲樂)을 즐기고 사죽관현(絲竹管絃:거문고와 대금)을 연주하기를 좋아하였다고 한다. 월산대군이 시와 술의 세계로 나아갔다면, 제안대군은 성악과 사죽관현, 즉 노래와 피리와 거문고와 대금과 같은 악기의 세계, 음률의 바다로 나아갔다.

제안대군은 공들여서 사설 가무단을 만들어 놓고, 음률을 가르치고 가곡 반주를 하고 스스로도 즐겼다. 제안대군은 어쩌다 알게 된 장녹수의 자질을 보고 자신의 집으로 노비로 데려왔다. 자신의 남자 종과 짝을 맺어주고 가무를 가르쳤다. 장녹수는 아이를 낳고 생활이 안정되면서 가무에 전념했다. 제안대군이 예측대로 음률을 가르쳐보니 장녹수의 재능은 대단히 뛰어났다. 노래면 노래, 춤이면 춤에서 뛰어난 예기(藝妓)가 되었다. 세월이 흐르자 장녹수는 제안대군의 사설 가무단 중 가장 뛰어나다는 소문이 퍼졌다.

색이라면 그 누구보다 욕심이 많았던 연산이 그 소문을 놓칠 리가 없다. 연산은 제안대군에게서 장녹수를 빼앗아 갔다. 그것으로는 성이 차지 않아 제안대군의 집을 일종의 기생양성소[가흥청(假興淸)로 만들어 뇌영원(蕾英院)이라 부르게 했다. 연산은 제안대군의 예기(藝妓) 양성 실력을 인정하고 의지했다.

장녹수는 연산을 공기놀이하듯 가지고 놀았다. "왕을 조롱하기를 마치 어린아이같이 하였고, 왕에게 욕하기를 마치 노예처럼 하였다. 왕이 비록 몹시 노했더라도 녹수만 보면 반드시 기뻐하여 웃었으므로, 상주고 벌주는 일이 모두 그의 입에 달렸으니"(『연산군일기』)라고 기록되어 있다.

어찌하랴! 연산은 장녹수와 함께 점점 파멸의 길로 들어서 4년 후인 1506년 중종반정으로 폐위되고 그해 강화도에서 죽었다. 장녹수는 반정 때 바로 목이 잘려 죽었다.

성난 군중이 그녀의 시체 위로 던진 기왓장과 돌은 잠깐 사이에 무덤을 이루었다.

연산의 폐위 뒤에도 제안대군은 건재했다. 연산에게 장녹수를 공급한 것은 죄로 다스려지지 않았다. 오히려 왕족으로서 특권과 호사를 누렸다. 자신을 대신해 왕이 된 성종보다, 성종의 아들 연산보다 더 오래 풍류를 즐기면서 살았고, 1525년 나이 육십에 죽었다. 당시로서는 장수했다. 제안대군 이현이 죽자 사관(史官)은 그의 일생을 이렇게 논평했다.

> 이현은 예종(睿宗)의 아들로 성격이 어리석어서 남녀 관계의 일을 몰랐고, 날마다 풍류잡히며 음식 대접하는 것을 일과로 삼았다. 그러나 더러는 행사가 예에 맞는 것이 있으므로 사람들이 거짓 어리석은 체하는 것이라고 하였다.
>
> (한국고전번역원, 김주희 번역)

조선왕조실록에서 사관이 논평할 때 세상 사람들이 이렇게 말했다고 하는 내용이 오히려 진실에 가깝다. 일종의 수사법이다. 그러니 제안대군이 평생을 거짓으로 어리석은 체하며 살았다는 게 진실이다. 풍류, 특히 성악과 사죽관현의 예술세계가 아니었으면 제안대군의 인생은 퍽 불쌍할 뻔했다. 여색을 멀리했기에 풍류만이 그를 구원했다. 35때 죽은 사촌 형 월산대군보다는 한 수 위다.

3. 승평부 대부인 박씨

월산대군과 제안대군은 사촌지간이기도 하면서 동서지간이다. 그들의 장인은 박중선(朴仲善:1435-1481). 무과에 급제하여 세조 때 많은 공을 세운 박중선은 7녀 1남을 두었고 첫째 딸이 월산대군의 부인, 일곱째 딸이 제안대군의 부인이 되었다. 외아들이 연산군을 몰아낸 중종반정의 일등공신인 박원종이다.

박중선의 첫째 딸 박씨는 1455년생으로 열두 살 때인 1466년 월산대군과 혼인했다. 남편인 월산대군보다 1세 연상이었다. 시동생이 되는 성종은 왕이 되면서 형수인 박씨에게 승평부 부인(昇平府夫人)의 봉작을 내렸다. 이렇게 하여 박씨는 승평부 부인이라 불리게 된다.

1482년 연산의 어머니 윤씨가 사사(賜死)되었다. 당시 연산은 6세의 어린아이였다. 할머니 인수대비는 병약했던 연산의 몸이 아플 때면 첫째 며느리 승평부 부인 박씨에게 어린 연산을 보내 돌보게 했다. 연산의 큰어머니에 해당하는 박씨는 슬하에 자식이 없기도 해서 어미없는 연산을 친자식처럼 돌보았다.

세월이 흘러 월산대군도 죽고, 성종이 죽고, 19세의 연산이 임금이 되었다(1494년). 연산은 잘 알려진 것처럼 광포한 임금이 되어 악명을 드날렸다. 연산은 12년 동안 보위에 있다가 그의 악정(惡政)을 참다못한 신하들의 쿠데타로 임금의 자리에서 쫓겨난다. 이때가 1506년(연산 12년) 9월 1일.

이날 박원종을 비롯한 반정 지휘부는 창덕궁을 손쉽게 장악하고 다음 날 대비의 승인을 받고 중종을 보위에 올렸다. 반정군은 창덕궁을 장악하면서 장녹수를 참했고, 궁 밖으로 그녀의 시체를 던졌다. 분노한 백성은 장녹수의 시신에 돌과 기와를 마구잡이로 던졌다. 시신 주위에 던져진 돌과 기와는 금방 산을 이루었다.

반정이 있기 불과 2개월 전인 6월의 『연산군일기』에는 보기에 따라서는 매우 희한한 기사가 나와 눈길을 끈다.

전교하기를,

"절부(節婦)·효부(孝婦)는 반드시 정려(旌閭)를 해야 한다. 이정(李婷)의 처 (妻)가 소혜 왕후(昭惠王后)께서 미령(未寧)하실 때 곁에서 모시기를 게을리하지 않았고 평시에 시봉(侍奉)할 때도 뜻을 어김이 없었으며, 또 춘궁(春宮)을 교양할 때도 사랑하여 돌보기를 자기가 낳은 자식 같이 하였으니, 마땅히 포양(褒揚)하는 은전을 내려 뒷사람들을 권장해야 하겠다."

하고, 이어 또 전교하기를,

"승평부 부인(昇平府夫人)의 부인(夫人)이란 글자 위에 대(大) 자를 더 넣어 도서(圖書)를 만들고, 문신(文臣)에게 책문(冊文)을 짓도록 하라."

하였다.

(한국고전번역원, 양기식 정연탁 조석주 번역)

이 기사를 제대로 이해하기 위해서는 해설이 필요하겠다. '전교한다'는 건 임금이 신하에게 지시한다는 것. 연산은 이날 지시를 했다. 어떤 지시냐 하면, 이정의 처가 소혜왕후(인수대비, 박씨 부인의 시어머니)가 아플 때 열심히 간호를 했다는 거다. 이정은 월산대군의 이름. 즉 월산대군의 처 박씨 부인이 인수대비가 아플 때 병간호를 잘했다고 치하하는 내용이다. 그 다음이 의미심장하다. "춘궁(春宮)을 교양할 때도 사랑하여 돌보기를 자기가 낳은 자식 같이 하였으니"로 나온 대목이다. 여기서 '춘궁'은 연산군, 자기 자신을 말한다. 연산이 어릴 때 사랑하여 돌보기를 자기 자식같이 했다는 거다. 이 말은 박씨 부인이 자신을 어머니처럼 잘 돌보고 키워주었다, 그래서 은전을 내려 감사를 표하고, 승평부 부인에서 대(大)자를 집어넣어 승평부 대부인이라 하라고 했다. 최고의 대우다. 그런데 그 다음 사신의 논평이 매우 특이하며 무섭다.

사신은 논한다. "박씨(朴氏)는 수십 년을 과거(寡居)하며 불교를 받들고 믿어 정(婷)의 묘 곁에 흥복사(興福寺)를 세우고, 따라서 명복을 비느라 자주 그 절에 가므로 사람들이 혹 의심하기도 하였다. 왕이 박씨로 하여금 그 집에서 세자를 봉양하게 하다가 세자가 장성하여 경복궁에 들어와 거처하게 되면서는, 왕이 박씨에게 특별히 명하여 세자를 입시(入侍)하게 하고, 드디어 간통을 한 다음 은(銀)으로 승평부 대부인이란 도서(圖書)를 만들어 주었다. 어느날 밤 왕이 박씨와 함께 자다가 꿈에 정을 보고는 밉게 여겨 내관으로 하여금 한 길이나 되는 철장(鐵杖)을 만들어 정의 묘 광중(壙中)에 꽂게 하였는데 우뢰와 같은 소리가 들렸다."

(한국고전번역원, 양기식 정연탁 조석주 번역)

이 무슨 황당한 이야기인가? 이를 살펴보면, 박씨는 불교를 숭상하여 남편이 죽고 난 뒤 흥복사를 세웠다는 것, 박씨 부인이 자주 그 절에 가서 사람들이 의심하였다는 것이다. 이후 박씨 부인은 왕과 간통을 했다. 그런데 연산이 박씨와 자다가 연산의 꿈에 박씨의 남편 월산대군 이정이 나타났다, 연산이 꿈에 나타난 이정을 미워하여 내관을 시켜 이정의 묘에 쇠막대기를 박게 했더니 천둥소리가 들렸다는 거다.

사관의 이 말을, 『연산군일기』의 이 기록을 믿을 수 있을까? 황당하기 그

지 없다. 꿈에 월산대군이 나타났다는 것도 그렇고, 월산대군의 묘에 쇠막대기를 박게 했다는 것도 그렇다. 이 기록, 연산이 박씨에게 간통을 하고 특전을 내렸다는 기록이 있고 40일 후인 1506년 7월 20일 『연산군일기』에는 더 황당한 기록이 나온다.

> 월산대군 이정(月山大君李婷)의 처 승평부 부인(昇平府夫人) 박씨가 죽었다.
> 사람들이 왕에게 총애를 받아 잉태하자 약을 먹고 죽었다고 말했다.
>
> (한국고전번역원, 양기식 정연탁 조석주 번역)

매우 간략한 기록이다. 박씨 부인이 음독자살을 했다. 그 이유는 사람들이 말하기를 연산의 아이를 잉태했기 때문이었다. 오잉?

이 실록 기록을 액면 그대로 믿는다면 이렇게 된다.

연산은 어릴 때 자신을 돌봐준 자기보다 21세 연상인 박씨 부인을 여성으로 좋아하다가 30대 초에 이르러 드디어 박씨 부인과 성관계를 했다. 그 결과 52세인 박씨 부인이 연산군의 아이를 가졌다. 세간의 평을 두려워한 박씨 부인이 음독자살했다. 이게 과연 가능한 일인가?

『연산군일기』의 내용이 그렇다. 물론 불가능한 일은 아니다. 52세의 나이에 여자가 임신한다고 해도 과학적으로 불가능한 건 아니다. 그러나 전체적인 맥락을 보아야 한다. 박씨 부인을 연산이 파격적으로 대접한 건 사실이지만, 그건 어릴 때 엄마를 잃은 그를 친아들처럼 보살폈기 때문이다. 박씨 부인은 정작 남편 월산대군과의 사이에서 아이가 없었다. 그럼 월산대군이 생식 능력이 없었던가? 그렇지는 않다. 월산대군은 박씨 부인이 아닌 첩실에서 자식을 둘을 보았다. 그렇다면 박씨 부인이 아이를 낳지 못했다고 보아야 논리적이다. 그런 여자가 52세 때 갑자기 임신을 했다? 이게 얼마나 황당한 이야기인가?

조선시대 두 번의 반정(反正)이 있었다. 반정이란 성공했다고는 하지만 사실은 주역들에게 엄청나게 부담이 가는 사건이다. 반정도 본질적으로는 반역이고, 반정 주역들은 역적이다. 그러기에 보다 확실한 명분을 만들어야 한다. 임금을 아주 미친놈으로 만들어야 한다. 미치면 미칠수록 좋다. 임금을 미친놈으로 만들기에는 강상의 죄를 뒤집어씌우는 것이 가장 좋다. 패륜아로 만드는 것. 불효막심하고 아비 어미도 모르는 놈으로 만들어야 한다. 성적인 게 있으면 더 좋다. 연산에게 박씨 부인은 큰어머니다. 큰어머니와 붙어먹은 놈, 게다가 어미(폐비 윤씨)를 잃었을 때 어머니처럼 돌보아 주었던 사람이다. 어머니나 마찬가지다. 그러니 연산이 박씨 부인과 간통을 한 건 어머니와 붙어먹은 놈이 된다. 그런 놈이 왕이니, 갈아치우지 않으면 안 된다는 결론이 나온다. 흔히 역사는 승자의 기록이라 한다. 연산에게 근친상간과 같은 짐승의 낙인을 찍은 예는 조선시대에 또 있다. 연산의 증조할아버지에 해당하는 세조는 잘 알다시피 동생 안평대군을 먼저 죽이고, 조카 단종을 죽였다. 세조가 안평대군을 죽일 때 내세운 죄목 중의 하나가 바로 양어머니와 근친상간을 했다는 거였다. "이용의 양모(養母) 성녕(誠寧)의 부인 성씨(成氏)의 죄는 모자 사이로 논하면 죄가 마땅히 연좌하여야 하겠고, 모자가 서로 간통한 것으로 논하면 죄가 마땅히 극형에 처하여야 하겠으니, 청컨대 율에 의하여 시행하소서."(단종실록, 1453년 10월 18일 기사)

이게 무슨 말인가. 조금의 설명이 필요하겠다. 안평대군은 세살 때 태종의 넷째 아들 성녕대군(세종의 바로 아래 동생)이 14세에 죽자, 성녕대군의 양자로 들어갔다. 성녕대군은 죽기 전에 장가를 갔는데 그 부인이 바로 창녕 성씨다. 성녕의 부인 창녕 성씨는 성삼문의 종고모이기도 했다. 세조 추대 세력은 안평대군이 김종서 등과 세력화를 꾀했다는 죄와 아울러 양어머니 창녕 성씨와 근친상간을 했다는 말도 안되는 죄를 더 추가했다. 왕이나 왕에 준하는 대군을 죽일 때는 이런 패륜적인 측면을 부각할 필요가 있었다. 그래야 죽인 자들에게 명분이 주어졌다고 볼 수 있다.

또 하나 생각해볼 건 박씨 부인의 친동생 박원종이 중종반정의 주역이라는 점이다. 대비에게 반정의 명분을 호소하고 중종을 추대하여 대비의 인준을 받은 장본인이 박원종이다. 박원종은 7녀 1남 중의 외아들이며, 박씨 부인이 박원종의 맏누이다. 실록에는 박원종이 누이에게 자살을 강요하며 약을 건넸다는 이야기가 나온다. 반대의 추론도 가능하다. 박씨 부인이 자결하자 박원종이 앙심을 품고 중종반정을 기획했다는 거다.

내가 보기에, 중종반정 세력은 박씨 부인의 죽음을 활용했다. 간통과 임신설을 퍼뜨리고, 연산을 완전한 패륜으로 몰고 갔다. 박씨 부인은 연산의 파멸을 예감하고, 자살로 삶을 마감했다. 그것은 박원종의 강요일 수도 있고 스스로 택한 길일 수도 있다. 연산과는 아들처럼 가까운 사이였고, 여러 특전을 입었기에 박씨 부인으로서는 어쩔 수 없는 선택이었다. 박씨 부인은 자신이 죽어야 동생의 길이 열린다는 걸 짐작했을 수도 있다.

『연산군일기』의 편찬자들은 중종반정 이후 나라의 녹을 먹은 자들이다. 그들은 박씨 부인을 이용해서 거듭 연산 죽이기에 나선 사람들이다. 사람은 모르는 것이어서 연산과 박씨 부인이 통정했을 가능성도 있다. 하지만 그 가능성은 매우 희박하다. 이성적, 논리적으로 판단하자면, 이 희대의 간통 사건은 중종 옹위 세력의 조작이다.

연산이야 충분히 비난받아 마땅한 짓을 했지만 박씨 부인이야말로 현실에서건, 역사에서건 비극적 인물이다. 폐비 윤씨, 장녹수, 박씨 부인 모두 비극적으로 죽었다. 그 여인들의 운명이 슬프다.

3부
'오늘 하루만이라도'라는 시

황동규 시인의 시 두 편

1. 밤술

황동규는 대한민국의 시인이다. 「즐거운 편지」를 비롯하여 유명한 작품이 많다. 「즐거운 편지」가 서울고등학교 다니던 시절 지은 시라고 하면 사람들은 놀란다. 서울고등학교를 2등으로 졸업하고 서울대학교 문리과대학을 수석으로 입학했다고 하면 좀 수긍이 갈 수도 있다.

황동규 시인과 '절친'인 마종기 시인이, 고교 시절 시험공부를 하려고 하면, 황동규 시인이 찾아와 놀거나 다른 이야기를 하면서 자신의 시험공부를 방해했는데, 정작 황동규 시인의 성적은 전교 1, 2등을 다툴 정도로 좋아서 놀랐다고 회고한 적이 있다. 1990년대 중반부터 황동규 시인을 가까운 거리에서 염탐한 바에 의하면 황 시인은 천재가 확실하다. 둔재 중에서는 한 우물을 깊이 파고들어 나름대로 성공한 사람이 있다. 황 시인은 여러 우물을 파지만 각각의 우물이 대부분 깊이가 있다. 그 우물은 서로 연결된다. 문학을 중심에 두고, 철학, 역사, 음악, 건축학, 지리, 종교, 생물학 등등이 방대한 체계를 이루고 있다. 특히 음악과 철학은 그 분야 전문가를 넘어서는 경지다. 물론 둔재인 내가 황동규 시인보다 더 잘 아는 분야도 있다. 어류학과 여러 종류의 낚시가 그렇다.

내가 황순원 선생의 제자다 보니, 1980년대 중반 이후 설 명절이면 황순원 선생 댁으로 세배갔다. 음력 설날에는 선생 댁은 종일 세배꾼으로 붐볐다. 세배꾼들은 세배만 하고 사라지지 않았다. 이방 저방에서 끼리끼리 자리를 잡고 앉아 사모님이 내어 주신 술과 안주로 얼큰히 취한 다음 물러났다.

20여 년 동안 선생은 잠실로, 청량리로, 사당으로 주거지를 옮기셨다. 황동규 시인은 설날이면 아버님 집으로 와서 세배 오는 문인을 접대해야 했다. 전상국, 김용성 같은 좀 나이든 제자들과는 대개 선생의 장남인 황동규 시인이 대작하곤 했다. 나는 어린 대학원생이라 황동규 시인과 스쳐 인사만 했지, 대화를 나눈 적은 없었다.

1993년 봄인가 어느 시 전문 잡지의 청탁으로 황동규 시인의 「즐거운 편지」에 대한 글을 쓴 적이 있다. 「즐거운 편지」에는 두 가지 아이러니가 중첩되었다는 게 내 글의 요지였다. 그 글이 발표되고 한두 달이 지났을까. 황동규 시인이 느닷없이 집으로 전화를 걸어왔다. 그 글을 보았는데, 자신의 시를 잘 파악하고 있다, 다음 시집에 해설을 부탁한다는 말씀이었다. 황 시인은 1938년생, 나보다 23세 연상이니, 내 스승의 자제라 해도 거의 아버지나 큰형님 뻘이거니와, 무엇보다 당시에도 이미 한국시단의 대가(大家) 반열에 속했었다. 등단한 지 3년도 안 된 신인 비평가가 감당하기는 좀 힘든 지면이기도 하고, 소설을 전문으로 평론을 쓴 나에게는 맞지 않겠다는 생각도 들어 거절했다.

얼마 후 나의 스승인 최동호 선생을 통해 간접적 압력을 행사하는 바람에, 그리고 무엇보다 '문학과 지성사'라는 메이저 출판사에서 내는 황동규 시인의 시집에 내 글을 실을 수 있다는 유혹에 못 이겨, 해설을 쓰기로 했고, 한두 달 열심히 써서 원고를 넘겼다. 그게 『미시령 큰바람』이란 시집이다. 시집이 나오고 몇 차례 만나면서 황 시인과 나의 공통점이 몇 가지 발견되었다.

그건 술과 여행을 좋아한다, 낭만적인 구석이 있다, 문학 우선주의자다, 철이 없다 같은 것들이었다. 그건 황 시인이나 나에게 '즐거운 발견'이었다. 그 이후 황 시인을 자주 만나 뵙고, 술잔도 기울였고, 여행도 많이 다녔다. 인도 여행 때는 열흘 동안 룸메이트이기도 했다. 황동규, 홍신선, 김윤배, 김명인, 이숭원, 하응백이 술자리나 여행의 주 멤버고, 게스트로 유안진, 최동호, 박태일, 조정권, 문인수, 안도현, 권선희(구룡포) 등의 시인이 합류하기도 했다. 그렇게 거의 30년을 지내오니, 백령도, 덕적도, 선유도, 두미도, 임자도, 국화도를 비롯한 섬, 전국 유명 사찰, 경승지 등 많은 곳을 다녔다.

코로나 19로 인해 2020년과 2021년은 여행도 공쳤다. 이제 황 시인도 연로하셔서, 예전처럼 여행을 자주 가지는 못한다. 그래도 갈 수 있을 때까지는 가려고 한다.

아래의 시는 황동규 시인의 걸작 중의 걸작이다.

밤술
　― 하응백에게

겨울비 추적대는 낙원동 저녁 시간을 녹이며

그대와 마시다 남겨온 술

책상 밑 여다지 속에 갇혀

몇 달 혼자 숨죽이고 살다가

오늘 친구 빈소에 다녀와

옛 사진 뒤질 때 몸 드러내니

뇌세포들이 벌써 알고 수신호를 보내는구나.

슬픔이란 대체로 간섭현미경으로 본

금속 표면 같은 것.

무늬 각기 다르지만 손으로 쓸어보면

다 비슷하게 매정하고 매끈하다.

물 속에 들 때 허리 구부리고 굴절하는 빛처럼

허리숙이고 슬픔 속에 들어간다.

성좌들이 껐던 별들을 하나씩 다시 켜고

여기저기서 밤새들이 웃는다.

지평선에 도달했다.

2. 울진 소광리 길

1990년대 중반 황동규 시인을 비롯한 여행 멤버가 동해안으로 떠났다. 어떻게 연락이 되어 울진의 김명인 시인 생가(生家)에 이하석, 이동순, 문인수, 송재학, 박태일 등 경상도 시인들이 합류하여 울진을 구경하러 다녔다. 바다는 그전에도 늘 보았으니 큰 감흥은 없었지만 울진 금강송면 소광리 소나무숲은 대단했다. 후곡천을 따라 차가 갈 수 있는 곳까지 가다가 차를 내려 한참을 계곡 따라 걷다가 본 소나무숲은 신령스러울 정도로 장엄했다. 한국 최고의 숲이었다.

그후 오랜 시간이 지나 무슨 인연인지 『소나무인문사전』이란 책을 책임

편집하게 되었다. 그러면서 소나무에 관해 공부를 좀 했다.

소나무는 우리 민족에게 '요람에서 무덤까지'란 말로 간단하게 설명할 수 있다. 과거 한국인들은 소나무로 지은 집에서 태어나고 생솔가지를 꽂은 금줄이 쳐진 집에서 지상의 첫날을 맞는다. 사는 동안 소나무로 만든 가구나 도구를 사용하고 죽을 때도 소나무 관에 육신이 들어간다. 소나무는 또한 판옥선과 같은 조선(造船)에도 가장 중요한 재료였다.

건축재, 가구재, 조선재(造船材), 땔감, 구황식품, 관곽 등으로 사용되었다. 심지어 소금과 도자기 생산에도 소나무는 없어서는 안 될 나무였다. 요즘 말로 하면 소나무는 국가의 가장 중요한 기초 원자재였다. 사정이 이러하니 조선시대에는 소나무를 국가적으로 보호하였다. 주요한 소나무 산지는 출입과 벌채를 금지하는 표식인 황장금표(黃腸禁標)를 세워 이를 위반하는 자에게는 엄한 벌을 내렸다.

현대에 와서는 이러한 물질적, 상징적 요소에다 또 하나의 소나무의 유용성이 활용되기 시작했다. 그것은 바로 힐링(healing)이다. 울진 소광리 금강소나무 숲이나 안면도 휴양림처럼, 전국 각처에 있는 소나무 숲은 공해에 찌들고 일상에 지친 현대인들에게 편안한 휴식 공간을 제공한다. 그 숲에서 현대인들은 정신과 육체를 치유한다.

소나무는 예술적 영감의 원천으로 작용하기도 한다. 국보 180호인 추사 김정희의 〈세한도〉를 비롯해 수많은 그림의 소재가 바로 소나무였다. 한시(漢詩)로부터 현대시에 이르기까지 많은 문학작품에 영감을 준 것도 바로 소나무였다. 수많은 전설과 민담의 배경으로 소나무가 자리하며, 전국 각처에 있는 천연기념물과 보호수(노거수)도 소나무가 다수(多數)를 차지한다. 애국가에도 남산의 소나무가 등장하며, 유행가에서조차 소나무는 자주 등장한다. 소나무는 대한민국의 국목(國木)이다.

아래의 시는 1990년대 중반 시인 황동규는 울진 여행에서 소광리 금강 소나무 숲을 구경하고 남긴 시다. 시인은 새가 되어 소나무 숲으로 사라졌다. 어디 가서 시인을 찾을까?

울진 소광리(召光里)길

오늘 우연히 지도 뒤지다가 기억 속에 되살아난

소광리(召光里)길

봉화에서 불영계곡 가다가

삼근(三斤) 십리 전 왼편으로 꺾어 올라가는 길

잡목 속에 적송들이 숨어 숨쉬는 곳.

차 버리고 걸으면

냇물과 길이 서로 말 삼가며 만드는

손바닥 반만 한 절터 하나도 용납 않는 엄격한 풍경.

자꾸 걸으면 길은 끝나지 않고

골짜기와 냇물만 남는다.

고목(枯木)덩이 같은 쏙독새 한 마리

한걸음 앞서 불현 듯

새가 되어 날아갈 뿐

황동규 시인의『오늘 하루만이라도』

2020년 한국문학에서 꼭 기억해야 할 건 황석영 소설『철도원 삼대』와 황동규 시집『오늘 하루만이라도』출간이다.『철도원 삼대』에 대해서는 〈한국문학〉 2021년 상반기호 소설평에 경희대 고인환 교수가 충분히 다루고 있으므로 생략하고, 여기서는 황동규 시집『오늘 하루만이라도』만 간단하게 이야기하려고 한다.

이 시집, 제목만 보고서도 나는 울컥했다. '오늘 하루만이라도'라니. 그 절실하고 절박한 제목이라니. 황동규 시인이 1958년「즐거운 편지」,「시월」등으로 등단한 이후 지금까지 60여 년이 넘도록 한국문학은 황동규의 시가 있어 행복했다.

83세의 나이에 낸 시집으로 이런 수준의 긴장을 유지하고 있는 건 세계적으로 황동규 시인이 유일하다. 진실로 진실로 황 시인의 시는 그 나이의 황동규만이 쓸 수 있는 시로 또 변모했다. 어찌 탄복하지 않으랴.

2018년 7월 황 시인은 몇 분의 시인들과 함께 민어 먹으러 임자도로 갔다. 그때 먹은 민어를 황 시인은 이렇게 표현했다. 그때 8kg짜리 수놈 민어를 1박 2일로 먹었다.

> ……
>
> 언젠가 이 세상 두고 나갈 때
>
> 최근에 불새가 불 속에서 불씨를 쪼듯
>
> 잊지 못할 민어회 맛 한번 진하게 쪼은 신안군 임자도를
>
> 모르는 척 놔두고 갈 순 없겠지.
>
> 「선운사 동백」 마지막 부분)

이 시는 순전히 하응백이 운전해서 황 시인 모시고 갔기에 탄생했다. 훗날의 문학 연구가들은 꼭 기억해주기 바란다. 황동규 시의 탄생에서 아주 작은 부분은 하응백이 기여한 게 아주 조금은 있다고. 각주(脚註) 정도로.

의리(義理)의 민중 소설 – 김주영의 『객주』

　김주영의 『객주』는 1979년 6월부터 5년간 1465회에 걸쳐 서울신문에 연재한 대하 장편 소설이다. 1980년대 중반 9권의 단행본으로 출간되어 독서가들뿐만 아니라 일반 대중에게도 널리 읽힌 베스트셀러에 올랐다. 작가 김주영을 대중에게 각인시키는 계기가 된 작품이었다.

　2010년 이후 경북 울진과 봉화 등에서 보부상의 자취가 실증적으로 드러내고, 작가 스스로 보부상들의 후일담과 연재 당시 미흡했던 이야기를 보충하는 의미에서 연재를 추가하여 마지막 10권을 보태 출간한 게 2013년이다. 그렇게 보면 『객주』는 34년 만에 대미를 장식했다.

　작가 김주영이 1939년생이니 만 40세에 시작한 소설을 이순이 지난 나이에 완결했으니 작가의 전성기를 바친 소설이라 해도 큰 무리가 없다. 『객주』는 도대체 작가 자신에게는 어떤 소설인가?

　작가 스스로 초간본 서문에 세 범주의 창작 동기를 밝힌다.

　첫째, 작가의 강박관념이다. 김주영은 청송 진보의 저잣거리에서 태어나 유년기를 그곳에서 보냈다. 작가는 "내가 살던 집의 울타리 밖이 장터였고 울타리 안쪽이 우리 집 마당이었다"라고 회고한다. 작가는 장터에서 유년기부터 장돌림을 하는 장꾼들의 치열한 삶을 보면서 자랐다. 장날이 지나고 이튿날 새벽에는 "장꾼들은 모두 자취를 감추고 저잣거리엔 허섭스레기만 굴러가고 낟곡식을 쪼는 참새 떼들만 새까맣게 내려앉아 있었다. 그 적막감은 아직도 잊을 수 없다. 명색 작가가 되면서 나는 그 강력했던 인생들을 어떤 방식으로든지 배설하지 않으면 안 된다는 고백적인 강박감에 부대껴 왔다."라고 진술한다. 다른 말로 하면 작가 김주영은 장꾼들의 이야기를 쓰지 않을 수 없었다. 그게 작가가 된 이유이기도 하기 때문이다.(현재 청송 진보 장터에는 작가 김주영의 생가가 복원되어 옛시절 모습을 볼 수 있게 되어 있다.)

둘째, 당시까지의 보통 역사소설의 정치사 편향에 대한 반발이었다. 임금을 둘러싼 궁중비사 혹은 영웅담 등이 역사소설의 주류였기에 백성들의 이야기를 쓰고 싶었다는 거다. 이 진술은 앞의 진술과 맞물린다. 장꾼들의 이야기니 당연히 민중의 이야기이며, 민중의 생활사가 소설의 전면에 부각할 수밖에 없다.

셋째, 우리말 서술의 화석화에 반발하여 사라져가는 우리말의 '가창적 서정성'을 도모하면서 말의 관념성보다는 즉흥성과 감각을 우위에 둔다.

작가 김주영이 밝힌 창작 동기는 작가의 역사관이 스며들어 있는 『객주』 전체를 관통하는 작가의 창작 방법론이라 볼 수 있다. 여기에 하나 보탤 건 1970년대와 1980년대 초반 역사소설의 시대적 의미망이다.

김주영이 작가 생활을 시작한 1970년대에 한국의 민감한 작가에게 중요한 화두로 떠오른 게 바로 민중의식이었다. 이를 이해하기 위해서는 1970년대라는 시대의 의미를 읽어내야 할 필요성이 있다.

1970년대는 우리 역사에서 최초로 산업화사회의 초입에 들어서면서 지금도 나타나는 여러 문제가 한꺼번에 대두하기 시작한 시기였다. 노동현장의 열악한 상황, 노동자의 처우와 노동자끼리의 연대 문제, 도시 집중화로 인한 주거문제, 부동산 가격 급등으로 인한 불로소득과 이의 분배를 둘러싼 문제, 급격한 공업화로 인한 환경 문제 등 지금까지 이어지는 우리 사회의 여러 문제가 1970년대에 거의 모두 태동했다. 이런 문제는 당연하게도 전통적 의미의 공동체 의식 붕괴로 이어질 수밖에 없다. 시대의 특징적 의미망 구축과 인간성 상실에 촉각을 세우는 민감한 작가는 이런 문제를 외면할 수 없다. 황석영, 윤흥길, 박완서, 조세희, 김주영과 같은 작가는 이런 문제를 정면으로 혹은 우회적으로 작품화한다. 자연스럽게 천민자본주의적인 인간의 이중성이 나타나면서 속물에 대한 풍자가 작품화된다. 이렇게 1970년대의 문학은 전후(戰後)의 공동체 해체와 개인주의의 대두로 특정되는 1950년대와 1960년대와 결별하여 현대성이 두드러지는 문학으로 진입한다.

한편으로 1970년대는 급격히 국민 소득이 높아지면서 삶의 질도 향상되던 시대였다. 민중의식이 직접적인 투쟁소설로 발현할 수도 있지만, 그보다는 문학적 전통의 자장 속에서 역사의 주역으로 떠오르기 시작한 민중을 어떻게 역사의 주인으로 그려내는가 하는 문제는 여러 작가가 공통으로 고민했던 문제이기도 했다.

김주영은 역사 속에서 사농공상의 서열로 천대받던 상인계층을 파고들면서 김주영식 의리(義理) 사상을 발현시킨 소설이 바로 『객주』였다. 『객주』는 산업화사회의 초입에서, '우리끼리'는 의리를 지키고 함께 살아야 한다는 가장 기본적인 공동체 의식을 '보부상 이야기'라는 틀 속에서 전개한 소설이다. 동양적, 한국적 전통에서 의리(義理)란 특정 집단이 도리를 지키고 함께 살자는 일종의 도덕적 질서 의식이다. 의리가 삼강오륜과 다른 점은 국가 전체의 통치 이데올로기가 아닌 보부상과 같은 특정한 집단에서 강력하게 발현된다는 점이다. 지배 세력의 기득권에 맞서 집단의 이익을 지키기 위해서는 의리는 중요할 수밖에 없다. 의리는 곧 생존이기 때문이다.

『객주』에서 또 하나 주목할 것은 시대적 배경이다. 『객주』는 1870년, 1980년 중반까지 집필 시점에서 딱 100년 이전의 한국사를 배경으로 한다. 이때가 바로 임오군란이나 갑신정변 등이 터져 나온 조선 말기의 가장 극적인 변혁기였다. 조선이라는 왕조 국가의 여러 겹쳐진 모순이 임계점에 달하여 폭발하는 바로 그 지점을 소설은 시대적 배경으로 삼는다는 말이다. 이는 민중의 이야기를 다루되 정치적 사건이 자연스럽게 흡수될 수 있는 시대를 설정한 셈인데, 이로 인해 자신이 어릴 때부터 보아왔던 장꾼의 이야기가 다이내믹한 시대와 혼합되어 굉장히 재미있는 이야기가 탄생하는 전제 조건이 마련된 셈이다.

김주영의 『객주』는 주제적으로는 의리의 민중 소설이면서 해학, 음모, 복수, 성애(性愛) 같은 대중 흡인 요소를 내용으로 장착하면서도, 판소리 사설처럼 유장하고 때로는 '가창적 서정성'을 겸비한 문장으로 품위를 잃지 않는다. 이 요소들이 맞물리면서 『객주』는 한국문학의 대중적, 문학적 성취의 한 전범으로 우뚝 솟아 있다.

김주영의 신작 『광덕산 딱새 죽이기』

　　김주영 선생의 신작 『광덕산 딱새 죽이기』를 정독했다. 여기서 정독이란 예의를 갖추고 정성 들여 읽었다는 뜻이다. 그렇다고 책상에 앉아 독서등 아래서 정장을 하고 넥타이를 매고 읽은 건 아니다. 소파에 눕다시피 해서 읽기도 했고, 잠시는 식탁에서 읽기도 했다.

　　나는 소설을 읽을 때 작가가 숨기는 것을 들추는 습관이 있다.

　　이 소설은 광덕산과 죽변천이 공간적 배경이다. 그곳이 어디일까? 광덕산은 천안에도 경기도와 강원도 접선 지대 카라멜 고개 쪽에도 있다. 전국에 여러 군데가 있다. 죽변천은 낙동강 상류 반변천이 아닐까, 라고 생각해봤지만 소설로 보니 아니었다.

　　저자가 일부러 공간을 속이는 거다. 이건 두 가지 이유가 있다.

　　하나는 직접 그쪽 사람들을 자극하지 않기 위해서다. 이 소설의 진짜 배경은 내성천 상류 영주의 무섭 마을 '정도'다. 그쪽 마을의 망가짐과 약삭빠름과 허위 전통의식을 말해야 하니 공간을 얼버무릴 수밖에 없다. 내가 '정도'라 한 건 작가가 그곳이 딱히 아니라고 잡아떼면, 할 말이 없기 때문이다.

다른 하나는 작가가 지명을 광덕산과 죽변천으로 위장하고, 경북 북부 지방 사투리를 배제한 근본적 이유는 보편성 확보를 위해서다. 작가 김주영은 우리나라 어느 시골이나 이런 이야기가 보편적으로 존재할 수 있다는 걸 말하고 싶은 거다. 강원도, 경상도, 충청도 어디라도 다 이 소설의 무대라고 해도 된다. 어디나 그런 이야기가 존재할 수 있기 때문이다.

그렇게 하며 이 소설은 첫째 양반의식을 조롱하고 풍자한다. 둘째 천민적 자본주의에 물든 약삭빠른 인간을 조롱하고 풍자한다. 셋째 그 둘이 공생하여 만들어 낸 농촌 세태를 관망하며 풍자한다. 그래서 이 소설은 간단하게 말하면 농촌세태풍자 소설이다. 이렇게 말하면 이 소설에 대한 정의는 될지라도 이 소설의 진짜 맛은 전달하지 못한다. 짬뽕 맛집에서 이 집 짬뽕은 돼지고기가 들어간 해물 짬뽕입니다, 하는 것과 다르지 않다. 맛이 있다면 왜 맛있는지를 말해야 한다.

이 소설의 맛의 핵심은 문장이다. 눙치고 빼고 얼래고 숨기는 그 현란한 문장. 치고 빠지는 서정성. 우리 나이 83세의 김주영 선생이 아직도 여전히 이런 문장을 구사한다는 거. 이게 핵심이다. 문장만 읽어도 아깝지 않은 소설이다.

하나 덧붙이면 만둣집 딸 지순이 캐릭터도 상당히 흥미롭다. 깜찍, 발랄, 대담무쌍. 이 캐릭터로 선생은 분명 뭔가 더 쓸 것 같다.

홍상화의 소설과 이산하의 시

1.

홍상화 선생이 소설 『선진 한국의 아버지』(2021)를 펴냈다. 선생은 1940년생. 작가로서는 보기 드물게 서울대 상과대학 경제학과 출신이다. 상과대학은 후에 경영대학으로 이름을 바꾸었다. 서울대 상과대학 출신 대다수가 경제관료나 기업체 CEO나 교수 등으로 사회적 포지션을 유지하는 것을 생각하면, 홍상화 선생의 작가 이력은 특이하다. 홍 선생은 1989년 장편 『피와 불』을 발표하면서 작가 생활을 시작하여 1990년대는 조선일보에 『거품시대』를 연재했다. 이후 꾸준히 소설을 발표했다. 「능바우 가는 길」 등 여러 단편을 발표하기도 했다.

내가 선생과 인연을 맺은 건 1990년대 중반이다. 그 무렵 경상북도 출신 문인·출판인 모임이 있었다. 이름을 〈보리회〉라 했다. 경상도 사람을 '보리문디'라고 부르는 데 착안해 지은 이름이다. 모임의 결성 취지는 서울에서 활동하는 경상도 출신 문인·출판인들의 친목 도모와 정보 공유, 뭐 그런 거다. 호남향우회와 비슷한 취지라고 보면 된다.

소설가 김원일 선생이 추진력을 발휘하여 김주영, 김원일, 홍상화, 정소성(작고), 이문열, 정종명, 박덕규, 하응백, 김완준 등 20-30여 명이 회원이었다. 취지야 무엇이든 간에 모임은 술로 시작해 술로 끝났다. 회원 대다수가 술고래여서 한 번 모임이 있으면 엄청나게 마셨다. 어느 모임이나 마찬가지지만 대개 회비로 1차를 시작한다. 회차가 거듭하면 책을 많이 판 누군가가, 또 문학상을 수상한 누군가가 깃대를 잡는다. 그런 특별한 게 없으면 선배가 술값을 부담하는 경우가 많았다.

당시 이 모임에서 책을 가장 많이 판 회원은 당연히 이문열 선생이었다. 이문열의 『삼국지』가 말 그대로 장안의 지가(紙價)를 올릴 때였다. 이문열 선생은 1차 때, "2차부터는 내가 쏜다"고 늘 큰소리쳤다. 그러나 한 번도 그 호언장담은 현실화하지 못했다. 술자리가 끝날 무렵에 이문열 선생은 늘 필름이 끊어져, "내가 쏜다"는 말을 기억하지 못했기 때문이다. 어쨌거나 재미있게 술 마시고 놀았던 시설이었다. 2000년대 이후에는 흐지부지 만남이 사라지고 〈모리회〉 모임은 없어졌다.

이 모임에서 홍상화 선생을 처음 만났다. 첫인상이 '영국 신사'였다. 흰 와이셔츠에 슈트를 단정히 입어서도 그렇지만, 무엇보다 경상도적인 우격다짐의 말투가 아니어서 그런 느낌을 받았던 거 같다.

나의 첫 직장은 상계동에 있는 청원고등학교였다. 경희여자중학교 교사를 거쳐 시간강사를 좀 하다가 31세에 박사학위를 받고, 35세에 모교인 경희대 국문과에 교수가 되었다. 3년 계약직 교수. 1998년 2월 교수직 계약 종료가 되었다. 계약직이었지만 당연히 연장될 거라 생각했다. 학생들에게 인기가 좋았고 연구 실적도 훌륭했고 문단 내외에서 문학평론가로 입지를 다지고 있었기 때문이다. 하지만 바로 그런 호조건이 오히려 내 발목을 잡았다. 학교 내에서의 질시와 반목, 직선적인 내 성격까지 가담하여 그랬다. 나는 다른 대학에서 밥을 벌어먹거나, 그것도 아니라면 출판사에 취직하거나 출판사를 차리면 된다고 생각했다. 그렇게 하여 40세도 되기 전에 나의 경력에 전(前) 경희대 교수라는 문구가 붙었다.

다른 대학에 자리를 알아보면서 세월을 보내던 중, 김주영 선생과 김원일 선생이 그러지 말고 문이당이라는 출판사에서 주간으로 일해 보면 어떻겠냐고 추천했다. 그렇게 하여 문이당 출판사 비상임주간으로 3, 4년간 일했다. 비상임이라도 주간은 주간이라, 책의 출판에 대한 권한을 가지고 있었다. 동시에 시인 신대철 교수의 추천으로 국민대 문창대학원에 겸임교수를 했다.

그 무렵이다. 평론가 정호웅 교수로부터 홍상화 선생의 첫 소설 창작집 출간 제의가 들어와 원고를 정독했다. 소설이 좋아서 출간하기로 했다. 평론가 김윤식 교수의 해설을 붙여 『능바우 가는 길』(이 책은 2020년 『내 우울한 젊음의 기억들』이라는 제목으로 한국문학사에서 재출간하였다.)이라는 선생의 첫 창작집을 냈다. 지금 생각하니, 김윤식 교수께서 홍상화 선생의 소설을 잘 보시고 제자인 정 교수를 시켜 나에게 전달한 것으로 생각된다.

김윤식 교수는 1990년대 중반 〈문예중앙〉 편집위원을 할 때, 나를 불러 편집위원을 같이 하자고 하셔서 내가 몸 둘 바를 몰랐던 적이 있다. 그러니 그냥 전화를 걸어 이런 책 보낼 테니 출간해라, 하셔도 내가 어찌 김윤식 선생의 말을 거역하겠는가. 하지만 김윤식 선생은 나에게 읽어보고 판단하게 했다. 평론가로 나를 존중하셨던 거다. 그렇게 하여 홍상화 선생의 첫 창작

집이 내 책임하에 문이당 출판사에서 출간되었다.

대학교수의 길을 포기하고 2002년 휴먼앤북스 출판사를 차리고 또 20여 년의 세월이 흘렀다. 그동안 홍상화 선생을 가끔 뵙고 술잔을 기울였다. 홍 선생은 늘 한결같은 영국 신사. 영국 신사답게 셰익스피어를 영어 원서로 읽고 영어로 작품도 집필하고, 소설도 여러 권 발표했다.

2021년 늦가을에 출간한 『선진 한국의 아버지』는 단편 소설 하나와 부록을 붙여 만든 책이다. 단편 소설은 1979년 박정희 대통령이 김재규 부장의 총에 맞고 서거할 때까지 의식이 있었던 14분간의 독백을 소설화한 작품이다. 물론 실제 독백이 아니라 작가의 상상에 의한 재구성이다. 이 소설은 1997년 10월 매일경제신문에 「독재자가 남긴 마지막 말」이라는 제목으로 발표되었다. 여기에 '절대빈곤으로부터의 탈출'과 '세계 속 오늘의 한국'이라는 부록을 붙여 한 권의 책으로 출간되었다.

소설도 흥미롭지만, 이미 읽었기에, 이번에 눈여겨본 것은 책의 편집 체계였다. 작가의 말이 1, 2, 3으로 세 개다. 특이하다. 이 책은 소설에 대한 작가의 말과 부록 두 개에 대한 작가의 말이 각각 붙어 있다. 부록에 작가의 말이 붙어 있는 책을 본 적이 있나? 이게 무얼 말하는가 하면, 부록에 작가가 하고 싶은 말이 많다는 거다.

부록 제목에 이미 많은 의미가 담겨 있다. 박정희는 독재자지만, '절대빈곤으로부터' 우리를 '탈출'시킨 장본인이다, 그가 있었기 때문에 '세계 속 오늘의 한국'이 가능했다. 요약하면 그렇다. 객관적으로 박정희를 보자는 거다.

도표 등으로 각종 통계자료가 제시된 부록 3은 참으로 흥미롭다. 가끔 그래프 하나는 수많은 문장보다 많은 의미를 함축하여 전해 준다.

〈국가별 1인당 GDP 순위〉 같은 것을 볼 때 사람마다 다르겠지만, 1) 한국은 몇 위인가? 2) 세계 1위는 어디인가? 3) 일본은 몇 위인가? 4) 미국은 몇 위인가? 대개 이렇게 살펴보기 마련이다.

2020년 우리나라는 31,637달러로 세계 25위다. 세계 1위는 룩셈부르크로 116,920달러다. 일본은 40,146달러로 22위, 미국은 63,415달러로 세계 4위다. 아쉽고 기분 나쁘다. 일본과는 아직 약 1만 달러 차이가 난다. 그런데 이건 명목 GDP다. 나라마다 물가가 달라 명목 GDP는 실제 삶을 반영하지 못한다. 잘 살고 못 사는 걸 보려면 구매력 기준 GDP를 보아야 한다. 이 책에는 명목 GDP 바로 다음 장에 구매력 기준 GDP 순위가 실려 있다. IMF는 2020년 구매력 기준 한국의 국민소득을 44,292달러(27위), 일본의 국민소득을 41,637달러(31위)로 발표했다.

이게 무슨 말인가? 간단하게 말하면 한국 국민 개개인이 일본 국민 개개인보다 더 잘산다는 말이다. 일본으로부터 독립한 지 75년 만에 일본보다 더 잘살게 되었다는 말이다. 어찌 감격스럽지 아니한가. 인구 5천만 이상의 나라 중에 우리보다 더 잘사는 나라는 미국(7위), 독일(18위), 프랑스(26위)로 세 나라밖에 없다. 영국은 우리 바로 아래 28위다.

이 통계는 한국은행이 집계한 게 아니라 IMF가 한 거다. 이러니 2021년 7월 2일 유엔무역개발회의(UNCTAD)는 한국의 지위를 개발도상국 그룹에서 선진국 그룹으로 공식 변경했다. 이게 무슨 말인가? 이건 우리나라가 공식적으로 이제 선진국이 되었다는 거다. 청와대 발표가 아니고 유엔 발표다.

2018년 한국이 세계 7번째로 30-50클럽에 들었다는 건 어찌 보면 기적이다. 30-50클럽이란 국민소득 3만 불, 인구 5천만 이상의 국가를 말한다. 기존 미국, 일본, 독일, 영국, 프랑스, 이탈리아에 이어 한국이 여기에 이름을 올렸다. 경제 강국이면서 국민이 상당한 수준으로 잘 산다는 거다. 기존

30-50 클럽 여섯 나라의 면면을 보면 한국의 위상을 짐작할 수 있다. 이제 우리는 그런 나라가 되었다. 30-50클럽의 의미를 부여하고 본격적으로 홍보한 게 바로 홍상화 선생이다.

경제학을 전공한 소설가 홍상화는 1961년부터 1979년까지 18년간 한국을 통치한 박정희가 대한민국이 선진국이 되는 초석을 놓았다고 말하고 싶은 거다. 우리나라의 일인당 국민소득은 1953년 67달러, 1960년 120달러, 1994년 1만 달러, 2018년 3만 달러를 넘어섰다. 그 수직 상승의 배경에 박정희의 설계와 추진이 있었다고 말하고 싶은 거다.

나도 그 의견에 동의한다. 내가 태어나던 해 정권을 잡은 박정희는 내가 대학 1학년 때 서거했다. 그 18년 동안 박정희 대통령은 정말 많은 일을 했다. 산업국가의 틀을 다졌고, 정신문화연구원이나 현충사나 경주의 보문단지나 울릉도의 저동항을 기획했다. 심지어 그린벨트를 도입해 도시의 무분별한 개발과 확장을 막은 것도 박정희였다. 그는 선진 대한민국의 설계자였다. 로켓의 1단 점화자였다.

2.

시인 이산하는 나의 대학 동기다. 경희대 국문과 79학번. 본명은 이상백이다. 마른 몸매에 조금 작은 키. 그는 넉살이 좋았다.

뭔 이야기를 그리도 좋아하는지 클래식이 나오는 경희다방에서 여러 명이 만나면, 늘 이산하가 이야기했다. 바슐라르, 니체, 말라르메, 랭보 등등. 그의 이야기는 두서가 없지만 좀 재미있기도 했고, 또 '뻥'이 심했지만 악의는 없었다.

클래식 음악에 대해서도 '뻥'을 쳐가며 이야기했던 거 같다. 지금은 작고

한 박남철 시인, 박덕규, 이문재, 안재찬(류시화) 시인 등과 자주 어울렸다. 대학신문사 사람들과도 자주 놀았다. 이륭이란 필명으로 '시운동' 동인으로 참여하기도 했다. 그러던 그가 4학년 1학기를 마치고 사라졌다. 1982년이었다. 한 학기를 못 마쳐 이산하는 고졸, 혹은 대학 중퇴 학력으로 기록되었다.

내 기억이 아물거리지만 〈민주전선〉인가, 하는 지하신문을 만들고, 당시 안기부와 경찰의 추적을 피해 사라졌다. 그렇게 잠수를 타면서 나온 게 그를 유명하게 한 시 「한라산」이다. 1987년 〈녹두서평〉이란 잡지에 게재되었다고 한다. 그 이후 잡혀들어가 옥살이를 좀 했다. 그때 검사가 황교안이라 들었다.

1990년대 중반 내가 경희대에서 교수로 있을 때 국문과 선배였던 교직원과 힘을 합쳐 한 학기 장학금을 받게 하여 이산하를 복학시켰다. 게으른 이산하는 한 번도 학교에 나타나질 않았다. 내가 18학점, 이산하 학생의 수강 신청을 하고, 내 과목을 두 개 듣게 하고, 다른 교수에게 부탁해서 나머지 학점을 채웠다. 다른 교수에게 사정을 말하고 모두 학점을 받게 했다. 그렇게 18학점을 채워 이산하를 1997년인가 졸업시켰다.

게으른 이산하는 졸업장도 받으러 오지 않아서 내가 받아서 나중에 전해주었다. 이산하가 대학 졸업자가 된 건 순전히 내 덕이다. 지금 같으면 어림없을 편법 학사처리였던 셈이지만, 나는 이산하를 그렇게라도 졸업시키고 싶었다. 내가 술 마시고 놀고, 책 보고 연애하는 동안, 그는 도망 다녔고 잡혔고 고문당했고 옥살이를 했기 때문이다. 80년대의 마음의 빚을 그렇게 조금은 갚은 셈이다.

그가 시집 『천둥 같은 그리움으로』(1999)을 냈을 때도 어딘가에서 인터뷰를 했다. 천성이 게으르니 시집도 적게도 낸다. 그리고 22년 만에 『악의 평범성』이라는 시집을 냈다. 이 시집으로 이육사문학상과 김달진문학상을 받았다. 다 상금이 꽤 되니, 가난한 시인에게 큰 도움이 되었을 거다.

2021년 10월 6일 돈화문 국악당에서 〈46년 만의 초혼, 여덟송이 동백 꽃〉이라는 공연이 있었다. 실력 있는 국악 작곡가 김정희가 작곡하고 노래 가사를 이산하가 썼다.

공연은 괴로웠다. 1975년 유신 정권 때 인혁당 재건위 사건으로 사형선 고를 받은 8인을 대법원 판결이 확정되자마자 18시간 만에 30분 정도 시차 를 두고 전원 사형시켰다. 32년이 지난 2007년, 서울중앙지법은 인혁당 재 건위 사건으로 사형당한 8명에게 무죄를 선고했다. 유신정권이 8명을 잘못 죽였다는 거다. 이미 죽었는데.

공연은 그 여덟 명의 혼령을 불러내 그분들의 사연을 듣는다. 그러니 어찌 괴롭지 않겠는가? 이산하는 동기라는 이유로 수십 년째 나를 괴롭히고 있다.

3.

어떤 인물이든 절대적이지는 않다. 공과(功過)가 있다는 말이다. 공(功)이 있으면 과오(過誤)도 있게 마련이다. 그게 인간이다. 그러나 분명한 건 공은 공대로 제대로 평가해야 하며, 과오는 과오로 평가해야 한다. 그게 올바른 역사적 평가다. 박정희에 대한 평가도 당연히 그렇다.

그런 점에서 홍상화 선생의 『선진 한국의 아버지』와 이산하, 김정희의 작 업은 의미 있다. 그런 두 작업이 만나는 지점에서 박정희에 대한 역사적 평 가는 정점(頂点)을 찍는다.

미완성의 삶, 미완성의 소설

1. 한 장의 흑백 사진

한 장의 흑백 사진이 있다. 40대 한 서양 남자의 상반신 사진이다. 대충 빗어넘긴 머리칼 아래로 비교적 넓은 이마가 보인다. 정면을 향한 눈의 광채는 형형하다. 뭉툭한 주먹코 아래에는 가지런히 팔자 수염이 나 있다. 드레스 셔츠 윗단추 서너 개를 풀어 놓았다. 셔츠 사이로 보이는 그의 육체는 비만이다. 그의 오른손은 국기에 대해 경의를 표하듯이 가슴에 대고 있다. 그의 손은 몹시 두툼하다. 손가락은 짧아서 뭉툭하다. 그 손이 세계 문학사상 유례없이 많은 소설의 작업량을 견딘 바로 그 손이다. 손의 주인은 사실주의 소설의 대가 오노레 드 발자크(Honoré de Balzac, 1799-1850)다. 사진 아래에는 짧은 설명이 붙어 있다.

1842년에 나다르가 찍은 발자크의 은판 사진(『츠바이크의 발자크 평전』, 푸른숲. p.537)

나는 사진을 한참이나 들여다본다. 220년 전쯤에 태어난 사람. 불가사의한 생애를 살다간 사람. 삶은 불행했으되, 그 불행을 담보로 불멸의 소설을 남긴 사람. 한 권의 책으로 나는 그를 만난다.

2. 소설의 마이다스, 발자크

오스트리아의 작가 츠바이크가 쓴 『츠바이크의 발자크 평전』을 보면, 발자크 삶의 특징은 세 가지 정도로 추출할 수 있다.

첫째 그의 속물근성. 농부의 가계였으나 프랑스 혁명기를 전후하여 부르주아 계급에 편입한 그의 아버지는 시민 계급에 만족했다. 하지만 발자크는 달랐다. 그의 이름은 원래 오노레 발자크, 그 스스로가 '드'를 집어넣어-프랑스어에서 de는 귀족의 성(姓) 앞에만 붙일 수 있다-오노레 드 발자크가 되었다.

그는 정치적으로도 왕당파였고, 군주제를 지지했으며, 끝없이 귀족적인 삶을 갈망했다. 그 갈망의 한 결과가 분에 넘치는 사치였다. 그는 일생을 빚에 쪼들리면서도 화려한 집과 가구와 몸치장에 집착했다. 그가 작가로 유명해졌을 때 그가 들고 다녔던 보석으로 장식한 지팡이는 전 파리 시민의 관심거리였고, 비엔나로 애인을 만나러 갈 때는 빚을 내서 자가용 마차를 세내기도 했다. 그는 인기 작가가 되어 엄청난 수입을 올렸지만, 일확천금을 위해서 무리한 사업을 펼치다 언제나 빚만 남기고 파산 직전에 몰렸다. 그의 사업은 요즘 말로 하면 문어발식 사업이었고, 부채를 끌어다 부채를 갚는 식이었다. 그래서 그는 항상 빚쟁이나 집달리와 숨바꼭질을 해야 했다.

심지어 그가 살던 집은 꼭 뒷문이 있어야 했다. 그 이유는 채권자들이 들이 닥치면 도망가야 했고, 평소에는 정부(情婦)를 맞이하기 위해서였다. 그는 빚을 갚고 화려하게 살기 위해 처음에는 지참금이 많은 처녀를, 나중에는 돈 많은 과부를 원했다. 그는 그의 소설에서 풍자하고, 조롱하고, 조소했던 돈의 노예였다.

둘째 그의 여자관계. 발자크의 여성 편력은 그의 속물근성만큼이나 파괴적이고 집요했다. 그의 첫사랑은 22세 때. 그보다 23년 연상인 일곱 아이의 어머니였고, 남편이 있었던 베르니부인이 그 주인공이다(발자크의 여인들은 대개 유부녀였다). 가정 교사로 시작된 그들의 만남은 곧 육체적으로 이어졌고, 그 이후 십수 년 동안 발자크는 그녀에게서 정신적인 위로와 경제적인 도움을 얻는다. 그녀는 사업 자금을 대주고, 파산 직전 그를 구해 주기도 했으며, 그가 쫓길 때는 도피처를 마련해 주기도 했다. 이후 그는 카스트리 후작 부인, 비스콘티 백작 부인, 마르부티 법관 부인, 한스카 남작 부인 등의 여자와 지속적인 관계를 가졌다.

30세 이후 전 유럽에 퍼진 그의 작가적 명성이 그러한 연애를 가능하게 하기도 했지만, 그의 특이한 여성 편력은 열정의 도움이 없이는 불가능한 일이었다. 그는 여자를 만나기 위해 마차로 한겨울의 우크라이나로 달려가기도 했다. 그는 함부로 사랑의 맹세를 하는 거짓말쟁이였다. 하지만 만나는 여자에게는 무서운 집중력을 발휘했다. 세상의 평판이나 도덕성을 두려워하지 않는 그의 오만불손한 태도는 여러 번 그를 곤궁에 빠뜨렸다.

그는 굴복하지 않고 사랑을 향해 나아갔다. 결정판이 한스카 부인과의 사랑이다. 우크라이나의 귀족 한스카와 34세 때 첫 관계를 맺은 후, 그는 그녀의 남편이 죽을 때까지 7년, 그녀의 딸이 결혼할 때까지 9년을 기다린 후

50세 때 드디어 공식적으로는 첫 결혼을 했다. 그토록 바라던 돈 많은 귀족 부인과 결혼했다. 그는 그후 다섯 달을 살고 죽었다.

한스카부인은 그의 죽음을 별로 슬퍼하지도 않았다.

셋째, 엄청난 분량의 소설. 속물근성과 귀족 취향의 여성관에도 불구하고,-이것이 바로 아이러니인데-아니 오히려 그것 때문에 그는 엄청난 소설을 남겼다. 그는 돈을 벌기 위해, 빚을 갚기 위해, 사교계에 입고 나갈 옷을 위해, 귀족 여인과 뒹굴기 위한 화려한 침대를 사기 위해, 소설을 쓰고 또 썼다. 하루 열 대여섯 시간 동안, 거의 30년을 썼다. 그렇지만 그는 자신이 무엇을 하는지, 무엇을 써야 하는지 정확히 알고 있었다. 그는 인간 군상의 거대한 벽화를 원했다. 그것이 바로 발자크의 위대성이다. 20대의 10년간은 필명으로 싸구려 소설을 썼지만, 그는 30대부터의 20년간은 세계문학사상 가장 대작인 『인간 희극』 74권을 썼다. 근대 사실주의를 확립한 이 불멸의 대작은 144권으로 계획되었으나, 그러나 엄청난 작업량이 그의 심장을 갉아 먹었다. 그 소설에 등장하는 2,000여 명의 주인공들이, 각성제로 마셔댄 진한 원두커피가 그의 생명을 재촉했다.

그는 부르주아 시대의 가장 위대한 서사시를 남겼다. 그는 소설을 시장으로 끌어 내렸다. 탐욕과 욕망과 이기심과 아집과 위해와 위선이 가득 찬 부르주아의 삶을 그는 소설로 정복했다. 29세 때 발자크는 자기 서재에 있는 나폴레옹 석고상에 이렇게 새겨 놓았다.

-그가 칼로 시작한 일을 나는 펜으로 완성하련다.

3. 츠바이크의 유고(遺稿)

여기에 소개한 발자크 평전은 오스트리아의 작가 슈테판 츠바이크

(1881-1942)의 유고다. 그는 30년간 발자크 전기를 준비하다 마지막 장을 미완성인 채로 두고 1942년 망명지 브라질에서 죽었다. 이 책은 그의 친구 리하르트 프리덴탈에 의해 마지막 장이 손질되어 1945년 런던에서 출판되었다. 발자크의 『인간 희극』도 츠바이크의 『발자크 평전』도 미완성인 채로 우리에게 전해진다.

인간에게 완성의 권리는 없다.

보편적 인류애를 향한 열정

— 스베틀라나 알렉시예비치의『전쟁은 여자의 얼굴을 하지 않았다』

2015년 노벨문학상은 항상 그렇듯이, 또 늘 아쉽게도 한국의 시인이나 작가가 아닌 벨라루스 출신의 스베틀라나 알렉시예비치에게 돌아갔다. 벨라루스는 러시아와 폴란드 사이 우크라이나 북쪽에 위치한 내륙국가로 과거에는 소비에트 연방을 형성하고 있었다. 스베틀라나 알렉시예비치에게 국적은 그다지 큰 의미가 없다. 1948년생인 그녀는 우크라이나에서 벨라루스인 아버지와 우크라이나인 어머니 사이에서 태어났고, 벨라루스의 수도인 민스크에서 학창시절을 보냈다. 그녀의 글쓰기는 벨라루스에 한정된 게 아니라 전 소비에트 연방에 걸쳐있다고 해야 한다.

스베틀라나의 대표작이 바로『전쟁은 여자의 얼굴을 하지 않았다』이다. 이 작품은 소설이라 하기보다는 인터뷰 모음집이라 하는 것이 더 정확하겠지만, 그 인터뷰라는 것이 오랜 세월 동안 어떤 목적성을 가지고, 나름의 구조를 견지하면서 이루어지고 있어 소설이라 해도 좋다. 그 때문에 이런 유형의 글쓰기 방식을 '목소리 소설(Novels of Voices)'이라고도 하고 작가 자신은 '소설-코러스'라고도 한다. 여러 사람의 이야기들을 한 지휘자의 조율

속에 집어넣었다는 의미에서 작가는 '코러스'라는 말을 사용했다. 이 작품은 세계 2차대전에 소련군으로 참전했던 약 200여 명 여성의 이야기 모음집이다.

이런 이야기 모음은 문학에서 낯선 것이 아니다. 민담이나 전설 묶음이 바로 그것이다. 스베틀라나의 이야기 묶음은 대독일전쟁을 수행한 소련 여성들을 대규모로 집중적으로 취재하여, 일관된 시각에서 기술했다는 점에서 그 기획성이 돋보인다. 물론 이 기획의 밑바탕에는 반전(反戰)과 평화의 메시지와 여성성에 대한 옹호가 있다.

스베틀라나는 말한다. "나는 전쟁이 아니라 전쟁터의 사람들을 이야기한다. 전쟁의 역사가 아니라 감정의 역사를 쓴다"고. 전쟁은 남자들의 전쟁이었다. 저자는 역사는 히틀러나 스탈린이 쓰는 것이 아니라, 거리에 있고 군중 속에 있으며, "우리 한 사람 한 사람이 역사의 조각들을 가지고 있다"라고 믿는다. 그러니까 저자는 한 사람 한 사람의 이야기를 모아 감정의 역사를 쓰고 싶었다. 그 감정은 여성성을 바탕으로 하고 있다. 저자는 여성성을 다음과 같이 정의한다.

……여자는 생명을 주는 존재이기 때문이다. 생명을 선물하는 존재, 여자는 오랫동안 자신 안에 생명을 품고, 또 생명을 낳아 기른다. 나는 여자에게 죽는 것보다 생명을 죽이는 일이 훨씬 더 가혹한 일이라는 걸 알게 되었다.

여기에 등장하는 진술자들은 대부분 15세부터 20중반까지의 여자들로 자원해서 전쟁터로 나아간다. 그들은 전쟁이 무엇인지 알지 못한다. 애국심 때문에 자원입대를 하기도 하고, 아버지의 전사 소식을 듣고 복수하겠다고 입대하기도 한다. 애인을 따라서 입대하는 소녀도 있었다. 이들 중에는 저격병도 있고, 통신병이나 간호병도 있다. 심지어 전투기 조종사도 있다. 세계 2차 대전에서 소련군이 가장 많이 죽었다. 수많은 병사가 전사했고 부상당했다. 아주 일부만 살아남았다. 참혹하지 않은 전쟁이 없지만 여성의 기억을 통해 나타나는 전쟁은 더욱 절절하다.

　자기 키보다 큰 소총을 메고 보급품 배낭을 잘라 옷을 해 입는 철부지 아가씨들! 이 아가씨들은 군복에 붙어 있는 계급장 구분 못 해 연대장에게 '대대장보다 높은 아저씨'라고 부른다. 보초를 서다가 누군가가 다가오자 "멈추세요. 그기 오는 사람은 누구시죠? 멈추지 않으면, 죄송하지만, 쏠 거예요."라고 수하를 한다.

　하지만 그녀들에게도 전투는 전투다. 우리 주변에 흔히 볼 수 있는 16세 정도의 소녀가 불붙은 탱크에서 자기 몸무게의 두 배에 육박하는 피투성이 아군 병사를 끄집어내어 안전지대로 끌고 온다. 그것도 소총과 같은 무기와 함께. 한 소녀 병사는 저격병으로 무려 75명의 적군을 사살했다. 전쟁은 누구에게나 평등하게 참혹했다.

　그러한 전투 중에도 여성성은 살아있었다. 독일군과의 대치상태에서 완충지대에 망아지 한 마리가 한가롭게 풀을 뜯고 있다. 소련군은 3일째 거의 굶다시피 하고 있다. 남자 병사들은 저격병 여성에게 빨리 망아지를 쏘라고 한다. 식량으로 먹어야 하니까. 하지만 망아지를 쏘지 못한다. 그 귀여운 망아지를 어떻게 쏘냐고. 마침내 남자 병사의 독촉에 못 이겨 망아지를 쏜다. 동료들이 연신 죽어 나가는 상황에서 망아지 한 마리의 죽음으로 그 부대에 있던 여성 병사들은 모두 눈물을 흘린다. 한 간호병은 숨이 곧 넘어가는 대위를 간호하고 있었다. 대위는 고통으로 숨을 헐떡이며, 마지막으로 말한다. "가운을 벌려서,,, 당신 가슴을 보게 해 줘요… 아내를 못 본 지 하도 오래 돼서…" 첫 키스도 못해 본 간호병의 가슴을 본 대위는 얼마 후 환하게 미소지은 얼굴로 숨을 거두었다.

남자에게나 여자에게나, 독일군에게나 소련군에게나 전쟁은 전쟁이다. 하지만 여성이 기억하는 전쟁은 다르다. 스베틀라나와 인터뷰를 한 여성은 대부분 전쟁을 냄새와 시각과 같은 감성으로 기억하고 있었다. 남자는 전쟁을 무공으로 기억한다. 그들은 전체적인 전투상황을 설명하고, 그 속에서 얼마나 용감히 싸웠는지를 이야기한다. 그러나 여성은 그런 기억보다는 자신의 감각을 통해 겪은 전쟁의 참혹성을 이야기한다. 작가에게 "딸이라고 생각하고 이야기 해 줄께" 하면서 내밀한 이야기를 전한다.

『전쟁은 여자의 얼굴을 하지 않았다』는 여성이 여성에게 들려준 전쟁의 실상이다. 그 이야기에는 공산주의나 파시즘이나 스탈린이나 히틀러가 없다. 발랄함과 참혹함의 극단적인 대비 속에서 그녀들은 울고, 사랑했고, 대부분은 죽었다. 살아남은 소수의 그녀들은 딸에게만 비밀스럽게 그 이야기를 전해 준다. 전쟁은 나쁜 거라고.

이 작품을 두고 페미니즘의 이론인 여성의 정체성과 여성성의 확대를 통한 평화공존과 반전사상을 이야기하는 것은 쉽다. 하지만 이 작품에는 그런 이론을 넘어서는 보다 보편적인 인류애를 향한 진보적 열정이 숨어 있다. 스베틀라나 알렉시예비치에게 노벨문학상이 주어진 이유도 바로 그런 점을 높이 샀기 때문이다.

첫 대학 강의와 『가족 사유재산 국가의 기원』

1990년 9월 초 경희대학교 국문과 주임교수가 급히 나를 찾았다. 새로 개설된 강좌가 있는데 원래 맡기로 했던 영문과 교수가 개인적인 사정으로 강의를 못 하게 되었으니, 대신 강의를 하라는 거였다. 강의 제목은 '성과 문학'이다. 10분 남았으니 빨리 강의실로 가라. 나의 대학 첫 강의가 그렇게 시작되었다.

나는 강의실로 가면서 생각했다. '성과 문학'이라니? '현대문학사'도 아니고, '교양 국어'도 아니고, '현대소설론'도 아니고, '성과 문학'이라니? 도대체 무엇을 강의하란 말인가? 성이라면 sex일 테고, sex라면 『춘향전』의 성묘사 장면, 『채털리 부인의 사랑』, 염재만의 『반노』, 중국 소설 『금병매』 등이 생각났다. 그런 걸 강의하라고? 이런 저런 생각을 하면서 강의실에 도착했다.

좁은 강의실에는 80여 명의 학생이 꽉 들어차 있었다. 전학년 전학과 자유 개방 강의인데도 여학생이 80%가량 자리를 차지하고 있었다. 교재도 없고, 무엇을 가르쳐야 하는지도 모르고 강단에 섰다.

첫 대학 강의에서 그랬다. 입속이 바짝 마르는 듯했다. 그 순간 한 아이디어가 떠 올랐다.

"나는 여러분이 원하는 강의를 하고 싶다. 여러분이 이 강좌에서 공부하고 싶은 내용을 종이에 써 달라. 여러분의 의견을 최대한 참고하여 강의에 반영하겠다."

나의 대학 선생으로서의 첫 강좌 첫 강의 시간은 그렇게 황망하게 진행되었다. 학생들은 종이쪽지에 생각을 적어 냈다. 그 쪽지를 학과 사무실에서 쭉 살펴보았다.

쪽지에는 상당수 학생이 페미니즘(feminism)이라는 단어를 사용하고 있었다. 고백하자면 나는 당시 페미니즘이 무슨 뜻인지 정확히 몰랐다. 쪽지를 읽어나가면서 나는 페미니즘이 여성주의, 여성해방, 남녀평등, 여권(女權)주의 등등을 포괄하는 단어임을 짐작으로 알게 되었다. 그러니까 '성과 문학'이라는 강의는 '페미니즘과 문학'이라는 강의다. 가부장적인 내가 무슨 페미니즘을 강의하나? 그렇다고 이미 배정된 첫 강의를 못 한다고 할 수는 없었다.

나는 종로서적으로 달려갔다. 종로서적에서 여성, 여성해방, 여권, 남녀평등에 관한 책을 뒤지기 시작했다. 다행히 10여 권의 서적이 발견되었다. 그런데 그 10여 권의 서적 뒤에 붙은 참고 문헌에 공통으로 들어가 있는 책을 하나 발견했다. 그것이 바로 프리드리히 엥겔스의 『가족 사유재산 국가의 기원』이었다.

그 책을 밤을 새워 읽었다. 읽으면서 나는 그동안 내가 생각하지도 않았던, 혹은 전혀 관심도 없었던 또 다른 세계가 있음을 깨달았다. 그것은 주로 가족의 기원에 관한 것이었다. 나는 이 책을 읽기 전까지 일부일처제를 당연하게 생각했고 과거에도 그랬을 것이라고 믿었다. 아니 그건 정확한 말이 아니다. 결혼하고 살면서도 가족제도는 선험적으로 주어진 당연한 것이기에 그것에 관해 깊이 생각해 본 적도 없었다. 그러나 나는 책을 통해 가족제도란 역사적·경제적 조건에 의해 여러 굴곡을 거치면서 변화되었음을 알았다.

마르크스를 도와 마르크스주의를 확립한 엥겔스의 책은 비교적 평이하게 기술되어 있다. 마르크스가 사적 유물론에 기초하여 경제적 관점에서 역사 전개의 틀을 마련했다면, 엥겔스의 주안점은 그러한 역사 전개를 따라 진행되는 가족제도의 변천 과정이었다. 마르크스는 노동의 발전단계를 규명하는 데 심혈을 기울였다. 엥겔스는 그에 대한 짝으로 가족의 발전단계를 체계화시켰다. 1884년 초판이 발행되고, 1987년 국내에 번역된, 발간된 지 100년도 넘는 책이지만 그 속에는 새로운 내용이 많았다. 물론 나에게 그랬다.

엥겔스는 미국의 변호사 모오간의 저작을 인용하면서 미국 인디언 부족인 이로쿠로이족의 친족제도를 예로 들어 인류의 먼 과거에는 일부일처제가 통용되지 않았다고 주장한다. 엥겔스는 먼 과거에는 성적인 타부가 없었으므로, 이를테면 형제 자매간, 부모 자식간의 근친혼이 허용되었다고 말한다. 무규율 성교다. 이런 과정을 거쳐 혈연가족 → 푸날루아가족 → 대우혼가족 → 일부일처제로 가족 관계가 변화했다고 설명한다. 혈연가족은 세대간의 혼인이 금지된 제도다. 푸날루아가족은 형제 자매끼리의 근친혼이 금지된 형태이다.

푸날루아 가족이 더 나아가면 단순한 먼 인척의 혼인마저 금지된다. 이렇게 되면 혼인 대상을 만나기가 상대적으로 어려워지기 때문에 약탈혼이나 교환혼이 나타나고 일단 만난 상대와 쉽게 헤어지지 않으려 하는 경향이 생기게 된다. 이것이 대우혼이다. 이 대우혼의 혼인 결속은 오늘날의 일부일처제에 비해서는 훨씬 약했다. 이혼이 자유롭다는 뜻이다.

인류는 대우혼 단계에 가서야 비로소 아버지가 누구인지 알게 된다. 그 이전에는 집단혼이었기 때문에 정확히 자기의 아버지가, 혹은 남자의 경우에 자신의 자식이 누구인지 알지 못했다.

대우혼 단계에서 인류는 목축을 시작한다. 이게 매우 중요하다. 목축은 그 이전에 비해 생산을 획기적으로 변화시켰다. 잉여생산물이 많아졌다. 재산이 많아지자 권력이 생기고 상속제도가 생긴다. 물론 이것은 순차적이 아니라 서로 영향을 주면서 서서히 진행된다. 대우혼과 권력은 서로 결합하여 일부일처제로 나아간다. 남자는 자기 자식의 혈통의 순수성을 보장받기 위해 여성의 정조를 강요한다. 엥겔스에 의하면 일부일처제는 실제로는 여자에게만 강요된 것이고, 남자는 얼마든지 여러 여자와 관계를 가질 수 있는 일방적인 제도였다.

일부일처제와 국가의 기원은 같은 맥락에서 파악된다. 한 가족 내에서의 남성의 가부장권은 곧 국가의 권력이다. 일부일처제의 형성에 이어 엥겔스는 그리스, 로마, 중세의 결혼 제도에 대해 설파하고, 여성이 푸대접을 받는 이유는 중요한 생산 수단을 남성이 독점했기 때문이라는 결론을 내린다.

그것은 목축이 중요했을 시기나, 공장제 생산이 보편화한 부르주아 시대에도 마찬가지로 적용된다. 따라서 여성이 남성과 평등해지려면, 누구도 생산 수단을 독점할 수 없고 혹은 모두가 생산 수단을 평등하게 가질 수 있는 공산주의 사회가 실현되어야 한다고 주장한다. 엥겔스는 특히 다음과 같은 대목을 말할 때는 특별히 목에 힘을 준다.

그러나 새로 나타나게 될 것은 어떤 것들인가? 그것은 남녀의 새로운 세대가 자라나서, 남자는 일생을 두고 금전이나 기타 사회적 권력수단으로 여자를 사는 일이 없게 되고, 여자는 진정한 사랑 이외에는 다른 어떤 동기로도 결코 남자에게 몸을 맡기지 않게 되며, 사랑하는 사람에게 경제적 결과에 대한 두려움으로 몸을 허락해 버리는 일을 거부하게 될 때 확정될 것이다.

멋있는 말이다. 당시 나는 이것이야말로 옳은 말이라고 생각했다. 그러나 '성과 문학'이라는 강의를 8년 동안 진행하면서, 나는 단순히 무계급 사회의 실현만으로 이러한 장미빛 비전이 실현되지 않는다는 것을 알게 되었다.

엥겔스는 순진했다. 인간은 그렇게 단순하지 않다. 남녀가 평등해지기 위해서는 수많은 다른 과정이 필요하다. 엥겔스의 이론적 결함도 발견되었다. 혼인 금기 이유에 대한 설명도 즉흥적이고 비과학적이다. 그러나 그렇다 하더라도 엥겔스의 이 책은 모든 페미니즘 이론의 시조(始祖)다.

어쨌든 나는 이 책을 토대로 하여, 박완서, 오정희 등의 소설을 학생들과 함께 읽으면서 그 해 첫 학기 강의를 그런대로 성황리에 끝낼 수 있었다. 그 얼치기 강의는 페미니즘이라는 시류를 탄 덕인지 몇 학기 뒤에는 수백 명이 몰려들어서 열두 강좌까지 개설되었다. 한 여성지에서는 인기 강사로 나를 인터뷰하기도 했다.

그 과정에서 나는 교재도 개발하고 나름대로 어설픈 결론을 끌어냈다. 아도르노를 비롯한 프랑크푸르트학파들이 주창한 "마르크스주의는 휴머니즘이다"를 흉내 내어 "페미니즘은 휴머니즘이다"라고 선언하기도 했다. 모방이지만 어쨌거나 내가 처음 말했다.

강의 첫해, 마지막 강의 시간에 나는 다시 설문지를 돌렸다. "원하는 것은 얻었는가?", "강의에 보강할 내용은 무엇인가?", "강사에게 하고 싶은 말은?" 등의 내용을 써달라고 했다. 학생들이 설문지에 가장 많이 써낸 것은 간단한 한 문장이었다.

"교수님, 총각이예요?"

나는 그때 갓 서른이었다.

그해 가을에서 겨울까지 얼치기 강의를 들었던 이쁜 제자들이여. 아직도 남성중심주의의 때를 완전히 벗지 못한 나를, 용서해다오.

무협지와 판타지 소설

1.

소설가 김훈의 산문집 『라면을 끓이며』를 보면 아버지 이야기가 잠깐 나온다. 김훈의 부친은 소설가이자 언론인이었던 김광주다. 김광주는 1910년 수원에서 태어나 1933년 중국 상하이 남양의대에 입학했으나 의학보다는 문학에 관심이 더 많았다. 연극 활동을 하기도 했고, 소설을 써서 국내 문단에 등단도 했다. 1937년 이후 중국 각지를 전전하며 방랑하다가 1945년 귀국 후에는 김구 선생을 보필한 바 있고, 1947년 무렵엔 경향신문 문화부장과 편집국장을 역임했다. 김광주는 당시의 여러 남자처럼 가정적이지는 못했나 보다. 아들 김훈이 어느 날 아버지에게 "아버지는 왜 그렇게 집에 들어오지 않느냐?"고 물으니 아버지의 답은 이랬다고 한다.

"광야를 달리는 말이 마구간을 돌아볼 수 있겠느냐?"

정작 김광주를 전국적으로 유명하게 만든 것은 번안 소설 『정협지』였다. 이 소설은 1961년에 경향신문에 연재되어 선풍적인 인기를 누렸다. 단행본으로도 출간되어 큰 재미를 봤다고 한다. 이 연재물의 인기를 짐작할 수 있는 한 기사가 있다. 경향신문 1962년 4월 19일 자 '불의의 화재가 삼킨 정협지 원본 입수'라는 기사가 바로 그것이다.

"10개월 동안 본지 조간에 소설 '정협지'를 연재해옴으로써, 애독자의 절찬을 받아온 작가 김광주 씨가 전세든 집이 불타버리자, 각계에선 위문금이 답지해오고 있다. 그런데 여기 무엇보다도 '정협지'의 독자와 더불어 감사해야 할 또 한 가지 사실이 있다"로 시작한 이 기사의 다음 내용을 간략히 하면 이렇다.

집필 중이던 원고와 1000권의 장서와 김구의 친필 족자는 물론 중국작가 울지문의 『정협지』 원본까지 다 타버렸다는 것. 원본이 불탔으니 김광주로서는 연재가 난감해진 상황이다. 경향신문사에도 비상이 걸렸다. 각처를 수소문해서 화교 한 명이 그 원본을 가지고 있다는 정보를 입수했다. '화한일보'(당시 화교가 발행했던 신문인 듯)의 류국화(劉國華)라는 분이 화교를 상대로 호구조사 하다시피 방문하여 원본 1권을 찾아내어 마침내 김광주에게 전달했다. 이로써 김광주는 화재의 위기에도 무림 비급을 찾아내어 계속 연재를 할 수 있었다.

한국 무협 소설의 효시로 평가되기도 하는 이 소설은 1962년 가을에 일부가 출간된 듯하다. 1962년 11월 10일 자 경향신문에는 소설가 박영준이 쓴 신간 서평이 게재되어 있다. 여기서 그는 『정협지』를 "의리에 살고 의리에 죽는 인간군상을 그린 중국 희유의 대중소설"이라면서 "처음부터 손에 땀을 쥐게 하며 책을 펴면 닫고 싶지가 않을 만큼 독자의 마음을 긴장시키는 소설"이라고 평가했다.

박영준의 평을 요약하면 『정협지』는 한 번 잡으면 놓기 힘들 정도로 '재미'있다는 것이다. 무협지에는 특정한 도식이 있다. 억울하게 죽은 부모를 가진 주인공이 성장하자, 그를 돌본 충성스러운 아버지의 부하가 죽으면서 출생의 비밀을 말하고 복수를 당부한다. 주인공은 강호에 출사하면서 무공을 익히고 여러 위기에 봉착한다. 절체절명의 순간, 주인공은 기적적으로 누군가의 도움을 받아 위기를 극복하고 무공 비급을 획득해 강호를 평정한다. 이런 기본 도식에 조금씩 변형이 가해지기도 한다.

가령 적의 습격을 받아 천애 절벽에서 떨어지는 장면에서는 나무에 걸리기도 하고 커다란 새가 나타나 구해주기도 한다. 그 다음에는 대개 동굴이 나타난다. 동굴에는 무공비급 있거나 가끔은 그때까지 기다려 온 절대 고수가 직접 주인공에게 무공을 전수하기도 한다. 어쨌거나 무협지의 생명은 박영준이 간파했듯이 바로 '재미'이며, 그 재미 때문에 스토리의 비현실성과 황당함에도 불구하고 끈질긴 생명력을 유지하고 있다.

2.

중앙일보 계열사에서 발행하는 〈문예중앙〉이라는 계간지가 있었다. 1999년 무렵 소설가 박상우, 평론가 한기 등과 나는 〈문예중앙〉의 편집위원이었다. 편집회의에서 좀 재미있는 특집 거리를 찾다가 판타지 소설에 대한 논의를 해 보자 해서, 내가 그 무렵의 베스트셀러 『드래곤 라자』를 본격적으로 분석하면서 판타지 소설에 대해 논의하는 글을 쓰기로 했다. 그렇게 하여 「팬터지 소설의 허와 실」이라는 200자 원고지 90매 분량의 글이 〈문예중앙〉 1999년 봄호에 실렸다.

이 글은 상당한 파장을 일으켰다. 〈문예중앙〉 봄호가 나오고 며칠 지나지 않아 한 스포츠 신문에서 내 평론의 요약문을 기사화했다. 그후 여러 지면과 당시 활성화한 천리안과 같은 통신공간에서 나에 대한 비난이 들끓기 시작했다. 비난을 요약하면 내가 "텍스트도 제대로 읽지 않은 쓰레기 비평가"라는 거였다. 인신공격에 가까운 비난 글이 폭주했다. 그후 한 10년간은 '네이버 지식인'에도 많이 올라왔다. 이를테면 "문: 『드래곤 라자』를 읽지도 않고 비평한 쓰레기 비평가는 누구? 답: 하응백." 이런 식이었다.

그러한 것은 충분히 참을 수 있었다. 문학을 모르는 아이들이 하는 철부지 소리니까. 하지만 좀 화가 나는 일도 있었다. 나의 글이 화제가 되자 『드래곤 라자』의 저자인 이영도가 반박문을 동아일보에 기고하고자 했던 모양이다.

어느 날 동아일보 문화부에서 나에게 전화를 걸어와 이영도씨가 반박문을 기고하려고 하니, 논쟁을 하겠느냐고 해서, 나는 얼마든지 하겠다고 했다. 그러자 동아일보는 나의 주장을 5매 정도로 요약하라고 했다. 막상 신문을 보니 이영도의 주장은 거의 전면에, 나의 주장은 한 귀퉁이에 박스로 처리되어 있었다. 나는 문화부장에게 항의했다. 논쟁이라면 같은 크기의 지면을 주어야 한다는 게 내 항의의 요지였다. 문화부장은 그건 편집권 침해라고 맞섰다. 내 항의는 받아들여지지 않았고, 나도 뭐 별다르게 할 수 있는 것도 없어, 좀 불쾌했지만 그 정도에서 그만두고 말았다.

지금 생각하니, 동아일보 문화부의 기획에 내가 당했던 것 같기도 하다. 이영도의 '투고'가 아니라 문화부의 부추김에 가까운 청탁이었을 거다.

나는 원고지 13,000매 분량의 소설 『드래곤 라자』를 충실히 읽었다. 부분적으로 오독은 있을 수 있다. 하지만 읽지 않고 썼다는 건 있을 수 없다. 다음은 당시 쓴 「팬터지 소설의 허와 실」 결론 부분이다.

3.

주인공은 〈후치〉라는 17세의 소년. 그는 중세의 어느 영지를 연상케 하는 〈헬턴트〉라는 지방의 초장이 아들이다. 그의 아버지와 영주는 그들 지방을 괴롭히는 나쁜 드래곤을 물리치러 떠났다가 포로가 되었다. 후치는 샌슨, 길시언, 칼 헬턴트 등과 왕에게 그 사실을 보고하고 보석금을 얻기 위해 여행을 떠난다. 여행중에 그는 여자 도둑 네리아, 마술사인 이루릴 등과 합류하여 여러 종족 (〈오크〉, 〈드워프〉 등)과 싸우기도 하고 협력하기도 하면서 하나하나 비밀을 풀고 역경을 헤쳐나간다. 문제는 위대한 힘을 가진 드래곤과

그 드래곤과 인간을 연결해주는 권능을 가진 드래곤 라자를 찾는 일인데, 그것은 소설 말미에 가면 드래곤 중에 가장 힘이 센 아무르타트의 라자가 바로 후치인 것으로 암시되고 세상은 평화를 얻고 소설은 끝을 맺는다.

원고지 1만 3천 장 분량의 이 작품을 간단히 정리하면,

1) 17세의 평범한 소년이 있다.

2) 국가(공동체)가 위험에 빠지자 그는 사건을 해결하려 여행을 떠난다.

3) 여행 중 여러 조력자를 만나고 다양한 경험을 하며 사건을 해결하여 국가의 위기를 구한다.

4) 영웅이 되거 귀환하고 사랑하는 여자의 환영을 받는다, 이다.

방대한 분량과 복잡한 구성을 가진 소설이지만 이렇게 정리해 놓고 보면 무협지와 하등 다를 바가 없다. 무협지의 주인공도 대개 17, 8세의 소년이며 강호에 나타나 여러 악당들을 물리치고 무림세계를 평정한 뒤 무림지존이 된다. 그리고 그는 그동안 만난 여자들과 결혼해 행복한 일생을 보낸다. 그러고 보면 드래곤 라자와 무협지의 무림지존은 엄밀히 대응된다. 『드래곤

라자』를 비롯한 팬터지 소설의 특징을 살펴보면 다음과 같다.

무협지적 구성: 이것은 위에서 밝힌 바와 같다. 다만 무협지가 철저히 권선징악적이라면 팬터지 소설은 전체적으로 권선징악적이되 세부적으로는 그렇지 않다. 이것은 젊은 세대의 세계관의 반영인 듯하다.

가상공간: 지구상의 어디에도 없는 철저한 가상공간, 소설에는 바이서스니 헤게모니아니 자이판이니 하는 국적불명의 언어로 명명된 나라나 도시로 공간이 설정되어 있다. 또 하나의 팬터지 소설인 용의 신전의 공간도 에스테이야, 우클로우, 니욜 등으로 명명되어 있다.

가상의 시대: 공간이 가상이므로 당연히 역사적 시대를 찾을 수 없다. '바이서스 왕국이 세워진 지 300년'식으로 연대가 설정된다. 봉건 영주와 중세의 무기가 등장하여 중세풍의 분위기를 자아내지만 이것은 환상적 요소를 가미하기 위한 전략일 뿐이다.

신화의 혼성모방적 차용: 북구나 중세의 게르만 신화, 그리스 로마신화에서 본 듯한 모티브들이 무차별적으로 뒤섞여 소설 여기저기에 이용된다. 체계가 없으므로 그 원류를 찾기도 힘들지만 찾을 필요도 없다.

철저한 구어체: 통신문학의 특성상 당연한 일이겠지만, 가령 "다리는 고요히 멈추었다. 으잉? 벌써 끝이야? 왜 이 다리는 탈 때마다 한 번 더 타고 싶은 마음이 무럭무럭 피어오르게 되는 거지? 할 수 없지, 뭐." 식의 문장이 계속 이어진다.

환상적 요소: 이것은 주로 종족이 서로 결합하면서 환상적인 분위기로 독자를 몰고간다. 대표적 팬터지 소설인 『드래곤 라자』의 실체를 한마디로 정의하자면 환상적 요소(실은 황당무계한)를 가미한 무협소설의 변형이

라고 할 수 있다.

90년대 후반부터 문단의 일각에서 환상문학에 대해 주목한 것은 분명한 이유가 있다. 크게 보아 7,80년대가 리얼리즘 문학의 시대였다면 90년대 들면서 형식적 민주주의의 확대, 현실 사회주의의 붕괴, 정보화 사회의 토대 등의 외적 조건의 변화로 말미암아 출구로 가능할 수 있는 새로운 방향의 문학론을 마련해야 했다. 포스트 모더니즘 논의도 그 일환이었다. 또한 리얼리즘을 고수하는 입장에서도, 리얼리즘을 반박하는 입장에서도 문학의 환상성에 주목하지 않을 수 없었다. 최수철, 이승우, 정찬, 윤대녕 등의 작품이 기존의 리얼리즘의 독법만으로는 해석이 어려웠던 것이 사실이고, 따라서 보르헤스로 대표되는 환상적 리얼리즘의 도입이 필요한 시점이었다. 가령 주인공 남녀의 피부색이 원주민의 주술에 의해 뒤바뀌는 존 업다이크의 『브라질』 같은 작품은 창작과 비평 양쪽에 시사하는 점이 많았다.

환상은 현실과 함께 문학을 구성하는 가장 중요한 요소이므로 환상문학론의 체계와 역시 주목해야 할 부분이며, 그것의 활성화는 우리 문학론을 풍부하게 할 것이다. 그러나 현재 유행하고 있는 팬터지 소설은 이런 환상문학론과 관련없다. 현금의 팬터지 소설은 계보적으로 본다면, 톨킨 류의 팬터지 소설 → 롤 플레잉 게임 → 팬터지 소설로 이어지는 것이어서 서양 팬터지 소설의 격세유전된 사생아이면서, 컴퓨터 게임의 직접적인 자식이다. 구태어 팬터지 소설의 한국문학상의 계보를 찾는다면, 그 무협지적 성격에 따라 '인간시장', '소설 ○○○류', '무궁화 꽃이 피었습니다'로 이어질 것이다.

팬터지 소설은 통신망을 토대로 성장하여, 일부 출판사의 상업주의적 전략으로 그 기반을 공고히 하고, 나아가 컴퓨터 게임, 애니메이션, 팬시산업으로 이어질 문학이라기보다는 활자로 된 신종 문화산업이다. 내용적으로도 현금의 팬터지 소설은 컴퓨터 게임의 구조에 황당한 요소를 가미한 변형된 무협지류일 뿐이다. 일부 팬터지 소설에서 인간에 대한 이해와 휴머니즘적 요소가 보이기도 하지만, 이것은 기존의 문학에 비해 그렇다는 것이 아니라 기존의 컴퓨터 게임에 비해 그렇다는 것이다.

팬터지 소설의 문학적 미래는 없다. 그러나 신종문화상품으로서의 미래는 있다. 그것이 팬터지 소설의 허와 실이다.

4.

나는 위의 글을 써서 상당한 욕을 얻어먹고 유명한 평론가가 되었다. 나를 리얼리즘에 눈이 먼 할아버지, 꼰대 비평가라고 했다. 당시 내 나이가 30대 후반이었다. 그러다가 한 20년이 지나니 『드래곤 라자』와 관련해서 "그때 하응백이란 평론가의 말이 옳았다는 생각이 든다"라는 글도 가끔 접하기도 한다.

나는 당시 『드래곤 라자』를 무협지처럼 재미있게 읽었다. 더 정확하게 말하면 무협지니까 재미있었다. 『드래곤 라자』나 『정협지』나 다 재미있는 대중문학이다. 문화산업의 소산이다.

판타지 소설이 문화산업이라는 나의 진단은 지금도 여전히 유효하며, 그런 문화산업은 여전히 성행하면서 진화하고 있다. 웹을 기반으로 로맨스, 판타지 소설이 다 그런 부류다. 앞으로도 그런 류의 소설은 거듭거듭 진화를 거듭할 것이며, 다른 문화산업과의 교배를 통해 영역을 더욱 넓혀갈 것이다. 그게 시장이다.

4부

꼰대의 사명

'꼰대'의 사명

'라떼매니아'라는 신종 용어가 있다. 라떼는 에스프레소에 우유를 탄 카페라떼의 준말이고 '라떼매니아'는 라떼를 즐기는 사람이라는 뜻이 아니다. '나 때는 말이야'를 남발하는 신종 '꼰대'를 비유적으로 일컫는 말이다. 한 광고에서 시작하여 더욱 유행한 말로 '나 때는 말이야'는 영어로 직역하여 'latte is horse'라고 하기도 한다. '라떼매니아'에 대응하는 젊은 세대의 반응은 말로는 바로 표현하지 못해도 마음속으로는 머리를 감싸 매고 '아, 꼰대', 혹은 '그래서 어쩌라고'다.

'나 때는 말이야'로 시작해서 이어지는 말의 유형은 여러 가지겠지만, 결론적으로 보면 대단히 단순하다. 어려운 환경에서도 고생고생하면서 열심히 살아서 성공했다가 대부분이다. 일종의 영웅담이다.

영웅담은 대개 주인공이 고생하면 도움을 주는 누군가가 나타나는 구조로 이루어져 있다. '꼰대'들의 영웅담 속에도 그런 조력자가 나타난다. 열심히 일했더니, 그걸 알아준 '전무님'이 부장으로 승진시켜 주었다든지, 민주화 운동을 하다가 감옥에 갔는데, 그게 전화위복이 되어서 국회의원이 되고… 겨우 얼마를 모아 집 한 채를 샀더니, 부동산 붐을 타고 그 집이 수십 배 올라, 다시 어디에 투자하고, 상가 건물을 샀더니…

여기서 꼰대의 조력자는 직장의 상사, 정치적 동지 혹은 후원자, 폭등한 부동산이다. 이런 영웅담을 내면적으로 보면 기득권을 지켜내고자 하는 강력한 염원이 자리 잡고 있다. "나의 자리를 탐내지 말라, 나의 부동산에 월세 내는 걸 아까워하지 말라, 다 나의 피땀으로 이루어진 거다."

다른 말로 하면 이 땅과 이 사회는 '나의 피땀'으로 이루어졌다. '꼰대'로 상징되는 기득권층이 득실대는 나라의 주인은 '꼰대'다. 젊은 세대는 주인이 만들어 놓은 틀에 갇혀 살았던 '노예'에 해당한다. 주인인 '꼰대'는 노예인 젊은 세대에게 불만을 터트린다. 주인은 이렇게 말한다.

"너희들은 왜 열심히 일하려 하지 않고, 왜 결혼을 하지 않으려 하고, 왜 아이를 낳으려 하지 않으려 하고, 왜 국가에 충성하지 않고, 왜 공동체에 책임감이 없고, 왜 민족의 미래에 무관심하고, 왜 통일에 관심이 없는가?"

노예가 왜 그런 것에 관심을 가져야 하는가? 노예는 잘 먹고 잘 놀면 된다. 미래보다는 현재가 훨씬 중요하다. 노예에게 미래는 사치일 뿐이다.

세대 간의 간극은 어느 시대나 있었다. 때로는 젊은 세대의 기성세대에 대한 불만은 역사 발전의 큰 원동력이 되기도 했다. 고려말에 등장한 신진 사대부는 구세대에 대한 반동을 체계화하여 새로운 나라 조선을 등장시켰다. 1970-80년대의 민주화 운동 역시 젊은 세대들의 체제에 대한 저항이 원동력이었다. 좀 더 크게 보면 세대 갈등이 새로운 역사를 쓰는 원천적인 힘으로 작용한다. 신진세력이 이론적 정합성으로 무장하여 기성세대의 기득권을 깨부술 때, 역사는 한 단계 발전한다.

다른 '꼰대'도 아닌, 민주화 운동의 주역이었던 현재 한국 사회에서 '꼰대'는, 주인 자리를 젊은 세대에게 물려줄 정신적 자세를 가져야 한다. 젊은 세대가 주인 의식을 갖도록 도울 수 있어야 한다.

김용균씨의 죽음으로 촉발된 비정규직 문제, 젊은이들의 주택과 주거비 문제 등에 보다 과감한 양보를 해야 한다. 비상식적인 부동산 상승에는 단호히 대처해야 한다. 취업의 공정성에 정직한 잣대를 들이대야 한다. 계층 상승을 위한 사다리 역할을 했던 직업군에 대한 공정성도 확보해야 한다. 의학전문대학원이나 로스쿨(법학전문대학원)과 같은, 가진 자에게 유리한 제도를 철폐해야 한다. 유리한 자들의 카르텔을 부셔야 한다.

주인 '꼰대'의 시간은 지나가고 있다. 젊은 세대가 주인 의식을 갖고 이 땅에서 행복하게 살 수 있도록, 욕심을 버려야 한다. 그것이 '꼰대'들의 마지막 역할이다. 그런 것을 거부하고 끝까지 '꼰대짓'을 하면, 그는 열심히 산 '꼰대'도 아닌, 역사의식이 있었던 '꼰대'도 아닌, 그저 운이 좋았던 '양아치'였을 뿐이다.

대충 살자

　1960년대 이후 우리는 '하면 된다'는 신화에 사로잡혀 살았다. 식민지 시대의 패배 의식과 전쟁의 상처와 절대 빈곤을 벗어나기 위해서는 새로운 정신 무장이 필요했었기 때문이다. 박정희 대통령은 앞장서서 국민정신 개조에 나섰고, 정주영 같은 기업인은 맨땅에 조선소를 건설하는 등의 추진력을 보임으로써 '하면 된다'가 거짓이 아님을 보여주었다. '하면 된다'의 정신은 사회적 화두로 등장해, 군대·기업·학교·가정 등 사회의 전 분야에 침투해 주류 이데올로기로 형성되었다. 군대에서는 더 나아가 '까라면 깐다'라는 'KK정신'으로 변용, 미화되기조차 했다.

　86아시안게임과 88서울올림픽, 2002한일월드컵에서 놀랄 만한 성적을 올리면서 '하면 된다'는 정신은 한국인들에게 더욱 내재화되었다. 86아시안게임에서 가냘픈 소녀 임춘애는 중거리 육상 800m, 1500m, 3000m 세 종목을 석권하면서 '하면 된다' 정신의 표본이 되었다. 이 소녀는 당시 '라면 먹으면서 운동'했다고 해서 전국적인 화제가 되었다. 라면을 먹고도 세 종목을 석권한 건 '하면 된다'는 불굴의 정신이 밑바탕에 자리 잡고 있어 가능했다는 믿음이, 온 국민에게 종교처럼 퍼져 있던 시절이었다. 임춘애가 "코치 사모님이 간식으로 라면을 끓여 주셨다"가 한 언론사에 의해 "라면 먹으면서 운동했어요. 우유 마시는 친구가 부러웠고요"로 둔갑한 것은, '하면 된다'는 신화에 온 국민이 얼마나 몰두하고 있었나를 단적으로 보여준다.

그러나 세상에는 해도 안 되는 것이 얼마나 많은가. 레슬링 선수가 아무리 노력한다 해도 발레리노가 되기 어려운 것처럼, 애초에 안 되는 일은 우리 주변에 널려 있다. 한 개인으로 보자면 안 되는 일은 수없이 많다.

몸치인 사람은 총검술과 태권도, 무용이나 사교춤에는 젬병이다. 음치인 사람은 일류 성악가가 될 수 없다. '갓바위'에서 부모가 아무리 열심히 절을 해도, 그들의 자녀 모두가 일류 대학에 들어가지 못한다. 모두 부자가, 성공한 기업인이, 훌륭한 시인이 될 수 없다. 그럼에도 '하면 된다'는 수십 년 동안 주류 이데올로기가 되고 신화가 되었다.

이러한 신화는 해도 안 되는 일이 많은 수많은 사람에게 엄청난 억압을 형성했다. 해도 안 되는 것을 뻔히 알면서도, 자식에게 혹은 후배에게 '하면 된다'의 신화를 강요했다. 해 보지도 않고 안 된다고 말하지 말라며, 그들을 윽박질렀다. 하지만 이제 젊은 세대들은 '하면 된다'가 거짓임을 깨닫고 있다. 우리 자신이 이미 알고 있으면서 모르는 척하려 했던 그 사실을, 기성세대가 거짓말을 하고 있다는 것을, 젊은 세대는 본격적으로 간파하기 시작했다.

몇 년전 베스트셀러에 오른 책의 제목이 〈하마터면 열심히 살 뻔했다〉이다. 나이 40세인 저자는 "열심히 살수록 예상과 다른 결과에 상처를 받았다"고 고백한다. 대충, 설렁설렁 살 수도 있고, 그렇게 살겠다고 마음을 먹으니 오히려 편안해졌다고 한다.

절대빈곤의 시대는 지나갔다. 이제 '하면 된다'의 신화에서 벗어나, 해도 안 될 수도 있으니 대충 살자, 대충 살아도 된다고 말하면서 살자. 좀 편하게 살자. 계속 이렇게 살다가는 우리도 죽고, 우리의 아이들도 다 죽일 것 같다. 제발 욕심 그만 부리고 편하게 살자.

인구 감소 시대의 플랜B

최남선이 기초한 1919년의 '기미독립선언문'에는 "이천만 민중의 성충(誠忠)을 합하여"라는 구절이 나온다. 당시 남북을 합친 조선의 총인구가 대충 2천만 명 정도였다. 그로부터 꼭 100년이 지난 2019년 한국의 인구는 약 7천 7백만 명이니, 100년 만에 한반도 전체인구는 약 4배 증가한 셈이다. 100년 동안 인구는 해마다 꾸준히 증가했다.

2019년 3월 28일 통계청은 '장래인구 특별 저위 추계 시나리오'를 발표했다. 보수적으로 예상한 통계지만, 이 통계에 따르면 2019년 인구는 5천 165만 명으로 정점을 찍고, 2020년부터 0.02%(1만명) 감소하고, 이후 감소폭이 커지면서 2067년에는 3천 365만 명으로 줄어든다. 중위 통계를 보더라도 2028년 5천 194만 명으로 정점을 찍고, 2067년에는 3천 929만 명으로 감소한다. 비관적으로 보든 낙관적으로 보든, 출산율 감소로 인해 멀지 않은 시기에 대한민국의 인구는 줄어들게 되어 있다.

통계청의 이러한 발표는 우리가 전혀 경험해보지 못했던 인구 감소시대에 접어들었다는 것을 말해준다. 정부는 이를 방지하기 위해 2004년부터 저출산 대책을 세웠고, 현재까지 100조가 넘는 돈을 투입했다. 정부의 '제3차 저출산·고령사회 기본계획'에 따르면 2015년부터 10년간 총 108조 4143억 원이란 막대한 예산이 저출산 관련 예산으로 지출할 예정이다. 하지만 아무리 많은 돈을 투입해도 인구는 감소한다. 가임 여성들은 정부의 대책을 비웃기라도 하듯 아이를 낳으려 하지 않는다.

저출산 대책이란 결국 저출산 원인을 찾아, 처방을 내려주는 것이겠지만, 백약이 무효라는 말처럼, 어떤 처방도 그 속도를 조금 늦출지는 몰라도 대세를 돌이킬 수는 없다. 차라리 인구 감소를 자연스럽게 받아들이고, 인구가 줄어든 나라에 맞는 정책을 세우는 게 더 현명한 일이다. 더군다나 우리나라는 세계적으로도 인구밀도가 높은 나라이니만큼 인구가 감소하면 전 국민은 더 쾌적한 삶을 누릴 수도 있다는 역발상으로 정책을 전환해야 한다.

지금의 산업구조에서 인구가 줄어들면 경제성장률은 과거와 같은 고성장을 기대하기 어렵다. 각종 연금에 대한 국민 각자의 부담률은 증가할 수밖에 없다. 대한민국은 건국 이후 경제성장을 절대 과제로 삼으며 성장 일변도의 정책을 폈다. 하지만 2020년대 이후는 경제성장률이 2% 아래로 떨어질 수도 있다. 더 먼 미래에는 심지어 마이너스 성장을 할 수도 있다. 도로나 철도나 항만, 학교와 병원과 관청 같은 각종 공공시설은 과잉 공급의 거품을 걷어내야 한다. 건설이나 건축보다, '철거'나 자연으로의 '환원'이 더 중요하다. 부동산 가격도 폭락할 수 있다.

인구가 증가하는 시대에 맞는 정책을 플랜A, 인구가 줄어드는 시대의 정책을 플랜B라고 한다면, 이제 우리는 플랜B로 나가야 한다. 지난 100년간의 관성에 의해 플랜A만 집착한다면, 개인과 국가 모두 대혼란에 휩싸일지도 모른다. 지금부터 최소한 플랜B로 나아가기 위한 연구를 서둘러야 한다. 그 연구는 인구감소로 인한 부족한 노동력을 AI(인공지능)와 자동화로 대체하기 등의 경제적인 부분도 있겠지만, 고령화와 인구감소시대가 인간 정신에 미치는 영향, 도시 및 산업시설 공동화로 인한 환경 문제 같은 것도 포함하여야 한다. 농어촌 지역의 공동화에 대한 대비책도 마련해야 한다.

1919년 3·1운동이 대한민국 독립과 건국의 씨앗이 되었다면, 그로부터 100년이 지난 2019년 우리는 새로운 대한민국 100년의 미래를 생각해야 한다. 결국은 참담한 결과를 맞이할 저출산 대책에 대한 집착에서 벗어나, 한시라도 빨리 더 나은 미래를 향한 여러 가능성을 점검할 바로 그런 시점임을, 2019년을 지나면서 우리는 직시해야 한다.

인구 정책, 이제 가보지 않은 길을 찾자

"아, 캭, 이장입니다. 안녕하시지라우. 어제는 금산면 청년 체육대휠 했는디, 우리 마을은 청년이 없는 관계로, 아, 출전은 못하고 술만 디지게 마싰지라요. 다 잘 계시고 이장은 추석 때 서울 아들집에 가서 없을꺼이. 아, 캭. 마을에 별 일 없을꺼구만요. 그럼 잘 계시지라우. 방송 끝."

전남 고흥군 금산면 거금도 방파제에서 낚시하다가 들었던 마을 방송의 멘트다. 웃다가 고기 한 마리를 놓치고, 그 멘트의 의미를 곱씹어보았다. 체육대회에 나갈 청년조차 없는 마을… 청년이 없으면 결혼하는 남녀도 없고 당연히 아이들도 없다.

청년이 없는 섬이 어디 거금도뿐일까? 도서 지역만 그런 것이 아니라 농촌 지역도 청년이 사라지고 있는 것은 마찬가지다. 경상북도, 전라남도 등 수도권과 충청 일부를 제외한 전국이 고령화와 저출산 문제로 고심하고 있다.

농어촌 지역의 인구 감소와 고령화보다 더 심각한 것은 국가 전체의 출산율이 점점 낮아져 가고 있다는 사실이다. 베이비붐 시대 연간 90만 명에 이르던 신생아 수는 2020년 30만 명 선 아래로 내려가서 28만 4천 명이었다. 사망자보다 신생아 수가 적다. 그러니 이민을 받아들이는 등의 특단의 대책이 없다면 인구는 당연히 감소하게 되어 있다.

지난 10년간 정부에서는 저출산 대책에 130조 원이라는 천문학적인 돈을 투입했다. 대통령 직속의 저출산고령사회위원회도 가동했다. 하지만 국가나 지방자치단체에서 결혼과 출산 장려금, 아동 양육수당 지급 등 여러 대책을 마련하고 각종 인센티브를 준다고 해도 이 문제는 전혀 해결되지 않고 있다. 앞으로도 불가능한 정책 목표다. 헛돈만 퍼붓는 셈이다. 차라리 인구 감소를 당연한 것으로 받아들이고, 다른 정책으로 전환하는 것이 훨씬 미래지향적이지 않을까?

우리나라만큼 인구밀도가 높은 나라도 드물다. 5천만 명이 10만㎢의 땅에 살고 있다. 1인당으로 나누면 약 200㎡가 할당된다. 우리는 그 좁은 땅을 학대하고 착취하면서, 집값과 땅값이 오른다고 악다구니를 써가며, 개발과 환경보호를 양쪽에서 외치며 살고 있다. 뉴질랜드에는 대구 인구의 두 배가량인 약 500만 명이 우리나라 면적의 약 2.5배 정도 땅에서 '널널하게' 살고 있다. 핀란드와 스웨덴이나 뉴질랜드와 같이 땅덩어리에 비해 인구가 적은 나라도 얼마든지 잘 산다. 국민의 행복지수는 오히려 더 높다.

청년들에게 결혼과 출산을 강요하지 말고, 엄청난 국가 예산을 인구 증가 대책에 투입하지 말고, 인구가 줄어들어도 잘 살 수 있도록 국가 개조 설계에 착수하는 것이 장기적으로 보면 훨씬 더 현실적인 대안이 될 수 있다. 인류의 기술적 진보는 눈부신 것이어서, 자율주행 자동차와 같이 인공지능을 활용한 각 분야의 여러 자동화 시스템은 곧 현실화할 것이기에 노동력의 부족은 얼마든지 해결할 수 있다.

가보지 않은 길은 개인이나 국가나 다 두렵게 마련이다. 하지만 인구가 감소한다고 대한민국의 미래가 어두워지는 건 아니다. 오히려 성장률과 증가율의 미망(迷妄)에서 벗어나면, 새로운 길이 열린다. 그 길로 가야 할 때가 다가오고 있다. 그 길로 가야 한다.

아이를 낳지 말아라

[이 글은 2003년 7월 23일 서울신문 〈마당〉이라는 코너에 실렸다. 벌써 20년이 다 되어가지만, 이 글의 논지는 여전히 유효하기에 폐기하지 않았다. 하지만 그때의 생각과 지금의 생각은 좀 달라졌다. 당시까지만 해도 나는 경제는 성장해야 하고 인구는 늘어야 한다는 '상식'에 사로잡혀 있었다. 지금은 그 '상식'을 폐기 처분했다.]

지난 10일 통계청 발표에 의하면, 우리나라의 가임(可妊)여성 1명이 평생 낳는 평균 자녀수는 1.17명이었다. 이는 세계 최저 수준이며, 여성 1명이 평균적으로 평생 한 자녀만 낳아 기른다는 의미다. 출산율이 떨어지면 고령(高齡)사회로 진입하는 속도에 가속이 붙는다. 때문에 통계청은 "65세 이상 노년 인구가 2026년엔 20%를 넘는 '초고령사회'에 도달할 것"으로 예측했다.

젊은 노동인구가 줄고 고령화 사회가 되면 발생할 수 있는 여러 사회 문제에 대한 우려가 여러 매체에 의해 지적되었다. 그러나 문제는 "왜 여성이 아이를 출산하지 않는가"에 대한 이유를 찾아보려는 노력과 저출산율에 대한 근본적인 대책이 거의 없다는 것이다.

전통적 농경 사회에서 자녀는 부모들에게 큰 자산이다. 미국의 인류학자

마빈 해리스에 따르면, 농경 사회에서 여자아이들은 9세에서 11세 사이에 주당 38시간 정도 경제적인 활동을 한다. 음식 나르기, 청소, 동생을 보살피기 등의 어른들의 보조 역할을 한다. 남자아이들은 15세가 되면 제 몫을 충분히 하여, 경제적으로 본다면 노동력으로 부모에게 이익을 창출해 준다.

과거 한국 사회에서도 자녀들은 부모의 보험 역할을 충분히 했다. 좀 잔인한 이야기가 될지 모르지만 심봉사에게 심청은 하나의 보험이었을지도 모른다. 육아의 대가가 노후의 복지와 개안이라는 혜택으로 돌아왔다. 물론 현대 사회에서 자녀들에게 경제적 도움을 기대하는 부모는 있다 해도 극히 소수다. 그러나 마빈 해리스의 "아이를 늘림으로써 생활이 나아질 때는 아이를 많이 가질 것이다. 반면 아이를 적게 가져야 생활이 나아질 때는 또한 적게 가질 것이다"(『작은 인간』)는 말은 경청할 필요가 있다.

지금 한국 사회의 출산율이 세계 최저인 가장 큰 이유는, 여성이 아이를 적게 낳을수록 자신의 삶이 윤택해지기 때문이다. 출산육아제도나 탁아소도 시원찮은 형편에서, 아이를 주렁주렁 낳으면 사회적 성취 욕구 혹은 자신만의 삶을 포기하게 만든다. 설사 주위(주로 친정 어머니)의 도움으로 어느 정도 양육하고 나면 그 다음에는 엄청난 사교육비를 감당해야 한다. 자녀 둘을 가진 중산층 가정에서 지출하는 사교육비를 감당해본 사람들은 대개 머리를 절레절레 흔든다. 대안학교를 보내거나 사교육비를 들이지 않으면 되지 않느냐고 반문하는 사람이 있을지도 모르겠다. 그러나 자기 자식을 두고 배짱을 부리거나 모험을 감행하는 부모는 많지 않다. 다수가 택하는 사회적 상식의 길로 가는 것이다.

이러한 상황에서 나는 지금 중학교 3학년인 딸에게 앞으로 부모로서 이렇게 충고한다. 결혼은 행복의 필수조건은 아니다. 하지 않아도 행복할 수 있다면 하지 않아도 좋다. 결혼했다 하더라도 아이를 가능한 한 갖지 말아라, 갖더라도 한 아이만 낳아 길러라. 아이 하나에 들어가는 돈이 얼마냐. 그 돈을 저축한다면 너의 노후는 편안해질 수 있다. 그것뿐인 줄 아느냐, 사회적으로 아이의 육아 때문에 감당해야 할 희생은 너무 크다. 너는 아이 때문에 승진 못 할 수도 있고, 중요한 비지니스를 성사시키지 못할 수도 있다. 아이 때문에 여행도 마음대로 못하고 심지어 영화감상도 제대로 하지 못하는 수가 많다. 아이를 낳아 키우는 것은 거의 모두가 너의 노력과 희생을 강요한다. 그것이 우리 사회의 상식이다. 만약 네가 정말 아이가 좋아 서너 명을 낳아서 키워 보라. 그러면 넌 존경받는 어머니가 아니라 이웃 여자들의 동물 쳐다보는 듯한 시선을 감당해내야 할지 모른다.

자, 이러니 어떻게 우리나라의 높은 출산율을 기대하겠는가. 편해지고, 잘살기 위해서 아이를 적게 낳지만, 그것 때문에 우리 사회는 가까운 장래에 분명 더 고통받을 것이 틀림없다.

나는 당신의 아이가 귀엽지 않다

음식점에 가서 식사할 때 겪은 일이다. 옆자리에 자리 잡은 젊은 부부가 어린아이 둘을 데리고 와서 함께 음식을 먹고 있다. 두세 살 먹은 작은아이나 그보다 한두 살 많아 보이는 큰아이나 제대로 음식을 먹지 않고 온 식당을 휘젓고 다닌다. 옆자리에 와서 기웃대기도 하고 컵을 엎지르기도 하고 소리를 지르고, 급기야 이 테이블 저 테이블 사이를 뛰어다닌다.

이런 광경은 누구나 한 번쯤은 보았을 것이다. 성질대로 라면 아이들을 엎어놓고 한 대 쥐어박고 싶다. 그러나 참는다.

어린아이에게 그랬다간 야만인 취급을 받는 것은 물론 대판 싸움이 벌어지고, 아동 학대죄로 철창신세를 질지도 모를 일이기 때문이다. 나뿐만 아니라 눈치를 보니 다른 테이블에 앉아서 식사하는 어른들도 불쾌하지만 참는 기색이 역력하다. 보다못한 식당 종업원이 아이를 안고 가서 사탕을 주고 놀아 준다.

그동안 젊은 부부는 즐겁게 담소하며 느긋이 식사를 즐긴다. 그 부부는 가끔 자신의 아이들을 바라보며 미소를 짓는다. 저렇게 활달하고 거칠 것

없이 행동하니 장래에 뭐가 되도 크게 될 거라고 생각하나 보다. 고슴도치도 제 새끼 귀엽듯이 자기 자식이 귀여우니 당연히 남도 자기 자식을 귀여워할 것이고, 모두가 귀여워하는 아이니까 대중음식점에서 뛰어노는 건 하나의 권리라고 생각할 수도 있다. 아이를 제재하지 않는 게 아이 기 살리는 방법일 수도 있다.

그러나 단언하건대 나는 그런 아이들이 싫다. 그런 아이들을 방치하는 부모들이 더 싫다. 자기가 사랑하는 새끼니까 남도 사랑해야 한다는 논리는 억지고 폭력이다. 예절과 질서를 무시하고 아이를 끼고 돌면, 결국 아이를 망치고 가정을 망친다.

아이를 가르치고 버릇을 들이고, 남에게 피해를 주면 어떤 방식으로든 제재를 가해 사회의 구성원으로서의 기본을 갖추게 하는 것은 부모의 기본적인 의무이자 도리이다. 그 기본 자질을 기초로 해서 그 아이들이 살아야 할 미래가 밝게 열린다.

젊은 부모들이여, 번잡스러운 당신의 아이가 나는 절대로 귀엽지 않다. 귀엽지 않게 당신이 만들고 있다.

대프리카의 사하라, 동대구역 광장

[대구 매일신문에 약 1년 반 동안 한 달에 한 번 정도 칼럼을 연재했다. 아래 글은 2018년 8월 15일자 칼럼이다. 이 칼럼을 마침 대구 시장께서 보신 모양이다. 대구시 관계 직원들에게 이 칼럼을 회람하게 하고 대책 마련을 지시했다고 한다. 얼마 후 동대구역 광장에 화단과 나무 화분이 생겨났다. 칼럼에 쓴 내용이 바로 현실이 되는 경험을 한 셈이다. 어느 해인가, 경향신문에 칼럼을 쓰면서 인사동 거리를 차 없는 거리로 하자는 걸 제안했더니, 이듬해인가 실제로 차를 통제하여 차 없는 거리가 현실이 되었다. 우연인지도 모르지만, 원고료 외에 칼럼 쓰는 동기 부여가 되는 대목이다. 하지만 이런 경우는 상당히 드물다.]

올여름 뭐니 뭐니 해도 최대의 화제는 더위다. 아니 더위보다는 폭염이라고 해야 적당할 것 같다. 1907년 근대적인 기상 관측이 시작된 이래, 올해는 연일 최고 기온을 경신했다. 올림픽 신기록이 경신되듯 계속 신기록이 세워지면서, 한편으로는 신기록 행진에 어쩔 수 없이 평등하게 동참하고 있다는 것에 대해 마음 한편으로는 뿌듯해지기도 한다.

더위, 하면 역시 대구다. 강원도 홍천이 신기록을 작성했다지만, 꾸준히, 오래도록, 그리고 역사적으로 대구는 폭염의 도시였다. 오죽하면 '대프리카'라는 별명이 붙었으며, 폭염의 도시를 상징하는 달걀 프라이 조형물까지 만들었겠는가.

서울에서 뜨거운 여름에 주위를 잘 살펴보면, 유독 더위를 잘 참는 사람 중에는 대구 출신이 많음을 알 수 있다. 서울 사람들이 덥다고 연신 땀을 훔쳐대면, 대구 출신 족속들은 "뭐 이 정도 가지고 호들갑을 떠나" 하면서, 무표정하게 인내한다.

그러면서 자긍심을 가진다. 서울의 더위 정도는 얼마든지 인내할 수 있다는 그 강건한 자긍심. 한때 경북고나 대구상고의 야구에서, 삼성 라이온즈의 통합 우승에서 자긍심을 드러냈듯이, 이제는 패배하지도 않고 해마다 찾아와 대구를 뜨겁게 달구는 그 폭염에서 대구 출신들은 생뚱맞은 자긍심을 느낀다. 그 자긍심은 긍정적으로 본다면, 타향살이 삶의 혼탁 속에서도 지치지 않는 에너지의 원천으로 작용한다. 대프리카 출신이니만큼, 대구의 폭염도 잘 견뎌냈듯이, 어려운 일도 잘 참고 잘 견뎌내야 한다고 생각한다.

하지만 대구 사람으로서 동대구역 광장에 대해서는 한마디 해야 한다. 냉방이 잘 된 KTX 열차를 타고 동대구역에 도착해서 택시를 타기 위해, 이제 공사가 끝난 동대구역 광장을 한여름 오후에 가로질러 가본 적이 있는가?

역사에서 광장으로 나오자마자 훅 숨이 막힌다. 곧이어 온몸의 땀샘에서는 물이 솟구치기 시작한다. 나무 한 그루, 풀 한 포기, 그늘 하나 없는 동대구역 광장의 그 삭막하고 넓은 콘크리트 덩어리는 대프리카 중의 대프리카, 대프리카의 사하라다.

대구 사람이 아닌, 함께 간 내 안의 '서울 사람'이 그 광장을 가로질러 택시를 타고나서 내뱉은 일성(一聲)은 '역시 대프리카, 명불허전(名不虛傳)'이다. 대구는 대구의 대표적인 관문인 동대구역에서부터 이렇게 방문객들에게 대프리카의 '본때'를 보여준다. 그 '서울 사람'은 이렇게 말하고 싶어진다.

"아예 동대구역 광장에 모래를 깔아 낙타 두어 마리 가져다 놓고 대구를 상징하는 '사하라 체험' 관광 상품을 개발하든지, 아니면 나무도 심고 차양막을 설치해 그늘도 만들지. 곳곳에 다양한 분수를 설치해 분수 광장으로 만들어도 좋고, 분수가 많으면 밤에는 시민들이 역사 백화점에 왔다가 광장에서 놀 수도 있을텐데. 그 광장에서 대구가 자랑하는 '치맥'을 팔아도 좋을텐데. 밤에는 분수에 조명을 예쁘게 설치하면 교통 편리한 대구의 새로운 명소가 대구 시민뿐만 아니라 외지인도 끌어들이는 관광 상품도 될 수 있을텐데…"

고속도로 휴게소 음식 유감

베이비붐 세대 이전 작가의 소설에서 굶주림이란 소재는 자주 등장한다. 소설에서 음식은 생존의 문제였기에 음식의 질을 따지는 것은 사치였다. 달성공원 주변이 소설의 주무대였던 이동하의 『장난감도시』나 약전골목 일대가 주무대였던 김원일의 『마당깊은 집』에서도 주인공은 늘 일상적으로 배고픔을 겪는다. 소설 속의 주인공만이 그런 게 아니라 1950년대까지 먹는다는 것은 생존 차원의 문제였다.

초등학교 다닐 때였던 것 같다. 내가 반찬 투정을 하니까, 세 들어 사는 아래채 아저씨가 내게 해준 말이 지금도 기억이 난다.

"만주에 갔을 땐데, 3일을 내리 굶었어. 나중엔 눈에 보이는 게 없는데, 얼마나 서러운지 눈에서 달구똥 같은 눈물이 뚝뚝 떨어지는 기라. 그때 결심했어. 앞으로 어떤 음식도 달게 먹겠다고."

나의 반찬 투정을 달래기 위한 선의의 거짓말이었는지도 모르지만, 지금 그 말의 진위를 확인할 수는 없다. 어쨌거나 그 말을 들은 이후에는 음식이 좀 맛이 없어도 그 아저씨의 말을 생각하며 '한 끼야 못 먹으랴' 하는 심정으로 배를 채웠다.

세상이 달라졌다. 국민소득이 2만 달러를 넘어 3만 달러에 접어들면서, 온 국민이 반찬 투정을 하는 시대로 변해버렸다. 소득이 높아지니 당연히 음식의 질을 따지게 된다. 한 끼를 먹더라도 제대로 먹자. 그러니 외식산업이 발달하고 '먹방'이 유행하고 식도락이 일반화했다. 음식의 맛을 평가하는 수준도 대단히 높아졌다.

짜장면 한 그릇이면 환호작약했던 시절에서 미슐랭 가이드 별이 달린 음식점을 찾아 여행을 떠나는 시대로 바뀌었다. 이제 한 끼의 식사는 '대충 끼니를 때우는 일'이 아니다. 이러한 현상은 먹는 것이 인간의 행복지수에 대단히 중요한 요소라는 점을 생각하면 지극히 자연스러운 일이다. 이런 현상은 돌이킬 수 없는 대세다.

하지만 온 국민의 입맛이 날로 예리해지고 있는 가운데에서도 구태의연하게 한결같은 고집으로 여전히 맛없음을 고수하는 집단이 있다. 바로 고속도로 휴게소 음식점이다. 메뉴가 다양해지고 맛있는 음식을 선보이는 휴게소도 일부 있지만, 여전히 다수의 휴게소 음식은 그냥 '휴게소 음식'이다. 물론 휴게소 음식점 업주만을 비난할 수는 없다. 그들이라고 왜 맛있는 음식을 내놓고 싶지 않겠는가? 조금씩 다르겠지만 휴게소 음식점 매출액의 약 50%는 임차의 대가로 내는 돈이라 한다. 나머지 50%로 인건비와 식재료비를 감당하고 여기에서 마진을 남겨야 한다면 음식은 부실해질 수밖에 없다.

휴게소 음식 맛의 형편없음은 업주의 잘못이 아니라 고속도로 휴게소 운영의 비합리성에서 오는 구조적인 문제다. 이 문제의 이면에는 한국도로공사의 휴게소 운영업체 선정 입찰방식에 근본적인 원인이 있다. 이를 전면적으로 바꾸어야 한다.

발상을 달리해보자. 대구 인근 고속도로 휴게소에 대구가 자랑하는 음식이 나온다면? 이를테면 따로국밥이나 납작 만두, 매운 갈비찜 같은 음식이 대구 시내와 동일한 수준으로 차려진다면? 안동이나 상주, 밀양과 같은 도시들도 자신을 드러내는 그 지방 특색이 담긴 음식을 차려낼 수 있을 것이다. 그렇게 되면 여행객들은 일부러라도 그 휴게소에 쉬면서 식도락을 즐길 것이다. 우리나라만큼 고속도로 기반이 잘 갖추어져 있으면서 각 지역마다 지방의 고유성을 대표하는 특색 있고 맛있는 음식이 발달한 나라도 드물다. 생각만 좀 바꾸면 온 국민이 고속도로로 여행할 때마다 입은 즐거워질 텐데, 입이 즐거워지면 인생도 가끔은 즐겁기 마련인데….

한 끼를 때우는 음식이 아니라 한 끼를 즐길 수 있는 휴게소 음식으로 진화하기를 기대한다.

사랑하는 아들, 보아라

네가 입대한 후에 식료품값이 거의 들지 않아서 좋다. 요즘 식료품 가격이 예년에 비해 40%나 급등했는데 국가가 널 먹여주니 세금 내는 것이 별로 아깝지 않다.

아빠가 너의 입대 후 두 번 낚시 갔다. 불행히도 별로 못 잡았다. 하지만 네가 없어 회는 실컷 먹었다.

네가 없으니 불편한 것도 있다. 영화사에서 예고편으로 홍보 동영상을 제작해주어, PC 모니터로 교보문고 등 세 곳에 설치했는데, 그걸 할 줄 몰라 돈 주고 했다. 무려 12만 원이나 달라고 해서 조금 열 받았다. 너라면 3만 원만 주어도 충분히 즐겁게 설치해 주었을 텐데. 윤은혜, 박한별 주연의 그 영화 〈마이블랙미니드레스〉 말이다.

낚시칼럼 연재, 그만 쓰려 했더니 팬들의 열화와 같은 성원 때문에 연장하기로 했다. 물론 팬 중의 한 명은 아빠 친구 조용호 아저씨다. 그 아저씨가 얼마 전 다시 문화부장이 되어, 마르고 닳도록 연재하라고 강요해서 조금 더 하기로 했다. 그래서 어쩔 수 없이 2주에 한 번은 낚시 가야 하고 또 어쩔 수

없이 회를 먹어야 하는 운명에 처해 있다. 네가 없어 좀 맛이 없기는 하겠다.

원고료 안 주는 글은 안 쓰는 게 아빠의 원칙이란 것을 너도 잘 알겠지만, 그래도 아들이라 편지 한 번 쓴다. 잘 먹고, 잘 자고, 동기들과 잘 지내라.

대한민국의 건강한 남자들에게 군대란, 추억이며 자긍심이며 술자리의 영원한 안줏거리임을 명심해라.

– 아빠가

모두 행복한 대동(大同) 세상으로

    문화유산 중에서는 한 개인의 선견지명과 필생의 노력으로 보존되는 경우가 왕왕 있다. 판소리는 신재효(申在孝:1812~1884)의 노력에 크게 힘입어 현행 판소리와 비슷한 형태로 다듬어졌다. 전북 고창 출신인 신재효는 향리에서 물러난 1860년 이후 판소리 사설 열두 마당을 여섯 마당으로 정리하면서 나름대로 개작을 했다. 현행 판소리와 신재효본 판소리가 크게 다르지 않음을 볼 때 신재효가 정리한 판소리 사설은 당시의 판소리 명창들에게 상당한 영향력을 끼쳤다.

    신재효가 정리한 판소리 사설은 현재 연행되는 〈춘향가〉, 〈심청가〉, 〈적벽가〉, 〈수궁가〉, 〈흥부가〉 다섯 마당 외에 〈변강쇠가〉가 더 있다. '거시기'한 육담이 주를 이루는 〈변강쇠가〉가 사라진 이유는 지나치게 외설적이기 때문이다. 공공장소에서 지나치게 외설적 내용의 사설 공연은 쉽지 않다. 판소리 명창의 자기 검열도 물론 작동했다.

    현행 남아 있는 다섯 마당 판소리를 주제적으로 본다면 삼강오륜에 입각한 권선징악의 구조다. 하지만 판소리가 삼강오륜이라는 기존 질서체계의 옹호로만 짜여 있었다면, 판소리의 생명력은 짧았을 것이다. 판소리가 개화기를 거치면서 근대 이후에도 살아있는 장르가 된 이유 중의 하나는 판소리 사설 내용이 풍자성과 확장성이 뛰어나기 때문이다. 특히 독특한 개성을 가진 등장인물은 재미를 배가시켜 판소리에 활력을 불어넣는 역할을 톡톡히 해내고 있다. 그 대표적인 인물이 바로 놀부와 뺑덕어미다.

〈흥부가〉는 "아동방이 군자지국이요, 예의지방이라"로 시작하는 것이 보통이다. 그런데 이상한 사람이 하나 있다. 그가 바로 놀부다. 놀부는 심술보 하나를 더하여 오장칠부를 가지고 있다. 그 심술보가 어떤 것인가? 불난 집에 부채질하기, 아이 밴 부인 배차기, 오대 독자 불알차기, 수절 과부 겁탈하기, 똥 누는 놈 주저앉히고, 고추밭에 말 달리기, 호박에 말뚝박기, 가문 논에 구멍 파고, 장마 논에 구멍 막고, 된장 그릇에 똥 싸기, 간장 그릇에 오줌 싸기, 우는 아기 집어 뜯고, 자는 아이 눈 벌리고…

그 악행이 이루 말할 데가 없다. 〈흥부가〉에서 흥부의 선행만 있다면 〈흥부가〉는 성립조차 되지 않는다. 놀부가 있어야 강력한 선악 대비로 완성되는 하나의 작품이 된다.

〈심청가〉에서 놀부와 비견되는 인물이 바로 뺑덕어미. 뺑덕어미는 심청이 공양미 삼백 석에 남경상인에게 팔려가자, 심학규의 재물을 노리고 계획 결혼을 하고 심학규의 아내가 된다. 그녀의 행실을 보자.

밤이면 마실 가고, 낮이면 낮잠 자고, 잠자면서 이 갈기, 쌀 퍼주고 떡 사먹고, 벼 퍼주고 엿 사먹고, 의복 잡혀 술 사먹고, 머슴 잡고 어리광부리고, 여자 보면 내외하고, 남자 보면 유인하고, 코 큰 총각 술 사주기… 이쯤 되면 놀부도 혀를 내두를 정도의 대단한 악덕 여성이다. 이 뺑덕어미가 〈심청가〉에서 착하디착한 심청이와 심학규와 승상부인 등의 인물을 보완하는 역할을 하며 이야기를 이끌어 나간다.

　이런 등장인물의 다양성, 사설의 해학과 풍자는 서로 교직되면서 갈등을 짜나가다가 마지막 장면에서 장엄한 해피엔딩으로 마무리된다. 〈심청가〉에서는 맹인 잔치에 함께 참석한 모든 맹인이 함께 눈을 뜬다. 부자가 된 흥부에게서 기쁨을 맛보는 것처럼, 변사또를 응징하고 춘향이가 연인의 품에 안길 때 사랑의 성취를 느끼는 것처럼, 〈'심청가〉에서는 함께한 모든 사람이 신체나 마음의 장애를 떨고 모두 한마음이 된다. 이것은 대동(大同) 세상에 대한 갈망이라고 볼 수 있다. 장애 없이 모두 함께 잘사는 세상에 대한 민중들의 염원이 바로 〈심청가〉의 대미에 담겨 있다. 이런 〈심청가〉의 주제 의식은 오늘날에도 여전히 유효하다.

'한반도'기는 아닙니다

평창동계올림픽 주무장관으로, 올림픽의 성공을 위해 불철주야 얼마나 노고가 많으십니까? 뉴스를 통해 평창올림픽 남북공동입장 때 '한반도기'를 사용한다는 소식을 접했습니다. '한반도기'의 정치적 의미를 떠나, 장관님처럼 단어나 문장 사용에 심혈을 기울이는 문인의 입장에서, '한반도'란 단어가 과연 어떤 역사성을 지니고 있고, 어떤 뉘앙스를 풍기는지 생각해보았습니다.

'반도'의 사전적 의미는 "삼면이 바다로 둘러싸이고 한 면은 육지에 이어진 땅. 대륙에서 바다 쪽으로 좁다랗게 돌출한 육지"입니다. 영어로는 'peninsula'라고 합니다. 영어의 어원은 'almost an island'로 '거의 섬과 가까운 땅'이란 뜻입니다. 그런데 '반도'(半島)란 말은 한자의 의미로 보면 '반쪽 섬'이란 뜻입니다. 여기서 의문이 듭니다. 육지와 한쪽이 붙어 있는 것이 어떻게 '반쪽' 섬입니까? 이미 섬을 염두에 두고 지은 말이 아닐까요?

한자 '반'(半)은 전체의 반이라는 계량적인 개념이기도 하지만, '모자란다'의 의미로도 사용됩니다. 예를 한 번 들어볼까요?

반편이: 지능이 보통 사람보다 낮은 사람

반풍수: 서투른 풍수

반치기: 가난한 양반 혹은 쓸모없는 사람

반심: 할까 말까 하는 마음 혹은 진정이 아닌 마음

이런 낱말에서 보듯 '반' 자는 부정적인 의미로 사용하고 있습니다. 이처럼 '반도'도 혹시 부정적인 의미를 강조하려는 저의로 만들어진 용의가 아닐까 하는 생각을 하게 되었습니다. 그러다가 이러한 의심을 품은 사람이 저 하나만이 아니라는 것을 발견하게 되었습니다. 독립기념관 홈페이지에 다음과 같은 문건을 검색했거든요.

"…'한반도'는 일제가 한국을 멸시하고자 만든 왜색용어다. '일본지리사전'은 "육지가 바다에 돌출하여 삼면이 바다로 둘러싸여 있는 부분, 특히 조선반도가 그 좋은 보기"라고 하여 유독 한반도를 강조했다. '반도'(Peninsula)란 용어는 일제가 메이지유신 후 이른바 그들의 '본노'(本島)에 예속시키려는 의도에서 만들어 낸 신조어였다. 자기들이 살고 있는 곳은 내지(內地) 즉 '온 섬'(全島)이고 한국은 섬도 못 되는 반 섬, 즉 섬의 하위 개념인 변방으로 비하시키고자 하여 '반도'라고 명명하였다…"

과연 이 주장이 진실일까요? 그래서 저는 1900년대 이전에 '반도'라는 말을 우리 조상들이 사용했는가를 찾아보았습니다. '한국고전종합 DB'를 다 뒤져도 우리 문헌 원문에는 단 한 건도 나오지 않더군요. 우리 조상들은 우리 영토를 해동(海東), 동국(東國), 청구(靑丘), 진단(震檀), 계림(鷄林), 근역(槿域) 등으로 불렀습니다. 접역(□域)이란 좀 특이한 별칭도 있습니다. 가자미가 많이 잡히는 땅이라는 말인데, 『한서(漢書)』 '교사지'(郊祀志)에서 유래한 말로 정조 임금도 『일성록』에서 "아국개재접역"(我國介在□域:우리나라가 접역에 위치해 있어"와 같은 문장으로 사용했습니다. 고산자는 자신의 필생의 역작에 『대동여지도(大東輿地圖)』, 다산은 자신의 지리서에 『아방강역고(我邦疆域考)』라는 이름을 붙였지요. '반도'라는 단어는 어디에도 없는 것이지요. 하지만 1920년대의 신문 기사에는 '조선반도'(朝鮮半島)란 단어가 엄청나게 많이 나옵니다. 위 주장이 진실 혹은 사실에 가깝다는 것을 증명합니다.

이런 유력한 증거에도 불구하고 우리가 '한반도'기라는 말을 사용해야 할까요? 평창올림픽에 참석한다고 한 아베 총리의 조상이 지하에서 깔깔거리지 않을까요?

이제부터라도 다른 이름을 붙여 불러야 합니다. '한마음'기도 좋고, 세계가 보편적으로 알고 있는 용어인 '코리아'기라 해도 좋습니다. 하지만 '한반도'기는 아닙니다. 시인인 장관님께서 잘 살피시리라 믿고 필을 놓습니다. 총총.

책을 낸다는 것

출판계에 전설처럼 전해지는 이야기가 있다. 바로 김정현의 『아버지』란 소설과 관련된 이야기다. 이 소설의 저자는 경찰관 출신으로 등단도 하지 않은 무명이었다. 그는 이 소설을 탈고하고 여러 출판사에 원고를 보냈다. 몇 군데 출판사에서 퇴짜를 맞다가 한 출판사 대표 눈에 들어 간신히 출간되었다. 출간되자마자 독자들의 열광적 반응에 힘입어 엄청난 주문이 쏟아졌다.

때는 1997년. 구제금융 사태로 멀쩡한 아버지들의 자살이 이어졌던 바로 그때 이 소설은 시류를 타면서 200만 부 이상 판매되었다. 『아버지』 원고를 먼저 검토했다가 퇴짜를 놓았던 출판사 대표들은 땅을 치며 후회했다.

대형 출판사의 경우 투고 원고를 검토하는 편집자가 따로 있거나 편집위원회가 존재한다. 소규모 출판사들은 대부분 대표가 직접 투고 원고를 검토한다. 투고 원고는 한 10여 년 전까지만 해도 소설이 대부분이었다. 문학상에 응모했다가 낙선한 작품을 여러 출판사에 투고하는 때가 많았다. 최근에는 소설보다는 처세나 돈벌이, 에세이류 원고도 많이 투고된다. 최근에는 출판사마다 일주일에 수십 편에 이를 정도로 투고량이 많아졌다.

원고지에 직접 원고를 썼던 시대의 투고는 제한적일 수밖에 없었다. 여러 편을 필사하기가 어려워 채택되지 않으면 투고자가 출판사를 찾아가 원고를 돌려받기도 했다. 복사가 대중화되고는 이런 일은 없어졌다. 그래도 실물 원고를 오프라인으로 여러 출판사에 동시에 투고하는 일은 물리적으로 번거롭다. 요즘은 메일로 투고하기 때문에 수십 개의 출판사에 동시다발적으로 투고한다. 아예 출판사 이메일 명단까지 거래되고 있다.

시류에 편승한 아이디어 상품이 베스트셀러가 되는 경우가 많아지자, 기획 저자들도 많이 등장했다. 직장을 그만두고 수천 권의 비슷비슷한 책을 주마간산으로 독파하여, 아이디어 상품기획서(출간기획서)를 출판사에 메일로 보내고, 그 기획이 채택되면 단시간 내에 전력투구하여 급조된 원고를 출간한다. 이렇게 하여 혹 운이 좋아 몇천 권이 팔린 베스트셀러 저자가 되는 때도 가끔 있다. 그걸 과장하여 몇만 권이 팔린 베스트 저자라고 스스로를 포장한다.

이런 기획 저자는 여기에 머물지 않는다. 약간의 유명세를 활용해 이른바 '책 쓰기 학원'이나 '책 쓰기 특강'을 개설해 수강생을 모집하여 자신의 '노하우'를 전수한다. 이 노하우는 주로 '출판사를 유혹하는 방법'이다. 주식 투자에 좀 성공했다고 주식 관련 무엇을 차려 소액 투자자들의 호주머니를 노리는 것과 같은 형국이다. 이런 책 쓰기 스쿨에서 노하우를 배운 예비 저자들의 수많은 기획이 출판사의 메일함을 가득 차게 한다.

"저의 원고를 투고할 수 있는 기회를 주심에 진심으로 감사드립니다. 출간기획서 검토를 정중히 부탁합니다. 이 책은 최소 10만 부 이상 판매될 것입니다."

이렇게 간절한 서두로 보내온 기획들의 내용을 살펴보면, 첫째 재테크 혹은 재테크를 위한 삶의 자세를 다루는 책이고 최근에는 시(時)테크도 많다. 둘째 '괜찮아'류. 덕담과 위로의 책들이다. 셋째 성공담이다. 저자가 아직 성공하지 않았으므로 성공한 사람, 이를테면 스티브 잡스나 이건희를 다룬다. 또는 그런 짜깁기다. 넷째 여행서다. 백두대간을 종주했다거나 스페인 산티아고를 순례했다는 내용 등등. 다섯째 어설픈 자기 과시다. 이를테면 황학동에서 떡 볶기 장사를 3년 해서 1억을 모았다 등등…

출판사 대표들은 아침마다 메일을 열고 지우기를 반복한다. 투고자들의 스승은 아마도 끊임없이 두드리면 언젠가는 열린다고 설파한 모양이다. 조금씩 기획을 달리해서 연속적으로 투고하기에, 투고 기획의 대부분 비슷하다. 책을 쓰는 게 아니라 기획서를 쓰면서 시간을 낭비하는 셈이다.

그런 책 쓰기 스쿨에서는 등록한 회원들을 '작가'라고 부르는 모양이다. 투고한 원고마다 '작가 ○○○'다. 그렇게 불러주어 자긍심을 심어주고 덩달아 수강료도 올라가는 시스템이다. 그렇게 하여 스쿨 운영자만 배를 불린다. 허욕과 명예를 이용한 장사니, 불법이 아니기에 뭐라고 하기도 어렵다. 하지만 이런 스쿨에서 성공한 저자가 탄생한 예는 거의 없다. 간단하게 말하면 돈만 뜯긴다.

나도 허접한 책을 많이 내는 편이니 그들을 질타하기도 미안하다. 좋은 책은 인생을 걸어야 하는 법인데, 나부터 그러질 못하니, 무얼 나무라는가.

입을 닫고 고기나 잡으러 가는 게 상책이다.

헛된 공약은 표로 심판해야 한다

민주주의 국가에서 선거는 꽃이라고 말한다. 선거를 통해 민심이 반영된 다고도 말한다. 대한민국 헌법에 그렇게 되어 있다. 헌법 제1조 1항에는 "대 한민국은 민주공화국"이라고 했고, 2항에 "대한민국의 주권은 국민에게 있 고, 모든 권력은 국민으로부터 나온다"고 했다. 이 조항에 따라 국민은 선거 로 자신의 주권을 행사한다.

정치인과 정당은 선거에서 국민에게 선택되기 위해 정강을 마련하고 정 책을 내세우며 자신들의 능력과 도덕성을 강조한다. 그러나 선거철만 되면 양두구육, 조삼모사의 공약이 남발한다. 이런 공약 가운데서도 특히 지역 개발과 관련된 공약은 두고두고 나라의 걱정거리가 되는 것들이 있다. 구체 적인 예로 '새만금 간척사업'을 들 수 있다.

이 사업에 대해 위키백과는 다음과 같이 요약하고 있다.

"새만금 간척사업은 대한민국 전라북도의 군산시 비응도동부터 고군산 군도의 신시도를 거쳐 부안군 변산면 대항리까지 총 33.9 km에 이르는 새 만금 방조제를 건설하고 방조제 내측에 매립지와 호소 등을 포함하여 서울

면적의 2/3 규모의 간척지를 조성하여, 이 권역을 글로벌 자유무역 중심지로 개발하는 대규모 국책 사업(총 사업비 22.2조원)이다. 1991년 사업이 시작되어… (중략) …2010년 4월 27일 준공된 방조제는 네덜란드의 자위더르 방조제(32.5 km)보다 1.4 km 더 길어, 세계에서 가장 긴 방조제로 기네스북에 등재되었다."

새만금 간척사업으로 인해 군산부터 변산까지 서해안을 따라 시원하게 방조제 길이 뚫렸다. 중간에 있는 신시도에서 무녀도, 선유도, 장자도까지 다리가 놓여 선유도를 비롯한 고군산군도는 관광 시즌이 되면 차가 밀려 골머리를 앓을 정도가 되었다.

새만금 간척사업은 무려 22조 원이 더 투입된 국책사업이건만, 과연 이 사업이 투입된 돈만큼 효과가 있었는지, 주로 전라북도에 해당하는 지역민에게 얼마나 경제적으로 도움이 되었는지, 엄청난 면적의 갯벌이 사라진 결과 도서 해양 및 갯벌에서 생태 환경적으로 어떤 영향을 상기석으로 가져올 것인지에 대해서는 아직도 말들이 많다. 심지어 전라북도에 가서 새만금과 관련된 사업을 이야기하면 사기꾼 취급을 받을 정도다. 그만큼 새만금을 팔아먹었던 사기꾼이 많았다는 증거다.

말도 많고 소송도 많고 계획도 많았던 이 새만금 간척사업도 1987년 대통령 선거에 출마한 노태우 후보가 같은 해 12월 10일 전주 유세에서 이를 대선공약으로 발표하면서 본격적으로 추진되었다. 그 계획을 수많은 반대 여론에도 불구하고 김영삼, 김대중, 노무현 정권에서도 못 막았다. 다 전북 표를 의식했기 때문이다. 4대강 사업과 마찬가지로 새만금 간척사업에 대한 객관적인 공과(功課)의 평가는 아마도 수십 년 후에 나올 것이다.

새만금 간척사업에 투입된 22조가 넘는 돈은 2021년 1월 기준 전체 전라북도 인구 약 180만 명에게 나누어준다면 약 1인당 약 1천 2백만 원이다. 사업이 시작된 91부터 지금까지 30년 동안 도민 1인당 매년 40만 원씩을 나누어 줄 수 있었던 돈이다. 나누어 주자는 것이 아니라 그만큼 거액이 투입되었다는 뜻이다.

지금 부산에서도 비슷한 일이 벌어지고 있다. 가덕도 신공항과 한일 해저터널 공약이 바로 그것이다. 가덕도 신공항의 경우 밀양과 가덕도와 기존 김해공항을 후보지로 두고 이미 지난 정권에서 결론을 냈던 문제이기도 하다. 객관적으로 평가하고자 외국의 평가 기관에게 맡겨 판단을 내렸었다.

이제 그런 것은 다 무시되고 부산 보궐 선거를 앞두고, 여권에서 가덕도 신공항 재추진 이야기가 나온다. 그럼 그전에 나온 이야기는 모두 거짓인가? 야권에서는 한술 더 떠 한일 해저터널 이야기도 나온다. 과연 이런 사업들이 합리적 타당성과 경제성이 있으며 국가 전체의 이익을 반영하는가? 국가뿐만 아니라 과연 부산 시민에도 궁극적으로 이익인가?

아무리 양보해서 생각해도 어마어마한 국민의 세금이 들어가는 사업을 눈앞의 선거만 생각해서 공약을 남발한다는 의심을 지울 수가 없다. 만약 국가나 지역을 위해 그렇게 필요한 사업이라면 왜 하필 이 시점에서 제기되는가? 선거를 앞두었다는 이유 말고 다른 합리적인 이유가 있는가? 어떤 공약을 내걸더라도 선거에서 이기면 그만인가?

대한민국 전체 인구뿐만 아니라 부산 인구도 해마다 줄어들고 있다. 그렇기에 토목과 건설공사를 통한 양적인 팽창은 후손들에게 엄청난 짐이 될 수도 있다. 정치권은 당장 눈앞의 선거만 보지 말아야 한다. 더 먼 미래를 바라보고 정직하게 승부해야 한다.

유권자들도 달라져야 한다. 막걸리 몇 잔 얻어 마시고, 고무신 몇 켤레 받앉다고 후보를 찍어주던 시대에서 우리 유권자들은 참으로 현명하게 변신했다. 이제 더 변신해야 한다. 헛된 공약을 남발하는 정당과 후보에게 표를 주지 말아야 한다. 그게 보다 성숙한 민주주의, 국민 주권을 실현하는 지름길이다.

'인구론'과 인문학의 역할

한 친구로부터 전화를 받았다. 전화의 내용은 "군대 간 아들이 인문학 책을 읽고 싶다고 하니 인문학 책을 추천해 달라"는 것이었다. 전화를 끊고 웃음이 피식 났다. 인문계 대학 졸업자의 90%가 취직 못 하고 논(론)다고 해서 '인구론'이 유행어가 되었다. 인문학 전공 학자는 그들과 제자들이 굶어 죽는다고 엄살이 심하다. 그 엄살이 먹혀들었는지 정부는 〈인문학 및 인문정신문화의 진흥에 관한 법률〉(약칭 '인문학법')을 2018년 제정하여 시행 중이다. 별 실효성도 없어 보이는 이런 법이 더 웃긴다. 도대체 인문학이 무엇이기에 이 난리법석이란 말인가?

인문학은 문·사·철 모두를 아우르는, 인간이 살아가면서 알아야 할 기본적인 도리이다. 이렇게 말하면 인문학이 매우 거창하게 들려 "아니, 역사도 모르는데 언제 문학과 철학까지 공부해?" 하는 반문이 당연히 제기된다. 철학도 그렇다. '철학' 하면 소크라테스와 칸트와 헤겔이 떠오르니 당연히 어렵다.

그렇기에 누군가가 '한 권으로 읽는 인문학'이라는 식으로 그럴듯한 포장을 해서 잘 짜깁기만 해 놓으면, 어리석은 중생은 그것만 읽으면 소위 '인문학'을 다 알게 될 것인 양 그 책을 사서 읽는다. 그러나 그렇게 하면 할수록 인문학의 실체는 멀어지기만 하며, '안개 낀 장충단공원'에서 헤어진 애인 찾기보다 어렵다.

　인문학은 간단하다. 의대를 입학하려는 학생에게 의대 지원 동기를 물어보았다고 하자. 그 학생의 대답은 여러 가지가 나올 수 있지만 대개 두 종류다.

　첫째는 돈을 잘 번다.

　둘째는 타인의 병을 고쳐주기 위해서.

　돈 잘 벌기 위해 의사가 되어야겠다는 것과 타인의 병을 고치기 위해 의사가 되겠다는 것은 현실적으로 보면 한 가지 행위다. 실제 의사를 보면 병을 고쳐주고 돈을 받는다. 그러나 처음부터 돈을 목적으로 하는 의사와 이타적인 치료행위를 목적으로 하는 의사의 의식과 삶은 다를 수밖에 없다. 후자의 삶을 선택하도록 인간을 의식화하는 것이 바로 인문학이다.

　자동차를 만드는 것에도 똑같은 논리가 작용한다. 왜 자동차를 만드는가? 현대기아차그룹에 가서 이 질문을 던졌다고 하자. 돌아오는 답은 뻔하다. '돈을 벌기 위해서'다. 돈을 벌어서 뭐 하는데? 임직원 월급 주고 세금도 내고 협력업체도 같이 먹고살고, 한전 부지도 매입하고, 차량용 반도체 업체도 인수하고…. 그런 이유로 현대기아차는 돈을 벌어야 한다. "한전 부지 매입해서 뭐 하는데" 하고 물으면? 세계 초일류 자동차메이커 진입의 초석을 다지기 위한 랜드마크를 세울 부지가 필요해서다. 좋은 말이고 맞는 말이다.

하지만 더 나아가 세계 초일류 기업이 되면 뭐 하는데? 이렇게 질문하면 대답이 궁색해질 수밖에 없다. 왜 자동차를 만드는가에 대한 질문에 다른 대답을 할 수도 있다.

인간에게 필요한, 인간이 더 안전하고 편리하게 사용할 수 있는 이동과 수송 수단을 위해 자동차를 만든다고 하면 인문학적인 대답이다. 자동차메이커의 목적이 인간 삶의 외형을 개선하는 문명의 이기(利器)를 만들어내기 위함이라고 기업을 의식화하는 게 인문학이다.

왜 그렇게 의식화해야 할까? 그렇게 해야만 우리 공동체가 갈등을 조절하고 모두가 조금씩 행복으로 나아가기 때문이다.

근대 인문학은 갈등 조절의 기제로서 태동했다. 믿는 신은 같건만 그 형식이 조금 다르다고 해서 신교와 구교는 16, 17세기 100년 이상 피비린내 나는 싸움을 강행했다. 데카르트의 철학 이후 인간이 이성의 힘으로 사유하고 존재함을 확인할 수 있었을 때 넓은 의미의 종교전쟁은 끝이 났다.

인문학은 시대와 공간에 따라 카멜레온처럼 변신하면서 인간의 공동 선(善)을 찾아내야 한다. 거의 모든 사안에 대해 사생결단으로 갈등하는 한국적 상황에서 인문학은 본래의 역할을 할 것인가? '인문학법'이 있다고 인문학이 융성할 것인가?

야심(夜深)한데 달빛조차 없다.

조지 워싱턴의 벚나무

어릴 때 읽은 미국의 초대대통령 조지 워싱턴 대통령의 일화가 어렴풋이 기억난다. 조지의 아버지는 조지에게 새 도끼를 선물했다. 아버지가 어느 날 외출했다가 돌아오니 자신이 아끼는 벚나무가 무참히 잘려져 있는 것이 아닌가. 아버지는 매우 화가 나서 누가 이 나무를 이렇게 만들었냐고 범인을 찾았다. 어린 조지가 "접니다" 하고 대답했다. 아버지는 아들을 용서해 주었다. 그의 정직성에 높은 점수를 주었다는 거다.

이 이야기는 정직을 강조하기 위해서 어른이 아이들에게 읽히는 일종의 전기(傳記)다. 이 이야기를 어렸을 때 읽으면 두 가지로 반응할 수 있다. 정직해야 하는구나, 정직하면 잘못도 용서받을 수 있구나. 또 하나의 반응은 위대한 인물은 역시 무엇이 달라도 다르구나, 위대한 인물이 되려면 용기를 내야 하는구나.

나도 어릴 때 이 이야기를 통해 "정직하면 용서받을 수 있다"는 교훈을 받아들였을 거다. 그러나 세월이 흘러 요즘 이 이야기를 생각하면 뭔가 속은 기분이 든다. 미국의 역사를 생각하면 그렇다.

북미대륙의 인디언을 거의 멸종시키고도, "우리가 죽였다"라고 정직하게 대답하기만 하면, 지난날의 학살은 용서받을 수 있는가. 초대대통령이 자기에게는 새로운 무기인 새 도끼를 사용했듯이 미국은 신무기를 세계 각국에서 사용했다. 물론 전쟁 중이지만, 악랄한 적을 한 방에 보내기 위해 세계 최초로 원자폭탄을 히로시마와 나가사키에 투하했다. 월남전에서는 밀림의 적을 소탕하기 위해 고엽제를 사용했다. 우리의 참전군인 중 일부는 아직도 그 후유증을 앓고 있다. 미국은 20세기부터 가장 많은 전쟁에 참여한 나라다. 스텔스 무기와 미사일 방위체제 등 첨단 무기 체계를 구축하여 정면으로 미국에 대항할 나라는 없다.

힘 있는 나라가 하겠다고 하면 하는 게 국제 질서이고, 힘없는 나라는 눈치나 보면서 살아가야 한다. 우리의 운명조차 눈치를 보며 결정해야 한다. 그러나 아무리 그렇다고 해도 그런 나라 초대대통령의 아전인수격의 일화를 금과옥조로 삼으면서 보낸 어린 시절이 조금은 억울한 생각이 든다. 나아가 조지의 아버지가 벚나무 때문에 화가 나서 조지를 흠씬 두들겨 팼을지도 모른다는 생각을 해 본다. 신무기를 사용하고 싶어 안달 난 미국인이 그 이야기를 미국식의 신화로 조작하지는 않았을까.

믿어왔던 게 무너지면 의심은 꼬리에 꼬리를 물게 마련이다.

일본이 국가가 되려면

잔인하지 않은 전쟁이 없지만, 근대 이전의 전쟁은 더 잔인했다. 포로건 비전투 요원이건 민간인이건 간에 모두 죽일 수 있었다. 약탈과 강간에 대한 허용은 지휘관이 전투원의 사기를 진작시킬 수 있는 방법 중의 하나였다. 죽은 적군의 시체를 훼손하는 일은 비일비재했다. 적의 수급을 베어 전공을 평가하고, 그 목을 높이 매달았다. 귀나 코를 베어 수급을 대신했다. 전쟁 자체가 이기기만 하면 되는 일정한 룰이 없는 야만의 전쟁이었다.

그런 전쟁에서 일정한 룰을 정한 것이 바로 적십자조약이다. 제네바 협약이라고도 부르는 이 조약은 1864년 전쟁 희생자 보호에 관한 최초의 국제적 조약이었다. 몇 차례 개정을 통해 오늘에 이르고 있다. 전쟁 중의 부상자, 포로, 전시의 민간인 등의 보호를 협약을 통해 의무화하여 강제하는 것이 이 협약의 핵심 내용이다. 국가의 존망을 다투는 전쟁에서 왜 이런 번거로운 조약을 만들었을까?

그것은 바로 인류사회의 문명적 성숙 때문이다. 문명을 성숙으로 이끈 것은 주로 종교와 철학이다. 이슬람교와 기독교의 충돌이 세계 곳곳에서 평화를 위협하고 있기는 하지만 근본적으로 기독교와 이슬람교는 사랑의 종교다. 이웃과 형제를 사랑하라는 것이 그들의 가르침이다. 불교 역시 자비가 가장 큰 가르침이다. 동양의 유교 사상 역시 민본주의가 중심이며, 이 민본주의는 백성에 대한 사랑이 근본이다. 인류는 이들 종교의 가르침과 그리스 시대부터 철학으로 굳어진 인간의 자유와 평등사상에 기초해 휴머니즘이라는 불가침의 사상을 마련했다.

1976년의 미국의 독립선언문, 1789년의 프랑스 혁명의 모토인 자유와 평등과 박애 등이 모두 휴머니즘에 기초해 있다. 최남선이 작성한 "오등(吾等)은 자(玆)에 아(我) 조선의 독립국임과 조선인의 자주민임을 선언하노라"로 시작되는 1919년의 기미독립선언문 역시 근본적으로는 휴머니즘을 지향하고 있다. 휴머니즘에 기반을 둔 기초적인 상식이 바로 보편성이다.

제네바 협약 발효 이후 유럽의 전쟁에서는 어느 정도 룰이 지켜졌지만 유럽을 벗어나면 전쟁 중 룰을 어긴 국가도 많았다. 20세기 전반기의 독일과 일본이 그 대표적인 나라다(물론 미국이나 소련도 룰을 다 지키진 않았다). 독소전쟁에서 독일과 소련 역시 거의 제네바 협약을 준수하지 않았다. 일본은 더 심했다. 일본은 20세기의 모든 전쟁에서 제네바 협약 자체를 무시했다. 아우슈비츠와 난징의 대학살로 독일과 일본 두 나라의 반휴머니즘적 악명은 극에 달했다.

1945년 2차 세계대전이 끝나고 난 뒤 독일과 일본의 전범들은 재판을 받고 처벌을 받았다. 그후 두 나라의 주류 정치세력이 이 문제를 보는 시각은 180도로 달랐다. 독일은 과거를 철저히 반성하고 여러 관련 조치를 지속적으로 취했다. 일본은 모르쇠로 일관하는 정도가 아니라 오히려 피해자 코스프레다. 원자폭탄 두 방이 그들을 피해자 의식으로 무장하게 했을지도 모른다.

독일이 철저하게 자기 성찰에 다다른 근본적인 이유는 나치즘에서 현대 민주주의로의 전환의 기본 조건이 인류 보편성으로의 회귀임을 잘 알고 있기 때문이다. 반대로 일본의 주류 정치인들은 그러한 점을 철저하지 인식하지 못했거나 알아도 모른 척하고 있다. 여기에 일본의 전근대성, 반보편성, 반휴머니즘이 있다. 그것은 몰염치의 다른 말이기도 하다.

한술 더 떠 일본의 여러 총리는 일제에 의한 전쟁을 정당화하고 있다. 전쟁을 수행하며 이웃 나라에 끼친 범죄 행위에 대한 사과하지 않는다. 대신 야스쿠니신사에 참배하거나 공물을 바친다. 역사 왜곡은 단골 메뉴다. 이런 일련의 행동을 보면 그들이 과연 문명국가의 정치인인가 하는 의심이 든다. 다수 일본인이 보기에 그들의 언행은 당당할지 모르겠으나, 그들은 스스로가 "나는 보편성을 모르는 전근대 국가, 혹은 야만 국가의 무식한 지도자일 뿐이다"를 스스로 자임하는 셈이다. 국가의 정책 혹은 지도자의 인식이 인류의 보편성에 기초하지 않으면, 그런 지도자는 야쿠자 두목이나 다름없다. 전후 일본은 지금까지 야쿠자 두목이 통치했다.

오에 겐자부로를 비롯한 일본의 소수 지식인 그룹이 한·중·일 영토 분쟁에 관해 호소문을 발표한 이유도, 그들 정치인의 그러한 몰염치를 잘 알고 있기 때문이다. 오에가 1994년 노벨문학상 수상 연설 「애매한 일본의 나」에서 마지막을 "…..특히 세계의 주변에 있는 사람으로 여기서부터 전망할 수 있는 인류 전체의 치유와 화해에 어떻게 품위 있으면서도 한편으로는 휴머니즘적인 공헌을 할 수 있는가를 찾고 싶다고 원하고 있습니다"라고 장식한 이유 중의 하나도 바로 일본 휴머니즘의 촉발을 위해서였다.

일본이 문명국이 되고 인류사회에서 진정으로 인정받는 국가가 되려면,

일본의 주 정치세력과 다수 국민이 인류가 오랜 희생을 거치면서 찾은 가치인 보편적 휴머니즘을 진심으로 받아들여야 한다. 일본이 그런 길로 나갈 때, 한일간의 종군 성노예 문제나 과거사 문제, 영토 갈등 문제 등이 자연스럽게 풀린다. 나아가 일본도 인류사회의 책임있는 일원으로 받아들여질 것이다.

일본의 기성세대가 후세대에게 물려줄 것은 물건을 만드는 기술과 돈을 버는 능력이 아니다. 그건 소니와 삼성의 역전에서 보듯 세월이 가면 바로 뒤집힐 수 있다. 중요한 건 보편성이라는 인류의 가치를 후세대가 확고하게 인식하게 만드는 일이다. 그러기 위해서는 지금 일본의 정치인, 지성인들이 철저히 반성해야 한다. 그때가 되어서야 일본은 '경제 집단' 혹은 '야쿠자 집단'에서 벗어나 비로소 현대 국가가 된다.

어느 봄날 교동초등학교를 지나며

우리나라 최초의 초등학교는 운현궁과 담벼락을 맞이하고 있는 교동초등학교다. 1922년 5월 5일 〈금일의 세자전하〉라는 동아일보 기사를 보면 당시의 왕세자(영친왕)는 오전에 이방자 여사와 함께 교동초등학교를 시찰하였다. 고작 10분 방문에 그쳤지만, 당시 교동초등학교의 위상을 말해주는 기사이기도 하다. 왕세자 부처는 이 학교를 방문한 뒤 창덕궁에서 점심을 드시고 오후에는 비원에서 사이토 총독 등이 참석한 원유회(園遊會)를 가졌다.

내가 일하는 사무실이 마침 바로 이 학교 건너편이라, 가끔 이 학교 옆을 지나간다. 학교 담벼락에는 '학교의 소사(小史)'가 붙어 있다. 찬찬히 읽어보았다. 교명이 여러 번 바뀐 것이 눈에 들어왔다. 관립교동소학교(1894), 관립한성사범학교부속소학교(1895), 관립교동보통학교(1906), 교동공립보통학교(1910), 경성교동공립심상소학교(1938), 경성교동공립국민학교(1941), 서울교동공립국민학교(1947), 서울교동국민학교(1950), 서울교동초등학교(1996). 구한말 한성에서 일제하에는 경성으로, 해방 후에는 서울로 변했다. 뒤에 붙는 명칭도 소학교, 보통학교, 국민학교, 초등학교 순으로 변했다. 이 이름의 변화만으로도 국가의 주인이 누구였던가 하는 점과 초등교육정책이 어떻게 변화했는가를 대충은 짐작할 수 있다.

이 학교는 1921년 새로 지은 2층 기와 건물이 1927년 불에 타 소실되자 1928년부터 1939년까지 세 동의 철근콘크리트 건물을 짓는다. 6·25전쟁 때는 휴교를 했다. 1951년과 1952년에는 전쟁으로 인해 졸업생을 배출하지 못했다. 1950년대 이후 중학교 입시가 존재할 때는 명문인 경기중학교, 경기여중학교에 매년 수백 명을 입학시키는 명문 초등학교였다. 이 학교 졸업생을 보면 소설가 심훈, 윤보선 전 대통령, 김상협 전 국무총리, 코미디언 구봉서, 김영무 김앤장 대표, 건축가 김수근… 어머어마하다. 역사책에서나 본 인물들이다.

베이비붐 시대 이 학교는 학생들로 붐볐다. 1963년에는 59학급을 편성했고, 재학생이 5,320명이었다. 1977년 79회 졸업생 사진을 보면 어느 한 반이 91명이었다. 91명? 초고밀도 학급이다. 이 무렵이 정점이었다. 그 이후 학생 수는 급감하기 시작한다. 1984년에는 36학급에 재학생 1,790명이었다. 2017년 119회 졸업식에는 전체 21명이 졸업 사진을 찍었다. 학교 정문에는 '서울형 작은 학교 모델학교 운영'이라는 현수막이 붙어 있기도 했다. 2021년에 이 학교의 재학생은 182명이다. 한때는 이 학교도 5천여 명의 학생들이 갖가지 즐거운 소음을 내며 콩나물시루의 콩나물처럼 북적거렸을 것인데, 학교를 한참 기웃거려 보아도 어떤 움직임이나 왁자지껄한 소리도 없었다. 서울 도심 학교가 절간 같이 고요하다.

서울 도심 학교의 공동화 현상에는 취학아동 감소, 강남과 신도시 개발, 도심재개발 등의 여러 요인이 맞물려있다. 논리적으로는 충분히 납득할 수 있다. 하지만 콩나물시루 학교에 익숙한 세대인지라 정서적으로는 잠시 비감해졌다. 이제 서울의 한복판뿐만 아니라 농어촌과 나아가 대한민국 상당 수 초등학교가 텅텅 빈 산중 절간으로 바뀔 것 같다. 그런 생각을 하면 좀 어지럽다.

봄날은 갔다

시인들이 가장 좋아하는 대중가요가 무엇일까? 〈시인세계〉에서 10여 년 전 조사한 바에 따르면 백설희가 부른 〈봄날은 간다〉였다. 손로원 작사, 박시춘 작곡의 이 노래는 1953년 대구의 유니버설레코드사에서 발매한 음반에 실려 있었다.

'연분홍 치마'로 시작되는 이 노래를 부르거나 들으면 젊은 여자의 연분홍 치마가 봄바람에 살살 휘날리는 것 같다. 이 여자는 왜 옷고름을 씹어 가며 성황당 길에 올랐으며, "꽃이 피면 같이 웃고 꽃이 지면 같이 울었을까?" 왜 앙가슴을 두드리며, 얄궂은 그 노래를 불렀을까? 모두 다 얄궂은 봄날과 '실없는 그 기약' 때문이다.

이 노래는 이미자, 배호, 나훈아, 한영애 등이 리메이크하기도 했다. 그만큼 다른 가수들도 좋아했다는 이야기다.

이 가사를 잘 들어보면 하나의 스토리가 그려진다. 그 스토리가 사실은 뻔한 신파다. 사랑하는 젊은 남녀가 있었고, 그들은 마을 뒷산 성황당에 남의 눈을 피해 오르내렸고, 장래를 함께 약속했고, 남자는 떠나갔다. 그리고 그 남자는 무슨 이유인지 모르지만 오지 않고 다시 새봄이 돌아오자 여자는 봄바람 속에서 앙가슴을 앓는다는 이야기다. 이 노래가 전쟁 중에 나왔으니 그 남자는 전쟁터에 갔을 수도 있다. 뻔한 스토리이긴 한데 한잔 마시고 취기가 올라 이 노래를 불러보면 그 뻔한 서러움이 가슴을 친다.

조선시대의 대중가요 격인 시조창에도 이 노래의 선조 격이 되는 봄 노래가 제법 있다.

> 버들은 실이 되고 꾀꼬리는 북이 되어
> 구십삼춘(九十三春)에 짜내느니 나의 시름
> 누구서 녹음방초(綠陰芳草)를 승화시(勝花時)라 하든고

작자 미상의 이 시조는 지은이가 여자인 것으로 보인다. 봄날 막 돋아난 버드나무 사이로 꾀꼬리가 부지런히 오간다. 시인은 이런 광경을 마치 꾀꼬리가 실 사이를 오가며 옷감을 짜고 있는 것으로 상상한다. 봄 세 달 동안 꾀꼬리는 버드나무 아래를 오가며 푸르름을 옷감처럼 짜나가는데, 그것을 지켜본다는 것은 몹시 힘들었다. 온통 시름이었던 것이다. 왜 시름인가? 위 '봄날은 간다'처럼 누군가를 간절히 기다리기 때문이다. 그렇게 어렵게 봄날을 지켜왔는데 누군가는 봄이 지나고 나니 푸른 풀과 잎들이 꽃보다 아름답다고 한다. 인고(忍苦)의 봄날을 보낸 결과가 녹음방초인데, 아름답다고 하니 기가 막힐 노릇이다. 녹음방초란 바로 봄날 온통 힘들게 보낸 자신의 시름의 결과물인 것을. 녹음방초란 아름다움이 아니라 아픔이란 것을 표현하고 있는 매우 세련된 시조다.

이 두 편의 노래는 남성의 부재(不在)로 인한 여인의 한이 기저에 있음을

알 수 있다.

봄 노래가 이토록 한스럽기만 한가?

청강(淸江)에 비 듣는 소리 그 무엇이 우습관데

만산홍록(滿山紅綠)이 휘두르며 웃는고야

두어라 춘풍(春風)이 몇 날이리 웃을 대로 웃어라

훗날 효종이 되는 봉림대군(鳳林大君)의 시조다. 맑은 강에 비 떨어지는 소리가 그 무엇이 우습길래, 온 산을 뒤덮은 꽃과 풀이 온몸을 흔들며 웃는가. 내버려 두어라. 봄바람이 며칠이나 가겠느냐, 만산홍록이 웃고 싶은 대로 웃도록 그냥 두어라. 이 시조는 봄날 바람이 불고 비가 오니, 마치 강에 비 떨어지는 소리에 온 산에 꽃과 풀이 웃는 듯하다는 것을 의인화해서 노래한다. 일국의 왕자답게 호방하게 큰소리를 친다.

올해 봄꽃은 때 이른 더위에 한꺼번에 피더니 비바람과 갑작스러운 추위에 일제히 졌다. 짧은 봄날은 갔다.

어느 황당한 결혼식 하객의 중얼거림

종이 청첩이 사라지고 이른바 SNS로 대체한 청첩이 대세다. 문자나 카카오톡 메신저로 청첩을 보내는 것이다. 지난달 19일도 그랬다. 아침에 일어나 보니 단체 카카오톡 방에 청첩이 하나 있었다. 친한 친구 딸의 결혼식. 안 가볼 수 없으면 이런저런 핑계 없이 빨리 마음을 정하는 게 편하다. 장소는 서울 강남역 부근. 시간은 오후 1시. 토요일 교통체증을 감안해 일찍 집을 나서서 부지런히 식장으로 향했다.

식장에 도착하니 익숙한 이름의 대구·경북 쪽 기업의 축하 화환이 줄을 서 있다. 축의금을 전달하려고 신부 쪽 접수대에 서서 가만히 이름을 보니 친구 이름이 없다. 순간적으로 '아, 착각했구나, 딸이 아니고 아들인가 보다' 하고 신랑 쪽 접수대로 가니 하객들이 줄을 서 있다. 축의금 봉투를 넣고 혼주와 인사를 하게 되어 있다. 앞사람에 가려 혼주는 잘 보이지 않는다. 어쨌거나 봉투를 넣고 순서를 기다리다가 혼주와 악수하려는 순간, 뭔가 잘못되었음을 깨닫는다. 내 또래이긴 하나 친구가 아니다. 그렇다고 환히 웃으며 내미는 혼주의 손을 뿌리칠 수는 없는 법. 일단 악수를 하고 "아, 축하하네.

그동안 고생 많았네" 하니 혼주도 "고맙네. 귀한 시간 내어 주어서" 하는 게 아닌가.

그렇게 일단 예는 차리고 그 자리를 벗어나 스마트폰을 꺼내 청첩을 다시 본다. 아뿔싸! 토요일 1시는 맞는데 날짜가 다르다. 몇 주나 먼저 온 것이다. 이런, 그렇다고 이미 낸 봉투를 돌려 달라 할 수도 없고. 에이, 밥이나 먹고 가자, 마음먹고 연회장으로 향했다. 으레 그렇듯이 결혼식을 보지도 않고 식사만 하려는 손님들로 만원이다. 둥근 테이블 한곳으로 안내받으니 그럴듯한 식사가 나온다. 안심스테이크에 전복과 새우구이 등등. 식사만 하는 하객들을 위해 결혼식 장면은 큰 화면으로 연회장까지 중계가 된다. 선남선녀의 행복한 결혼식이다.

사회자가 주례 선생님을 모시지 않은 결혼식이라는 멘트를 한다. 최근 주례 없는 결혼식이 유행이기도 하다. 그 대목에서 좀 찔린다. 나도 몇 번 주례를 보았지만 사실 성의있게 하지도 않았다. 그냥 건성으로 누구나 할 수 있는 말을 약간 공식적으로 했다. 많은 주례사를 들어보았지만 다 그게 그거다. 때로는 주례사가 길어서 짜증이 난 때가 훨씬 많았다. 그러니 주례사 없는 결혼식이 당연히 유행이지. 주례서는 사람들 다 반성해야 한다, 이런 생각을 하면서 식사를 마쳤다.

다 아는 이야기지만 결혼 연령은 점점 높아지고 결혼을 포기한 젊은이들도 많고, 결혼해도 아이를 적게 낳거나 안 낳다 보니 출산율은 점점 낮아진다. 우리나라 출산율은 35개 OECD 국가 중 최하위일 뿐 아니라 전 세계 225개국 중에서도 220위로 최하위 수준이다. 가임기 여성 1명이 평생 1명의 아이도 낳지 않는다. 많은 대책이 나왔고 지금도 나오고 있지만, 백약이 무효다. 그 원인에 대한 분석도 이미 다 나와 있다. 심지어 일부 기성세대는 젊은 세대의 이기적 태도를 성토하기까지 한다. "우리는 어려워도 많이 낳아서 열심히 키웠는데, 너희들은 더 잘살면서 왜 안 낳냐?" 하는 비난이다.

우리 부모 세대들은 우리를 주렁주렁 낳았다. 전쟁을 겪고 못 먹고 못살다 보니 오직 자식만이 희망이었기 때문이다. 우리는 흥부의 박씨와도 같은 존재들이었다. 자식은 미래의 노동력이었고, 미래에 당신들의 노후를 책임지는 보험이기도 했다. 요즘 젊은 세대들에게 자녀는 희망을 담보하는가? 핵심은 바로 그것이다. 그렇지 않다면 그 누구도 그들에게 아이 낳기를 강요할 수 없다.

그렇다고 하더라도 그날 어느 황당한 하객의 엉뚱한 축하를 받은 그 신랑 신부는 다복(多福)하기를 진심으로 바란다. 모든 신랑 신부 여러분 행복하게 잘 사세요.

한 평민 남자의 점심 성찬

정조는 1795년 어머니 혜경궁 홍씨를 모시고 의기양양 화성으로 행차한다. 이날 혜경궁 홍씨가 받은 밥상은 그야말로 산해진미. 윤 2월 9일 노량참에서 받은 아침 수라상 차림은 이렇다. 팥물밥, 어장탕, 숭어찜, 골탕, 소고기와 돼지갈비, 우족과 숭어와 꿩, 민어, 편포, 염포, 송어, 전복, 석화, 조개, 박고지, 미나리, 도라지, 무순, 죽순, 움파, 오이 등의 갖가지 음식 재료가 구이나 찜, 전 등의 여러 요리 방식으로 상에 올랐다. 당시 조선에서 나는 맛있는 음식 재료의 전부다.

21세기. 한 남자가 입맛이 없어 동네 슈퍼에서 냉면 한 봉지를 샀다. 끓여 먹기 전 봉지에 표기된 재료를 살펴본다. 감자, 밀, 메밀, 설탕, 고추, 양파, 참기름, 사과, 소금, 파, 마늘, 굴, 생강, 매실, 오이, 북어, 청경채, 콩, 닭고기, 쇠고기…

혜경궁 홍씨가 받은 상의 재료보다야 못하지만, 왕족도 아닌 이 남자의 입맛을 돋우기엔 손색이 없는 음식 재료다. 아리송한 재료도 있다. 동결건조

생생고추분말. 고춧가루를 얼려서 건조했다는 말일 텐데 '생생'은 왜 들어 갔나? 숙성양념베이스, 육수맛조미베이스, 치킨본육추출물? 숙성한 양념과 육수 맛을 내는 무엇을 넣고, 닭고기에서도 무엇을 추출해서 넣었다는 것일 텐데, 표현이 수상하기는 하다. 도저히 알 수 없는 것도 있다. 폴리글리시톨 시럽, 호박산나트륨, 5'-리보뉴클레오티드이나트륨. 이게 도대체 뭘까?

이 남자의 한 끼 점심 성찬에 참가할 음식 재료는 조선 팔도에서만 오지 않았다. 미국, 독일, 중국, 네덜란드 등 세계 각국에서 이 남자를 위해 왔다. 이 게으른 평민 남자의 한 끼 점심을 위하여 전 세계의 얼마나 많은 농부와 화학자가 수고했을까? 이 재료를 수송하기 위해서는 수많은 트럭 기사와 선 박의 선원들도 동원되었을 거다. 그런 것을 생각하면, 사도세자 아내로 비 운의 세월을 겪은 뒤 그래도 살아남아 환갑을 맞이하고, 강성한 아들의 효 도를 마음껏 받는 혜경궁 홍씨나 이 평민 남자나, 적어도 음식 재료 종류나 이름에서만큼은 별 차이가 없다.

봉지에 적힌 레시피 대로 끓여서 후루룩 냉면을 먹으면서 이 남자는 생 각한다. 육식을 좋아했던 세종대왕이 지금 살아 있다면 정말 좋아하실 텐 데. 스페인의 하몽하몽, 일본의 화소, 호주나 아르헨티나의 송아지 고기, 중 국의 양꼬치, 미국의 스테이크나 켄터키 프라이드 치킨… 전화 몇 통화, 클 릭 몇 번이면 이런 걸 다 드실 수 있을 텐데…

한글을 만들어 주신 은혜를 갚는 차원에서라면 당장 치킨집에 전화할 수 도 있다. 그런 생각을 하면서 남자는 봉지의 내용물을 다 먹었다. 새콤달콤 하긴 하지만 입이 개운하지 않다. 개운한 뭐가 없을까? 굴비 쭉쭉 찢어 찬물 에 밥 말아 먹으면? 굴비가 없다. 우물에서 길어온 찬물에 식은 밥 한 덩이 를 말아 갓 딴 풋고추를 된장에 찍어 먹으면? 물론 우물도 풋고추도 된장도 없다.

　조선시대 소설 『홍길동』의 저자로 알려진 허균은 귀양을 가서 「도문대작(屠門大嚼)」이란 귀한 글을 지었다. 부잣집 아들로 태어나 여러 벼슬을 하면서 먹어 보았던 맛있는 음식과 조리법 일부를 적어 놓은 것이다. '도문대작'이란 "푸줏간 문 앞에서 고기를 상상으로 씹어본다"는 뜻이다. 귀양살이 처지여서 맛있는 음식을 먹지 못하니, 먹었던 음식이나 추억하고자 지은 글이다. 산해진미가 넘치는 세상에서 대부분의 현대인도 허균처럼 먹을 것을 추억하고 산다. 어릴 때 어머니가 참기름, 간장 넣고 날달걀 깨서 비벼주었던 그 밥맛!

　달걀 하나 마음 놓고 못 먹는 세상에서 한 평민 남자는 냉면 봉지에 찍힌 잔글씨를 보면서 허균처럼 입맛을 다신다. 21세기판 '도문대작'이다.

어머니의 체불 임금

1929년생인 어머니가 풍으로 쓰러진 것은 3년 전이다. 종합병원에서 한 방을 겸한 치료를 몇 달간 받으니 많이 호전되었다. 하지만 나이는 어쩔 수 없는지 이후 조금씩 모든 것이 불편해지셨다. 식사량이 주니 힘이 없고, 힘이 없으니 혼자서 화장실 가기도 힘들어지셨다. 정신은 온전하긴 하지만 가끔 기발한 상상력을 동원하시기에 황당해질 때가 있다.

가령 갑자기 소머리국밥이 드시고 싶다며, 병원 모퉁이를 돌아가면 맛있게 하는 집이 있으니 얼른 사 오라고 하신다. 분명히 모퉁이를 돌아도 소머리국밥 집이 없는데 왜 저러실까 하고, 긴가민가해서 가보면, 역시 과일가게밖에 없다. 이럴 때는 차를 몰고 멀리라도 가서 사 오는 수밖에 없다. 내 어릴 때 내가 말만 하면 얼마나 많은 맛있는 것을 해주셨는가. 이 정도 수고는 얼마든지 할 수 있다.

이런 일이 몇 번 이어지면서 어머니의 머리 회로 속의 그 무엇이 고착화하여 표현되는 게 아닌가 하는 생각을 하게 되었다. 위치 감각은 퇴화하고 어느 맛있는 음식의 기억이, 상상하기 쉬운 장소에서 기억의 회로를 통해 재생된다. 충분히 그럴 수 있겠다는 생각이 들어, 다음에는 어떤 음식과 장소가 어머니의 상상으로 등장할까 하고 자못 궁금할 때도 있다.

지난 일요일 부추전과 감자전을 부쳐 갔더니 맛있게 드시면서, 지금부터 연필 꺼내서 받아 적으라고 하셔서 순간적으로 긴장을 했다. 재산 상속이야 내가 외아들이니 이미 다 끝났다. 49재 올려달라는 거도 다 말씀하셨고, 술 좀 그만 먹으라는 거야 누누이 말씀하셨으니 새삼 유언이 있을 리가 없다. 무슨 기발한 말씀일까 하고 좀 기대하면서 펜을 꺼내 들었다.

"텔레비전에 누가 나와서 옛날 돈을 다 준다니 꼭 이자 쳐서 다 받으라"는 말씀이었다. 처음에는 무슨 말인가 하다가 좀 듣고 있으니 흥미진진했다.

어머니는 처녀 때 죠오(징용)을 살았다. 하지만 아직도 그 임금을 못 받았으니 아들인 내가 대신 받으라는 말씀이다. 어머니는 15살부터 17살까지 대구 칠성동 소재 그물 공장으로 끌려가 반강제 노동을 했다. 월급은 지금 한다고 주지 않았다고 한다. 대신 용돈으로 30전을 받았다. 여기까지는 내가 어릴 때 들은 이야기로 지금도 기억을 한다. 다른 아이는 주전부리를 해서 돈을 다 썼지만, 당신은 그 30전도 아껴서 모았으니, 너도 용돈 아껴 써라 할 때 단골로 등장한 레퍼토리 중의 하나였다.

이번에는 좀 새로운 말씀이 추가되었다. 공장에서 어머니의 이름은 가네야마 헤키센이었다. 어머니 이름이 한자로 金璧仙(김벽선)이니 일본어로 그렇게 발음이 되는 모양이다. 일본인 감독의 이름은 하야시 센세이였다. 선산군 무을면 사람이 많이 끌려왔다고도 하셨다. 어머니는 애써 치밀하게 기억을 되살리신 것이다. 돈을 받으려면 이름같은 구체적 증거가 있어야 한다. 어머니는 그렇게 생각하셨음이 틀림없다. 패망한 일본 제국 장부 어딘가에 가네야마 헤키센이란 이름으로 저축된 돈이 있을 수도 있다는 생각이

들었다.

어머니 말씀을 종합하면 1943년부터 1945년 7월까지 대구의 그물 공장에서 징용으로 노동을 했다, 1945년 7월에 이름이 순이라는 동무와 감시망이 느슨할 때 탈출을 해서 걸어서 대구에서 칠곡군 약목까지 갔다(겨우 17세 소녀가!), 약목으로 마중 나온 외할아버지를 만나 선산읍 완전동 집으로 돌아가 혹시 잡으러 올까 봐 골방에 숨어 있었다, 한 달 후에 8.15해방이 되었다… 그때 외할아버지가 일본으로 징용 간 삼촌도 돌아온다고 신명나게 북 치며 만세를 불렀다… 외할아버지의 그런 모습은 어머니도 처음 보았다…

메모를 하다가 나는 잠시 멍해졌다. 심훈의 시 「그날이 오면」의 현장을 본 것 같기도 했고, 어머니와 외할아버지와 같은 민초들이 온몸으로 겪은 세월의 한 자락이 생생히 전해졌기 때문이다.

"단디해서 꼭 받으래이."

어머니는 아들이 슈퍼맨이나 대통령인 줄 안다. 나는 어머니의 유언을 지킬 수 없을 거 같다. 대신 글을 써서 이렇게 남기기는 하겠다. 일본이 내 어머니에게 갚아야 할 역사의 체불 임금이기 때문이다.

〈전조선 문학가조사 동맹〉, 동지를 찾습니다

문인 중에도 숨은 낚시꾼들이 많다. 문인 몇몇과 낚시 다니면서 농담 삼아 단체를 결성해볼까 하다가, 그럽시다 하고 누군가가 맞장구를 치고 해서, 즉석에서 얼떨결에 단체가 만들어졌다. 이름을 뭘로 할까 하다가, 좀 거창하게 전조선 문학가 조사동맹(全朝鮮文學家釣士同盟)으로 하자, 하니 모두 좋다고 해서, 이름으로 결정되었다. 카프를 본따 만든 이름이니 회장으로 가지 말고 서기장으로 갑시다 해서, 서기장을 뽑았으니, 내가 선출되고, 다른 분들은 맹원(盟員)이 되었다. 그게 4, 5년 전의 일이다.

소설가 조용호, 백가흠과 시인 장석남, 여영현, 정동철, 이병철이 맹원이다. 남북한 다 합쳐서 전체 조선의 문인 중 낚시꾼을 결집하겠다는 거창한 포부에도 불구하고 맹원은 더이상 늘지 않는다. 총각 맹원이 여성 맹원도 받아들이자는 요청도 있지만 가입하는 맹원이 없다.

페북에서 공개적으로 맹원을 모집했다.

아래 요건을 갖춘 분을 맹원 동지로 모십니다.

1) 바다낚시를 좋아하는 분

2) 시간 약속 잘 지키는 분

3) 24시간 정도는 안 자도 잘 견디는 분

4) 운전도 잘하고, 배멀미 안 하는 분

5) 회도 좀 뜰 줄 알면서, 바다에 호기심이 아주 많은 분

이렇게 했더니, UDT 대원 모집하느냐, 뱃사람 모집 광고 같다 등의 댓글이 주렁주렁 달렸다. 낚시는 안 하고 선상에서 회만 먹겠다는 평론가도 있었지만, "짐은 취급 사절"이라고 퇴짜를 놓았다. 결국 맹원을 뽑지 못했다.

농담삼아 이름에 '전조선(全朝鮮)'을 붙인 건 통일이 되면 북한의 문인 조사들과 같이 출조(이를 전문용어로 동출同出이라 한다)하기 위함이고, 또 황해도나 평안도, 원산이나 함흥 앞바다에서 함께 낚시하기 위함이었다. 물론 북한 낚시꾼들도 제주나 통영이나 여수나 울릉도에서 낚시하기를 학수고대할 거다.

만약 그런 날이 오면 바다 위에서 노래 부르고 춤을 추면서 낚시하겠다.

냉면 호사(豪奢)

『홍길동전』에 "부생모육지은(父生母育之恩)이 깊삽거늘, 그 부친(父親)을 부친이라 못 하옵고, 그 형을 형이라 못 하오니"라는 구절이 나온다. 어릴 때 '부생모육지은'이란 대목에서 늘 의문을 가졌다. 아버지가 낳고 어머니가 길렀다? 어머니가 낳고 어머니가 기르지 않았나. 아버지는 어머니의 몸에 한 방울의 정액만 투입했을 뿐인데. 이렇게 생각했다.

어릴 때 대구에서 아버지는 가끔 고깃집에 가면 고기를 드시고 꼭 냉면을 드셨다. 드시고는 늘 "대구 냉면은 틀렸어"라고 하시곤 했다. 맛이 없는데 왜 드시나? 고향이 신의주니까 당신이 고향에서 드신 냉면 생각이 나서 드셨을 거다. 아버지에게 냉면은 고향과 등가물이었다.

40대에 접어들어 서울의 한다, 하는 냉면집을 드나들면서 냉면 맛에 중독되어 가기 시작했다. 슴슴한 육수와 담백한 메밀의 맛은 강렬하지 않아도 은근한 중독성이 있다. 한동안 냉면을 못 먹다가 그런 냉면을 앞에 놓고 먼저 국물을 그릇째 들이키면, 가슴이 뻥 뚫린다. 머리로는 살았다 혹은 살 수 있겠다는 안도감이 온다. 물속에서 숨을 못 쉬다가 수면 밖으로 나와 공기로 호흡하거나 마스크를 쓰고 다니다 공기 좋은 곳에서 마스크를 벗고 신선한 공기를 마실 때와 같은 느낌이다. 사막을 헤매다가 오아시스에서 물 한 모금을 마신 감격이다.

처음 가는 음식점에서 갈비나 불고기 같은 음식을 먹고 난 뒤에는 분명 실패할 것을 알면서도 꼭 냉면으로 후식을 시키곤 했다. 한두 군데를 제외하면 거의 후회를 했다. 새로 생긴 냉면집 정보를 듣거나 누가 잘한다고 추천하는 냉면집이 있으면 거리를 막론하고 그 냉면집을 찾아가곤 했다. 그러는 동안 꽤 여러 냉면집을 섭렵했다. 백령도로부터 의정부, 안성, 판교, 춘천, 양평 등등. 서울에서도 꽤 여러 곳을 다녔다. 일종의 냉면 행각이다. 그럴듯한 집도 기대에 못 미치는 집도 있었다. 대개는 서울 장안의 4대 냉면집에는 못 미쳤다. 장안의 4대 냉면집은 우래옥, 필동면옥, 을지면옥, 평양면옥이다. 여기에 장안은 아니지만 하나 더 추가하라고 하면 마포 쪽의 을밀대다.

요즘은 아버지가 못 드신 맛있는 냉면을, 나라도 대신 먹어야 아버지의 냉면에 대한 포한을 풀어드릴 수 있다는 핑계를 대면서 냉면을 먹기도 한다. 그런 강박관념을 내 의식에 투사해서 냉면 호사(豪奢)에 대한 변명으로 삼는다.

그러다가 아버지가 나를 낳은 게 틀림없다는 생각이 갑자기 들었다. 삶의 어느 순간에서, 삶의 중요한 고비에서, 심지어 냉면과 같은 먹을거리에서조차 40년 전에 돌아가신 아버지의 삶을 생각하고 내 삶과 대비하니, 이게 아버지가 나를 낳으신 게 아니고 무엇이란 말인가?

냉면을 먹으면서 그런 생각을 했다.

운현궁 산책

김동인의 장편 소설 중에 『운현궁의 봄』이란 작품이 있다. 조선 말 운현궁의 주인이었던 이하응의 일대기를 조명한 소설로 꽤나 인상 깊게 읽었던 기억이 난다.

사무실이 운현궁 바로 맞은편 건물에 있기에 하루에도 몇 번씩 운현궁 지붕과 마당을 무심코 바라본다. 위에서 보면 운현궁의 기와지붕은 조리 있게 질서정연하고 마당은 정갈하다. 그 정갈함이 주는 여백의 아름다움. 백설이 분분할 때도 있고 초록의 편린이 나부낄 때도 있다. 가을에는 노란 은행잎으로 치장한다. 그런 풍경을 보며 가끔 상념에 잠긴다. 주로 세월이나 권력의 무상함, 애욕의 허망함, 인간사의 노여움 같은 것들.

서울 도심 한복판에서 마음의 여유나 사치를 누릴 수 있는 공간이 나에게는 운현궁인 셈이다. 일찍 점심을 먹고 가볍게 운현궁 산책에 나서기도 한다. 운현궁의 사랑채인 노락당(老樂堂) 편액은 추사 김정희의 글씨를 집자했다. 대원군이 어릴 때 추사에게 글씨와 그림을 배웠으니, 스승의 글씨로 간판을 치장했다.

노락당. 나이 들어 기쁜 집이란 뜻인가. 그 편액의 뜻은 일부는 맞고 일부는 틀렸다. 운현궁은 한때 궁궐보다 더 큰 위세를 누렸다. 12세의 나이로 고종이 조선의 26대 왕이 되자 이하응은 어린 아들의 섭정으로 10여 년간 절대 권세를 누렸다. 그 권력의 진원지가 바로 운현궁 노락당이었다. 임진왜란 때 불타버렸다가 250년 이상 방치된 경복궁 중건을 진두지휘한 곳도 바로 노락당이다. 하지만 대원군의 말년은 허무하다. 며느리와 민씨 일파의 공세로 실각했다. 임오군란으로 재집권했지만 그것도 잠시. 청나라로 끌려가 모진 고초를 당했다. 어렵사리 귀국해서도 권력욕을 불태웠다. 고종을 폐위시키고 다른 아들이나 손자를 왕으로 옹립하려는 시도를 계속했다. 1898년 79세의 나이로 사망할 때까지 그의 욕심은 그칠 줄을 몰랐다. 10년 섭정 후 깨끗하게 물러났더라면 그의 말년은 그렇게까지 험악하지 않았을 것이다. 노추(老醜)로 보인다.

대원군이 타계한 이후 운현궁은 축소될 수밖에 없었다. 유지 관리조차 힘들어져서 대원군의 장남 이재면이 관리할 때, 고종이 내탕금 270만 냥과 쌀 370석을 하사하여 운현궁을 수리하고 밀렸던 빚을 갚게 하였다는 기록이 있다. 한일강제병합 후 일제는 1912년 토지조사를 실시하면서 대한제국의 황실 재산을 몰수하여 국유화한다. 이때 운현궁도 조선총독부의 재산으로 귀속된다. 하지만 이때도 실제 운현궁 관리는 대원군의 며느리가 했다.

운현궁의 소유권이 다시 대원군의 후손에게 정식으로 넘겨진 건 1948년 미군정청의 공문에 의해서였다. 대한민국 정부와 대원군 후손 사이에 법적 공방이 있었으나 1948년 9월 21일 결국 대원군의 후손에게 운현궁 소유권이 있음이 확정되었다.

1991년 대원군의 5대손인 이청씨가 운현궁을 유지, 관리하는 데 여러 가지 어려움이 생기면서 서울특별시에 양도 의사를 밝힘에 따라 서울특별시에서 매입했다. 1993년 11월부터 운현궁에 대한 보수 및 복원공사가 시작되어 현재의 모습을 갖추게 되었다.

대원군의 영욕을 간직한 운현궁이 지금은 시민들에게 개방되어 있다. 전국에 척화비를 세워 서양 오랑캐를 배척한 대원군의 집에 코로나 19 이전에는 수시로 외국 관광객이 들랑거렸다. 운현궁 입구로 들어서면 바로 나타나는 큰 마당에는 사시사철 행사가 많이 열렸다. 한식과 전통차를 홍보하는 행사나 국악 공연이 열리기도 한다. 주말에는 전통 혼례식이 거행되기도 했다. 재현이 아니라 실제 신랑 신부가 있는 진짜 결혼식이다. 고종과 명성왕후의 가례가 있었던 곳이니만큼 장소가 가지는 상징성도 크다. 즐거운 구경거리고 도심 속에서의 여유를 즐길 수 있는 행사다.

집은 사람이 살지 않고 사용하지 않으면 오히려 훼손되고 부식된다. 운현궁도 집이다. 집은 잘 사용하여야 오래도록 보존될 수 있다. 법률적 자구에 얽매이지 말고 운현궁을 잘 활용했으면 한다. 외국 관광객이 넘쳐나는 인사동 주변이니 전통혼례식은 관광자원으로도 활용할 수 있다. 색다른 전통 볼거리 기획도 가능하다. 시민들과 탐방객들의 전통 체험 문화 공간으로 거듭났으면 한다.

세상은 '낙원(樂園)상가'

50세 이상의 서울에서 살아온 사람 중에는 종각 전철역 바로 위에 있었던 종로서적에 대한 추억을 간직한 사람들이 많다. 1980년대까지 대학생은 약속 장소로 종로서적을 택한 때가 많았다. 책을 천천히 구경하면서 읽을 책을 사기도 했다. 책 쇼핑이 끝나면 인근 관철동 골목 주점으로 옮겨, 취기에 어설픈 지식을 펼치며 얼치기 주장을 피력했다. 술집에서의 종횡무진 얼치기 주장은 이후 반성과 진화를 거듭하여 한국 중장년층의 사고 형성에 상당한 기여를 했다. 그리하여 종로서적은 그들에게 지적 편력이 시작한 장소로 각인되어 있다.

1907년 개업하여, 대한민국에서 가장 오래된 역사를 자랑하던 종로서적은 2002년 한일 월드컵 한국과 폴란드전에서 한국이 승리하던 날 폐업했다. 누적된 적자를 감당하지 못해 부도처리.

종로서점 자리에 2010년 '다이소' 600호점이 들어섰다. 이후 다이소는 승승장구하여 2020년 말 매출액 약 2조 4천억 원을 기록했고, 매장도 전국 1300여 개로 확장되었다. 기업은 업종에 따라 늘 부침하게 마련이지만, 한

때 대한민국을 대표하던 책방이 망하고 그 자리에 대표적인 소매잡화 판매 기업 다이소가 들어섰고, 그 기업이 확장일로에 있다는 것은 하나의 문화적인 사건이다. 다이소는 500원에서 5천 원 정도의 상품을 파는 박리다매의 대표적인 잡화점이다. 다이소에 가보면 별별 상품이 눈부신 형광등 불빛 아래 잘 진열되어 있다.

책 한 권 가격은 대개 1만 5천 원. 이 정도의 책값으로 다이소에서는 여러 상품을 큰 부담없이 쇼핑할 수 있다. 일부 사람들에게는 1만 5천 원의 책이 더 사용가치가 있겠지만, 많은 사람에게는 다이소의 상품이 더 사용가치가 있다.

다이소 쇼핑은 상당히 흥미롭고 재미있다. 생활에 필요한, 혹은 비싸서 엄두를 못 냈던 상품의 유사 상품이 단돈 천 원 남짓의 가격으로 소비자를 현혹한다. 눈을 반짝이며 여러 상품을 쇼핑해도 1만 오천 원 정도면 그 물욕을 상당히 충족시킬 수 있다.

책이 주는 기능은 여러 가지가 있지만, 그 중 대표적인 것은 정보와 지식 전달, 미학적 즐거움의 향유 등이다. 요즘은 정보와 지식은 스마트폰 검색으로 대체 가능하다. 가령 프랑스 파리를 여행하고 싶다면, 과거에는 『파리를 가다』라는 책을 통해 사전 정보와 지식을 습득했다. 이제는 스마트폰으로 찾으면 된다. 재미를 위해 소설책을 읽었다면 요즘은 그 재미를 대신할 다른 콘텐츠가 차고 넘친다. 넷플릭스의 〈오징어 게임〉을 생각하면 쉽게 수긍이 간다. 소설 '책'을 고집한다 해도 도서관에서 빌려 읽으면 훨씬 경제적이다. 그렇게 책을 사지 않고 절약한 돈으로 다이소에서 쇼핑을 한다. 그게 경제적 인간이 취할 생활 방식이다.

이렇게 변한 세상에서 책의 내용을 생산하는 작가와 필자 그리고 책을 만들고 파는 출판사나 인쇄업이나 서점 종사자들은, 망해가는 왕국의 왕궁에서 노을빛에 물든 왕궁의 기둥을 부여잡고 헐떡이며 울고 있는 시대 부적응자들이다. 앞으로 책과 관련한 업종은 더 빠른 속도로 몰락의 길을 걸을 게 틀림없다.

인류의 지식과 사상 보존과 전파에 앞장섰던 책 산업은 영양 주사로 버티는 천연기념물 보호수 고목(古木)과 같은 운명에 처해 있다. 책 산업이 몰락한다고 해도 인류의 미래는 걱정 없다. 스마트폰과 같은 별별 다른 상품이 인류를 구원하기 때문이다. 상품을 소비하면서 삶의 희열을 느끼는 상품 소비 좀비의 낙원은 이미 도래했다. 벌써 세상은 '낙원(樂園)상가'다.

에라이 몹쓸 여자야

SNS에 떠도는 우스갯소리로 스님은 목사님과 달리 왜 코로나바이러스에 감염되지 않는가 하는 질문이 있다.

정답은 스님이 신고 다니는 '백신' 때문이란다. 스님들이 '백고무신'을 신고 다니기에 나온 우스갯소리다. '고무신' 하면 50, 60대 이상 세대에서는 누구나 추억이 있다. 70년대 중반 운동화가 일반화되기 전의 국민 신발은 바로 '고무신'이었기 때문이다.

고무신은 1920년대 초반부터 전국적으로 보급되기 시작했다. 그전에 한국인이 많이 신었던 신발은 재료로 구분할 때 짚신, 미투리, 나막신, 가죽신 등이었다. 1920년대 초반까지 도시 지역에서 가장 많이 신었던 신발은 '조선신'이었다. 조선신은 일종의 가죽신으로 바닥에 징을 박았다. 가죽을 여러 장 덧대고 방수를 위해 들기름을 가죽에 먹였다. 징을 박았다고 '징신'이라고도 했고 비가 오는 진창에서도 신을 수 있다고 해서 '진신'이라고도 했다. 일반적으로는 '조선신'이라 불렀다.

우리나라에 일본으로부터 고무신이 처음 들어온 것은 1919년. 고무신을 가장 먼저 신은 사람은 대한제국의 마지막 황제였던 순종이었다. 1919년에는 외부대신을 지낸 이하영이 '대륙고무공업주식회사'를 차려 우리나라에서는 처음 고무신을 생산했다. 하지만 초창기 고무신은 그다지 인기가 없었다고 한다. 구두처럼 만들어 일반인들에게 거부감이 있었던 게 그 원인이었다.

1922년 12월 20일자 동아일보 기사를 보면 "고무신이 조선 안으로 처음 들어오기는 지나간 대정8년(1919년) 경이라 처음에는 그 모양을 '구두'같이 만들었으므로 일반 사람이 그다지 즐겨하지 아니 하였던 바 관찰이 빠른 장사들은 작년 봄부터 '조선신' 모양으로 만들어 일반의 관심을 끌게 되었는 바"라는 대목이 나온다.

1921년 봄부터 디자인을 달리하자 고무신은 폭발적으로 인기를 끌었다. 장사꾼에 의해 신발 모양에 대한 혁신이 일어난 게 그 원인이었다. 그 결과 채 2년도 지나지 않은 1922년 겨울에 접어들면 서울 사람의 70~80%가 고무신을 신게 되었다. 고무신은 질겨서 내구성이 있고 비가 와도 젖지 않고, 세탁이 거의 필요 없는 장점 때문에 큰 인기를 끌었다.

고무신 공장은 조선에서 1921년에 두 곳, 1922년에 4곳이나 생기고 일본 고무신 유입도 계속되어 경쟁도 치열해졌다. 자연히 고무신값도 1921년 1월에 비해 12월에는 반값으로 떨어졌다. 수요는 늘었지만 공급이 더 많아 가격이 내려간 예다.

고무신이 얼마나 유행했는가를 보여주는 단적인 기사도 있다.

1925년 평안남도 개천 군수의 부인이 4월 초 8일, 절에 놀이를 갔다. 이 때 절에 놀러온 남자들이 자신을 험담하자 군수 부인은 고무신을 벗어 남자들의 '안면부를 무수히 난타'하였다. 맞은 남자들은 분통을 참지 못해 명예

훼손과 구타죄로 군수 부인을 고소했다.(동아일보 1925년 5월 9일 기사). 요즘 말로 하면 군수 부인의 갑질이다. 어떻게 되었을까? 결과는 보도되지 않아서 알 수 없다.

도시 지역과 나중에는 농촌 지역까지 거의 모든 사람이 고무신을 신게 되자 '고무신' 제조업은 조선의 대표적인 산업이 되었다. 1930년에는 평양의 고무공장에서 고무신 제조 노동자들의 조직적인 파업이 일어났다. 1933년에는 전국에 72개의 고무신 공장이 있었다. 해방 이후에도 고무신 산업은 번창했다. 1960년대 중반에는 외국에 수출도 많이 했다.

1950년대와 1960년대에는 각종 선거에서 입후보자들이 유권자들에게 고무신을 돌리는 일도 비일비재했다. 이게 이른바 '고무신 선거'다.

전 국민의 국민 신발이던 고무신은 1960년대 운동화가 생산되면서 내리막길을 걷기 시작하다 1970년대 중반 수요가 격감한다. 고급 운동화인 케미슈즈로 소비 대체가 일어났기 때문이다. 당시 신발 메이커는 부산지역의 동양고무(기차표), 태화고무(말표), 국제고무(왕자표), 진양고무(진양표), 삼화고무(범표) 등이 대표적이다. 이들 업체가 모두 케미슈즈 생산에 뛰어들었다. 당시 고무신 가격은 남자용이 280원에서 300원, 여자용이 230원에서 250원이었고, 케미슈즈는 아동용이 800원에서 950원, 성인용이 1850원이지만 수요가 계속 늘었다(1976년 3월 12일 매일경제 기사).

고무신에 비해 케미슈즈는 5~6배의 가격이었다. 국민소득의 증가로 대중적 수요가 늘어나서 운동화가 대세로 들어섰다. 70, 80년대 신발산업의 성장과 국민경제에 기여한 외화획득도 따지고 보면 고무신 산업에서 출발했다. 국제와 같이 고무신부터 시작해서 재벌기업으로까지 성장한 기업이 있을 정도였다.

요즘도 고무신은 소규모로 생산된다. 최근 고무신은 '민속화'라는 이름으로 이름조차 고급화되었다. 가격은 5000원에서 2만 원(고급형) 정도다.

언제부터 유행한 말인지는 알 수 없지만 "고무신 거꾸로 신는다"는 말이 생겼다. 군대 간 애인을 배신하고 다른 남자를 사귀거나 시집가버린 여자를 말했다. 그 때문에 군대 내에서 사고를 치거나 탈영하는 병사도 있었다. 애인이 고무신 거꾸로 신었다고 하면 군대 동료들은 나름의 방법으로 그를 위로했다. 술 한 잔 마시고 "에라이 몹쓸 여자야, 세상에 여자가 너 하나뿐이더냐"라고 노래를 불렀다. 그런 노래를 술김에 부르면서 질질 짰다. 술이 깨면 애써 잊었다.

가끔, 아주 가끔, 그런 노래를 부르고 싶을 때가 있다.

귀여운 국회의원

국회의원에 당선이 되면, 그들은 가슴에 선량(選良)이라는 징표로 국회의원 배지를 단다. 금배지다. 배지(badge)는 한글로 뱃지, 뺏지, 배지 등으로 표기하는데 배지가 올바른 표기법. 하지만 일반적으로는 뱃지라고 발음하는 때가 많다. 배지보다는 뱃지가 어감으로는 더 익숙하다.

배지는 중세시대 유럽에서 가문을 상징하는 문장(紋章, Coat of Arms)에서 비롯되었다. 15세기경에는 문장이 축소되어 간략하게 되었다. 이것이 배지의 기원이다. 이후 배지는 주로 옷 칼라 부분 또는 가슴 부분에 다는 장신구로 변했다. 자격, 직위, 계급, 경력 등을 표현하는 역할을 한다. 요즘 배지는 학교, 군대, 경찰 등의 특정 집단을 상징하는 표식으로 사용된다. 배지를 달면 소속감이 강해지고, 그 집단에 속했다는 프라이드도 생기게 되는 게 일반적이다.

1950년대부터 1970년대까지는 대학생들도 학교 배지를 달고 다닐 때가 많았다. 재미있는 것은 이른바 SKY로 표현되는 일류대학 학생들은 자랑스레 학교 배지를 달고 다녔고, 그렇지 못한 대학의 학생들은 배지를 달지 않았다. 1961년 5.16 군사 쿠데타 직후 문교부는 특이한 시책을 발표했다.(경향신문 1961년 6월 1일 기사)

대학 남녀학생은 항시 학교 뱃지를 달고 교칙에 따르는 제복과 제모를 착용할 것이며 다방 당구장 기타 유흥장의 출입을 금한다.

제복이 제정되어 있지 않은 여대생은 당분간 이에 준한 간소한 옷차림을 예시하여 이를 착용케 한다.

1961년 6월 1일 발표한 이 시책은 상당히 강력했던 모양이다. 군사 정부가 4.19로 해이해진 학생들의 정신 상태를 건전하게 만들고 학생들을 통제하기 위해 취한 정책인가 본데, 지금 시각으로 보면 황당하기 짝이 없지만, 그 당시에는 통용되었다.

국회의원들은 1950년 제 2대 국회 때부터 달았다. 국회의원 배지는 99%은으로 만들고 금도금을 하는 것으로 가격은 3만 5000원, 무게는 6g 정도이다. 엄밀히 말하면 가짜다. 이 가짜 금배지 뒤에 숨어 있는 입법기관으로서 역할은 엄청나지만 국민은 그들의 특권을 먼저 생각하는 때가 많다. 금배지를 달면 없던 비행기표나 열차표도 생겨나기 때문이다. 금배지를 둘러싸고 벌어진 웃기는 일화도 많다.

1955년 6월 2일 동아일보에는 이러한 기사가 실렸다.

작일 상오 10시 4분경 효자동으로부터 원효로로 가는 시내 버스가 광화문 정류장에 다다르자 어떤 신사 한 분과 숙녀 한 분이 거룩하게 내리시는데… 차장아이가 운임을 요구하자 앞에 서서 내리던 신사선생님은 돈이 아닌 뱃지를 내보이면서 가라사대 "나는 국회의원이고 이 사람은 내 마누라야."

어리벙벙하여 서 있는 차장을 남겨두고 두 분은 유유히 갈 길로 가는데 그 국회의원님의 성은 박씨라나?

선량들은 공짜로 더욱이나 부인까지 공짜로 버스를 타라는 법은 없을 테지만 어쨌든 이쯤 되고 보면 박 의원의 뱃지는 보이기만 해도 사환짜리는 되는군.

박모 의원이 아내와 함께 국회의원 배지를 보여주며 무임승차를 했다는 기사다. 당시 버스비가 2환이었던 모양. 이 뻔뻔한 박모 의원이 누구인지는 밝혀지지 않았다. 그런데 자유당 소속 국회의원이었던 박영종 의원이 그 '박모' 의원이라는 소문이 파다하게 퍼졌다. 박영종 의원은 화가 나서 동아일보사를 찾아가 항의를 했다. 차라리 누군지 밝히라고 요구했다.

박영종 의원이 평소에 어떻게 했길래 그런 소문이 났을까. 박영종 의원은 국회에서 사사건건 등단하여 의사 진행을 방해한 것으로 당시에 매우 유명했다. 좋게 말하면 약방의 감초, 나쁘게 말하면 '찌질이'였다. 공짜 버스를 탈 인간은 모두 '박영종'이라고 생각했던 것.

초대 서울시 시의원은 1956년, 순금으로 배지를 제작했다. 그들은 시의회 운영위원회의 심의를 거쳐 삼십만환의 시의회 예산으로 의원 매인당 1개씩의 순금 배지를 마련하여 각 의원에게 배당했다. 한 개에 당시 돈으로 약 6천환 가량의 비용이 소요되었다. 시민들의 언론과 시민들의 비판에도 불구하고 1960년 제 2대 서울시 의회는 두 돈짜리 금배지를 달아 또 한 번 비판의 대상이 되었다.

자료에 따라 조금씩 다르기는 하지만 1960년 한국의 일인당 국민소득은

76달러로 세계 최빈국이었다. 당시 필리핀은 170달러, 북한은 135달러였다. 당시 관료나 정치권의 이런 행태가 5·16군사 쿠데타의 한 명분으로 작용했다.

버스를 공짜로 타고, 순금으로 된 배지를 달고 으스대는 정치인들은 그래도 차라리 귀엽다. 아휴.

악수로 결혼한 여인

　누군가를 만났을 때 상대방의 손을 잡는 인사법을 악수라고 한다. 부드럽게 상대의 손을 잡는 사람도 있지만 우악스럽게 상대의 손을 움켜쥐는 사람도 있다. 오래도록 손을 놓지 않고 흔들어 상대를 곤혹스럽게 하는 때도 가끔 있다. 미국 트럼프 전 대통령은 악수하면서 자신의 악력을 과시하는 것으로 악명이 높다. 상대방의 기선을 제압하기 위한 전략이라는 거다. 기선을 제압하는 방법치고는 참으로 원시적이고 치졸하다. 동네 깡패도 아니고 미국 대통령이 말이다. 미국 대통령이 자신을 과시할 게 고작 악력 정도라니, 4년이었지만 트럼프 같은 인간이 미국의 대통령이었다는 게 참으로 의아하다.

　1945년 7월 23일 포츠담에서는 미국의 트루먼 대통령, 영국의 처칠 수상, 소련의 스탈린 총리가 3자 악수를 했다. 2차 대전 후 거의 50년 동안의 세계 질서를 결정짓는 악수였다. 전후 한국의 독립 확인도 이 악수에 담겨 있었던 의미 중의 하나였다. 2018년 6월 12일 북한의 김정은 위원장과 미국의 트럼프 대통령은 싱가포르에서 악수했다. 이 악수는 아직 역사적으로 그 의미가 완전히 판정이 나지 않았지만, 어느 국가에나 별 영양가 없는 악수로 보인다.

이런 악수가 코로나 19 펜데믹 이후 위기에 처했다. 2020년 4월 영국의 BBC는 '악수는 생화학 무기를 내미는 행위'라며 다른 인사법을 찾아야 한다고 주장했다. 악수는 무기가 없는 손을 내미는 게 아니라 오히려 다량의 세균이 있는 위험한 손을 내미는 행위로 판명이 났다. 바이러스의 매개체로 손이 지목되면서 손이 무기가 되었다.

악수가 사랑의 증표인 커플도 있었다. 1925년 12월 7일 동아일보에 "박열 결혼식은 악수로"라는 제목의 기사가 실렸다. 기사 내용은 다음과 같다.

> 형무소 회의실에서 거행될 듯.
> 일본 옥중에 있는 박열 부부의 옥중결혼식에 대하여는 긔보한 바 어니와 그 동안 정식으로 결혼 수속을 이삼일 중에 마치고 시곡형무소 회의실에서 간단한 결혼식을 거행하리라는데 두 사람은 악수 정도를 허한다더라(동경전보)

이게 도대체 무슨 말일까?

박열은 1902년 경북 문경 출신으로 1919년 일본으로 건너가 무정부주의 운동에 투신하였으며 비밀결사 흑도회를 조직했다. 1923년 그의 애인이었던 가네코 후미코(金子文子)의 협조를 얻어 일왕 암살을 실행하려던 직전에 발각되어 경찰에 체포되었다. 1925년 재판을 받는 와중에 박열과 가네코는 결혼하기로 했다. 결혼이란 신체의 접촉을 전제로 한 것인데 둘 다 옥중에 있으니, 신체적 거리를 좁힐 방법이 있어야 했다. 다행히 이들은 둘 다 도쿄의 이치가야(市谷)형무소에 갇혀 있었다. 이들의 사정을 일본 사법당국은 잠시 눈을 감아 주었다. 형무소 회의실에서의 결혼식을 올리고 둘이 악수하는 건 허용하기로 했다.

이 결혼 소식은 조선 민중에게 화제가 되었다. 조선의 각 신문사는 이 결혼식을 취재하기 위해 도쿄로 특파원을 파견했다. 박열의 친형 역시 동생의 결혼식에 참석하기 위해 경북 문경에서 도쿄로 갔다.

우여곡절 끝에 박열과 후미코는 사형선고를 이틀 앞둔 1926년 3월 23일 정식으로 혼인신고서를 제출해서 합법적인 부부가 되었다. 가네코는 3월 25일 재판정에서 "나는 박열을 사랑한다. 그의 모든 결점과 과실을 넘어 사랑한다… 우리 둘을 함께 단두대에 세워 달라. 함께 죽는다면 나는 만족할 것이다"라고 말했다.

이들은 열흘 후 사형에서 종신형으로 감형이 되지만, 가네코는 그해 7일 23일 교살된 시체로 발견되었다. 형무소 측에서는 자살이라고 했다. 일본인에 의한 타살이라고 봐야 한다. 이렇게 후미코라는 일본 여인은 박문자라는 조선 여인이 되어, 고작 23세의 나이로 죽었다. 사랑하는 연인과 악수 한 번하고 그렇게 죽었다.

공존과 적선

1990년대 중반 문인 20여 명과 단체로 인도 여행을 떠났다. 인도 서쪽 지역인 뭄바이에 도착해 아우랑가바드, 뉴델리, 아그라, 바라나시를 거쳐 캘거타에서 귀국하는 일정이었다.

한국 사람들은 단체 여행을 하면 꼭 총무를 뽑는다. 김포공항에서부터 일행 중 가장 젊은 내가, 총무로 점지되었다. 총무가 하는 일은 개인당 100불 정도씩 각출한 돈으로 현지 가이드 팁을 준다든지, 호텔 바에서 함께 마신 술값 계산을 한다든지 하는 사소한 심부름을 하는 것이다. 인도에서는 총무가 하는 일이 또 있다.

가이드가 나누어준 일정표에 의하면 뭄바이 공항에서 바로 인도 국내선 비행기로 갈아타고 아우랑가바드로 가야 한다. 인도 국내선 비행기는 '곧' 출발하게 되어 있다. 그런데 한 시간이 지나도 두 시간이 지나도 계속 연착. 일행 중에는 성질 급한 사람도 있게 마련이다. 당시 인도에는 출발시각을 알리는 전광판이 있는 것도 아니었기 때문에, 직접 창구에 가서 출발시각을 물어봐야 한다. 그 역할을 바로 총무가 해야 했다.

이게 보통 성가신 게 아니다. 성질 급한 사람이 한두 명이 아니기 때문이다. 출발이 두 시간 정도 지연되자, 나는 열화와 같은 아우성에 의해 거의 십분 단위로 창구로 가서 비행기가 언제 출발하느냐고 물어야만 했다. 직접하거나 가이드에게 물어보면 될 걸, 만만한 게 총무라고, 일행들은 총무만 연신 찾았다.

"When does your ○○○ flight leave?"

그러면 눈이 크고 매혹적인 공항의 인도 여성 직원이 한마디로 쿨하게 대답한다.

"Soon."

그 말을 듣고 나는 일행들에게 "Soon이랍니다"라고 말한다. 하지만 비행기는 '곧' 출발하지 않는다. 좀 있다가 나는 다시 창구 직원에게 간다. 그러면 또 'Soon'이다. 이렇게 여러 차례 되풀이가 된 다음 무려 4시간이 지나 비행기는 출발했다. 이런 일이 거의 매일 반복되었다. 기차나 버스나 비행기가 다 마찬가지였다. 출발시각은 정해져 있는데, 정작 실제 출발시각은 고무줄처럼 늘어나는 것이었다. 이런 상황을 가장 견디기 힘들어했던 건 프랑스에서 유학 생활을 했던 저명한 문학평론가 L씨였다.

"난, 다시는 인도 안 와."

나도 같은 심정이었다. 하지만 인도 여행이 5일쯤 되자, 우리 일행은 서서히 깨닫기 시작했다. 인도 사람들이 가장 많이 사용하는 말은 두 가지, 'Soon'과 'No problem'이었다. 인도 사람에게 'Soon'은 '곧'이라는 뜻이 아니다. 이 말을 정확히 풀이하자면 "언제인지는 확실히 모르지만 가기는 간다"라는 뜻이다. 'No problem'은 "걱정 붙들어 매", "걱정도 팔자다" 이런 뜻이다. 이런 것을 이해하자 인도여행은 그야말로 편안하게 다가왔다.

공중도덕에 좀 어긋나는 일을 해도, 이를테면 화장실을 찾지 못해 사람의 눈을 피해 대충 아무 곳에서나 소변을 봐도 모두 'No problem'이고, 공항 한 귀퉁이에서 흡연을 해도 'No problem'이니, 이렇게 편한 나라가 또 있을까, 라는 생각이 들 정도였다.

아그라를 거쳐 에로틱 조각으로 유명한 카주라호에 갔을 때의 일이다. 원숭이들이 조각상 주변에서 여러 마리 놀고 있었다. 일행들이 남녀가 요상하게 얽힌 부조를 찬탄으로 감상하고 있을 무렵, 나는 일행보다 좀 빨리 요상함을 둘러보고 버스가 대기하고 있는 곳에 도착했다. 여기서 아주 특이한 한 장면을 목격했다.

나무 그늘 아래에서 버스 기사는 노점에서 파는 피스타치오 한 봉을 사서 까먹고 있었다. 혼자만 먹는 게 아니었다. 기사 앞에는 거지, 개, 돼지, 원숭이가 얌전히 앉아 있었고, 기사는 자기 하나 먹고, 거지 하나, 개 하나, 돼지 하나, 원숭이 하나… 이렇게 사이좋게 차례대로 피스타치오를 나눠 먹고 있었다. 한국에서라면 거지가 자신을 개나 돼지 취급하느냐고 화냈을 것임에 틀림없다. 카주라호에서는 개나 돼지나 원숭이도 거지나 버스 기사와 똑같이 하나씩 순서대로 나눠 먹고 있었다. 지금도 잊혀지지 않는 매우 평화로운 풍경이었다.

여행이 막바지에 이르러 갤거타 시내 관광을 할 때였다. 일행은 삼삼오오 나뉘어 시내 서점에 들러 책 구경도 하고, 시내를 어슬렁거리며 자유 시간을 즐기고 있었다. 인도에서 이럴 때면 꼭 거지가 따라붙는다. 몇 루피를 달라는 것이다. 바로 주면 또 다른 거지가 여러 명 모여든다는 것을 이미 학습했기 때문에 돈 주는 것을 최대한 지연시킨다. 그래도 거지는 끈질기게

나를 따라붙었다.

아이를 업은 젊은 여자 거지였다. 그 여자 거지에게 몇 루피를 집어 주고 가던 길을 계속 가는데, 누가 어깨를 툭 쳤다. 돌아보니 아까 그 여자 거지였다. 그 거지는 나에게 자신이 업은 아이에게도 돈을 주라는 시늉을 했다. 구걸의 저자세가 아니라 숫제 고압적인 당당한 자세였다. 황당했다. 돈을 받았으면 고맙다고 하고 갈 일이지, 자기 아이에게까지 돈을 주라? 그것도 공손하지 않은 태도로? 하지만 그녀의 당당함에 압도되고 선한 눈빛에 이끌려 나는 몇 루피를 주고 말았다.

그날 저녁 호텔 라운지에서 그런 이야기를 했더니, 일행 중 소설가 한 분이 이렇게 말했다.

"하 선생, 그게 개념이 좀 달라요. 우리는 거지에게 돈을 주면, 돈 준 사람이 선을 베푸는 셈이죠. 그런데 인도 거지들은 반대로 생각해요. 적선(積善)이라는 말이 있잖아요? 선을 쌓은 것인데, 여러 사람에게 돈을 주면 줄수록 선을 쌓은 것이고, 그 여자 거지는 자신과 아이에게 선을 쌓을 기회를 하 선생에게 준 거죠. 그러니 오히려 하 선생이 그 여자에게 고마워해야 하는 거예요."

아리송한 논리이긴 하지만, 그럴 듯하다.

인도여행을 다녀온 지 오랜 시간이 지났지만, 버스 기사가 거지와 동물들과 있는 장면과 아이를 업고 있는 여자 거지는 정지화면처럼 가끔 눈에 떠오른다. 따지고 보면 공존(共存)과 적선은 그렇게 멀리 있는 것도 아니다. 도처에 부처가 있으니 말이다.

물동이를 들다

1980년대 초반 어느 겨울 보길도에 간 적이 있다. 붉은 동백꽃이 찬연하게 아름다웠던 바닷가 마을 예송리에서 하룻밤을 묵게 되었다. 당시만 해도 여관이 없었던지라 마을 이장댁 신세를 져야 했다. 잔뜩 먹은 저녁밥이 탈이 났는지 한밤중에 화장실에 갔다. 화장실이라기보다는 변소라고 해야 제격인 그런 재래식 화장실이었다. 화장실 문은 남쪽 바다로 향해 있었다. 때는 만월이었다. 바다 위에 떠있는 보름달을 보며, 해변 조약돌을 간질이는 파도소리를 들으며 볼일을 보았다. 그게 그렇게 통쾌했다. 나와 세계가 수평적으로 한 몸이 되는 느낌이었다.

그로부터 몇 년 후 나는 강원도 철원의 한 관측소(OP)에서 일병 계급장을 달고, 아카시 향이 진동하던 오월의 어느 오후 산비탈의 화장실에서 볼일을 보고 있었다. 갑자기 휙 하는 바람 소리가 나더니 머리 위가 시원해졌다. 슬레이트 지붕이 돌풍에 날아가 버렸던 것이다. 뻥 뚫린 천장을 통해 하늘을 보니 통쾌함이 밀려들었다. 나와 '하늘과 땅(세계)'이 수직적으로 한 몸이 되는 순간이었다.

"복되도다. 시대가 복되도다. 창공의 별이 지도가 되어서 우리가 갈 길을 비춰주는 시대는 복되도다"로 시작되는 『소설의 이론』에서 헝가리의 문학 비평가 게오르크 루카치는 자아와 세계가 일치되는 그런 시대를 황금시대로 상정해, 인류의 꿈을 비평의 이름으로 그려냈다. 간단하게 말해 자신과 세계의 일치를 인류의 꿈으로 생각했다. 그 책을 읽던 시절이었으니 엉뚱하게도 화장실에서의 감각을, 수직이니 수평이니 하며 자아와 세계의 일치로 관념화했다.

그런데 요즘 거의 온 국민은 수시로 세계와 교감하고 세계와 일치가 된다. 멀리 찾을 것도 없다. 우리의 식탁을 한번 보자.

북해의 험난한 바다에서 잡아 올린 노르웨이산 고등어, 지중해안의 풍성한 햇볕으로 익은 올리브 열매를 압착한 엑스트라 버진 올리브유, 그 비슷한 지방에서 숙성시킨 '신의 물방울'이라 과장된 포도주, 칠레에서 지구 반대편까지 수송된 여러 과일과 문어와 홍어, 호주의 드넓은 들판에서 방목되다가 선별되어 온 소의 살점들, 펄 벅 여사가 『대지』에서 묘사했던 중국의 바로 그 대지에서 온 참기름, 대두유 등을 비롯한 중국의 온갖 농산물들, 캄차카 앞바다나 베링해의 차가운 바닷속에서 건져낸 게와 가재들. 또 인도차이나 반도 앞바다에서 잡은 한치와 주꾸미들, 사우디아라비아나 태국에서 양식된 새우들….

이런 음식들이 우리 몸속으로 무차별적으로 들어오고 있다. 이것만큼 절실한 자아와 세계의 일치가 어디 있겠는가. 광개토대왕도 세종대왕도 이런 식탁을 즐긴 적은 없다. 장수왕도 영조임금도 이런 식탁으로 장수하진 않았다. 전 세계의 산해진미가 우리의 식탁을 장식하고, 그것도 모자라 전 세계가 자기네 음식을 많이많이 먹어달라고 보채기까지 한다. 이것이야말로 글로벌이며 세계화이다.

한국의 조그만 출판사 사장마저 자아와 세계의 거의 동시간대의 일치로 인해 전전긍긍할 때가 많다. 원·달러 환율 때문이다. 환율 변화로 인해 책의 종이 가격은 상당한 영향을 받는다. 그러니 미국발 금융위기나 양적 완화나 긴축 같은 걸 신경 안 쓸 수 없다. 미국에서 불이 났는데 한국의 조그만 구멍가게 사장이 물동이를 준비하고 발을 동동 구르고 있어야 한다. '강 건너 불구경'은 옛말이 되어버렸다. 이렇게 세계와 나는 함께 엮여 있다.

p.s.

코로나19 펜데믹을 생각하면 이 이야기를 할 때가 호랑이 담배피던 시절 같다. 세계는 이제 나와 완전히 한 몸이다.

줄여야 산다

지하철에서 일어난 일.

옆에 앉은 학생이 일행들과 대화 중에 '중도'라는 말을 했다.

중도! 그 말을 듣는 순간 나는 거의 무의식적으로 오래전에 읽은 소설 하나를 기억의 창고에서 순식간에 끄집어냈다. 안정효의 첫 장편 『은마는 오지 않는다』라는 소설이다. 강원도 춘천 일대를 배경으로 하는 이 소설은 6·25전쟁 때 미군이 '중도'에 주둔하면서 일어나는 이야기다. 1990년 당시 작가 스스로 영어로 번역하여 미국에서도 출판이 되었고, 뉴욕타임스를 비롯한 여러 미국 신문에 서평이 기재되면서 화제를 불러일으켰었다.

이 소설의 여주인공은 미군에게 강간당하고, 이 사실이 알려지면서 마을 사람들에게 손가락질을 받게 되고 급기야 생존을 위해 미군에게 몸을 파는 여자가 된다. 바로 그 무대가 춘천 인근 북한강 안에 있는 '중도'라는 섬이다. 그곳에 미군은 '오마하' 기지를 건설하고 그 기지 바로 앞에 '텍사스 타운'이라는 창녀촌이 세워지고….

잠시 상념에 잠기다가 대학생들의 대화를 계속 엿듣던 나는 속으로 피식 웃고 말았다. 대학생들이 말한 '중도'는 중용이나 중간을 뜻하는 '중도(中道)'도 아니고 바로 중앙도서관의 약자였다.

이런 것을 두고 언어학자 소쉬르는 기표와 기의는 자의적으로 결합한다고 했던가. 그 자의적 결합이 같은 한국어를 사용하는 사람들 사이에서도 요즘은 세대별로 더 자의적으로 분화되어 나가는 양상이다. 특히 젊은 세대들은 이중 개념어들은 대개 줄여서 말한다. 중앙도서관을 '중도'라고 하는 것처럼, 야간자율학습은 '야자'(우리 세대에게 '야자'는 후배가 선배에게 반말을 할 수 있는 '야자 타임'의 '야자'이다), 마을버스는 '마뻐'…

단어뿐만 아니라 문장을 줄이기도 한다. 열심히 공부하라는 '열공', 즐겁게 낚시하세요는 '즐낚', 즐겁게 감상하세요는 '즐감'이다. '솔까말'은 무엇일까? 솔직히 까놓고 말해서. '흠좀무'는? 흠, 이거 사실이라면 좀 무섭겠군요.

지하철에서 '중도'라고 했던 학생들의 대화를 잘 들어보니, '현사법' '수현사' '경수'라는 말도 있었다. 아마도 대화의 문맥상 수강 신청을 한 과목들인 것 같은데 도대체 무슨 과목의 준말일까. '현사법'은 '현대사회의 법과 권리' 혹은 '현대의 사법제도' 정도일 것이고 '수현사'는 '수학과 현대사회', '경수'는 '경제 수학'의 준말이 아닐까. 이런 보편적인 말줄임 현상은 물론 컴퓨터와 휴대폰의 문자사용이 가장 큰 원인이다. 줄여서 전달해야 효율적이다. 좀 과장해서 말하면 요즘의 언어 사용은 '줄여야 산다'이다.

있는 말을 줄여서도 사용하지만 줄인 말에 세태를 반영하는 말도 양산되고 있다. '넘사벽'은 넘을 수 없는 사차원의 벽의 준말. 주로 둘을 비교할 때 더 잘난 쪽의 잘남을 극도로 과장하기 위한 표현이다. '지못미'는 지켜주지 못해서 미안해의 뜻. 안타까운 장면을 보았을 때 애도용으로 많이 사용한다. '엄친아'는 엄마 친구의 아들이나 딸을 말하는데, 엄마가 잔소리할 때 나오는 엄마 친구의 아이는 항상 잘났다는 뜻.(공부도 잘하고 좋은 대학가고) '부친남'은 부인 친구 남편은 항상 잘났다는 뜻.(연봉도 높고 승진도 잘하고 명품 선물 잘 사주고) '반반무'는 양념 반 프라이드 반 무 많이…

인류의 평등과 인권 감수성

최근 몇 년 사이에 한국 사회에서 새롭게 부각된 개념이 있다. '성인지 감수성'이 바로 그렇다. '성인지 감수성'이란 만들어진 역사가 오래지 않아, 아직 그 개념이 보편적으로 확산되지는 않았다.

간단하게 말해 '성인지 감수성'이란 성차별에 대한 인식을 가지고, 일상생활에서 성차별적인 행동과 표현을 하지 않아야 하는 감수성을 말한다. 특별히 '감수성'이란 말이 붙은 이유는 성차별에 대한 인식에 둔감한 것이 지적인 감수성과 관련되어 있기 때문이다. 남녀차별의 오래된 역사는 언어를 포함한 문화로 정착되었기에, 이런 문화를 하루아침에 인식하고 바꾸기는 상당히 어렵다. 특히 고령층일수록 자신이 가졌던 기존의 통념을 바꾸어야 하기에 '성인지 감수성'이 떨어질 수밖에 없다. 구체적인 사례를 들지 않아도 중년 남성 이상 나이 세대에서 '성인지 감수성'에 미흡한 경우를 목격할 때가 많다.

'성인지 감수성'과 함께 최근에는 사회적 약자나 소수자에 대한 차별적 발언도 문제가 되었다. 그 발언은 성적인 소수자, 장애인, 어린이, 노인 등

사회적 약자를 차별하겠다는 데서 나온 발언이 아니라, 자신의 발언이 차별임을 인지하지 못한 무의식적 발언이었을 수도 있다.

하지만 무의식적 발언이라고 해서 문제는 문제다. 그 무의식에는 오랫동안 쌓여온 문화의 두께가 층층이 자리하고 있기 때문이다. 시대에 맞지 않는 잘못된 문화는 그것이 아무리 관행이나 관습이라 하더라도 극복 대상이 되어야 함은 물론이다. 함께 시대를 살아가기 위해서는 사회의 모든 구성원이 그러한 것을 인식하고 자신의 언행에 반영하여야 조화로운 삶을 살 수 있다.

성인지 감수성, 사회적 약자 인식 감수성, 소수자 인식 감수성 등은 모두 '인권 감수성'이라는 말로 포용할 수 있다. "모든 국민은 법 앞에 평등하다"는 헌법정신은 '천부인권론'에서 비롯한다. 모든 사람은 태어나면서부터 하늘이 준 자연의 권리, 곧 자유롭고 평등하며 행복을 추구할 수 있는 권리를 가진다는 '천부인권론'은 현대국가가 추구하는 최상의 원칙이다. 이러한 '천부인권론'을 한 개인이 자신의 의식 깊숙이 받아들일 때, 그 개인의 '인권 감수성'은 고양된다. 사회가 진보할수록 '인권 감수성'으로 무장한 바로 그러한 인간이 바람직한 인격체의 인간이 된다.

여성이건 남성이건 성적 소수자이건 또는 신체에 장애가 있는 사람이건 간에, 또한 나이의 많고 적음에 관계없이 지구상에 사는 모든 사람은 자유롭고 평등해야 한다는 것은 인간사회의 원칙 중의 원칙이다. 인류 사회는 우여곡절이 있지만 그래도 기필코 진보한다는 믿음을 가진 인간이라면 그러한 원칙이 모든 국가, 모든 사회에서 확립되도록 노력해야 한다.

수십 년 전만 해도 일상생활 속의 언어 사용의 용례로 "병신 꼴값하네"와 같은, 요즘 세상에서 듣는다면 등골이 오싹한 말도 실제로 많이 사용했다.

그런 차별적 언어들은 수없이 많다. "암탉이 울면 집안이 망한다"와 같은 말이 대표적이다. 이런 말과 그 말에 숨어 있는 의식은 오래도록 장애인과 여성을 억압해 왔다. 수백 년 이상 내려온 이러한 언어적 관습은 철저히 배제해야 함은 물론이거니와 그러한 언어가 태동할 수 있는 의식도 당연히 바꾸어야 한다.

언어는 인간 인식의 소산이고, 인간의 인식은 그 인간의 속한 문화에서 배태된다. 문화를 하루아침에 바꿀 수는 없지만, 바꾸지 못할 것도 없다. 그 바꿈에 '인권 감수성'이란 개념은 큰 역할을 해야 한다. 무의식적 언어도 결국은 누적된 의식의 소산이기에 진보에 대한 믿음과 확신으로 개인과 사회가 함께 노력한다면 평등한 언어로 나아갈 수 있다.

'인권감수성'을 바탕에 둔 평등의 언어는 인류의 평등에 실질적으로 크게 공헌한다. 그 과정에서 오해와 불신과 마녀사냥 등의 여러 부작용이 없을 수는 없겠지만, 인류 사회의 수레바퀴는 그렇게 굴러가야 한다. 그렇게 살아야 인간이다.

5부

이 아름다운 지구에

요즘 말(言)에 대한 유감

요즘 '대박'과 '나쁘지 않다'라는 말을 많이 듣는다. '대박'을 입에 달고 사는 사람도 있다. 맛있는 음식을 먹어도 '대박', 멋있는 이성을 보아도 '대박', 길 가다 돈을 주워도 '대박'이다. 모든 표현은 '대박'으로 통할 정도로 '대박'을 남발한다. 하이톤으로 대박을 외쳐대면 듣는 사람은 정말 짜증이 난다.

'대박' 남발은 어휘력과 표현력 부족을 스스로 고백하는 것과 다름없다. 상황에 맞는 표현이 있고 감정을 섬세하게 표현하는 방법이 있다. 비유와 직유를 적절히 구사하면 훨씬 정확하고 효과적인 말이 탄생한다. '대박'이란 말을 하지 않으려고 의식적으로 절제하면서 그 순간에 맞는 다른 표현을 찾는 노력을 하면, 표현력이 훨씬 풍부해진다.

'나쁘지 않다'도 많이 쓴다. 이건 영어 'not bad'의 직역이다. 원래 우리 말에는 이런 표현이 없다. 좋으면 좋고, 나쁘면 나쁘지, 나쁘지 않다는 뭐냐. 미국에서는 'not bad'를 'good'과 'excellent' 사이의 의미로 사용한다고 한다. 그건 나와는 상관없다.

나의 어감으로는 이렇다. 내가 누구에게 "점심은 짬뽕으로 할까?" 했을 때 상대가 '나쁘지 않아'라고 대답하면 나는 메뉴를 바꾼다. '좋다'고 대답하지 않았기 때문이다. 이 대답은 "나는 그걸 먹기 싫지만, 네가 먹는다면 나는 반대하지 않고 기꺼이 먹어 주겠다"는 의미로 들린다. 선택은 네가 하니 맛없어도 책임지지 않는다는 의미로 느껴진다. '나쁘지 않다'는 말로 인해 일어날 일에 본인은 관여하거나 책임지지 않겠다는 말로 들리기 때문이다. 물론 원래 영어의 의미와는 상관없이 나에게는 그런 어감이라는 말이다.

그래서 나는 '나쁘지 않다'라는 말을 자주 사용하는 사람을 그다지 좋아하지 않는다. 나의 언어관에 상당한 혼란을 일으킬 뿐 아니라, 그 수동적인 삶의 자세가 싫기 때문이다.

이 아름다운 지구에

KTX로 안동 가면서 차창 밖을 바라본다. 들판에 벼가, 사과가, 콩이, 감이 가득하다.

이런 풍경을 보고 있으면 눈물이 난다. 살날이 그다지 많지 않아서 일 거다. 이 아름다운 지구에 잠시라도 머물렀다는 게 얼마나 좋았던 건지…

요즘 깨닫고 있다.

사심없이 목숨을 걸

아침, 메일을 열면 한 경제신문 편집국장의 뉴스레터가 도착해 있다. 정치적 이슈나 따끈따끈한 국내외 소식을 요약해서 보내주니, 참 고마운 일이다. 그런데 오늘 아침 이 뉴스레터의 제목은 「이재용 기다리는 삼성… 목숨 걸고 뛸 사람 있나」였다.

삼성 그룹의 이재용이 가석방되었으니, 뭐 그런 이야기겠지 하고, 다음 메일을 열려다가, 좀 황당한 생각이 들어 그 메일을 열어보았다. 그 레터는 미국의 기업 회장 둘이 앞서거니 우주선에 몸을 실었다는 이야기로 시작된다. 그런 수억짜리 관광이 있었다는 건 나도 알고 있었다. 그런데 레터에 "세상에 부러울 것 하나 없는 억만장자들이 목숨을 걸고 우주 개척에 나선 판에"라고 해서 깜짝 놀랐다. 그 사람들이 목숨 걸고 우주 개척을 했나? 그냥 고급한 관광 아닌가? 돈이 많아서 하는 놀이였을 텐데. 하여간 이 레터는 다른 나라 기업인들이, 또 삼성이 아닌 다른 기업들이 몹시 열심히 변신하고 있는데 삼성은 그렇지 못하니 분발하라는 이야기를 하고 있었다. "사심 없이 몸을 던질" 인재가 삼성에 있어야 한다는 거다.

요즘 세상에 기업 일을 하면서 누가 목숨을 거나? 나아가 목숨을 걸면 절대로 안 된다. 수사법이라도 그런 말, 하지 않았으면 좋겠다. 산업 현장에서 실제로 죽어간 노동자를 생각하면, 가슴 아프다.

누구도 회사 일로, 나아가 나랏일에도 목숨 걸지 말기를 바란다. 전쟁이 터지지 않는 한 나랏일에 목숨 걸 일도 없다. 이순신 장군처럼 "생즉필사(生即必死) 사즉필생(死即必生)" 하지 말기 바란다.

온 국민이 천수(天壽)를 누리면서 오래오래 사는 세상이면 좋겠다.

서울 성북구 정릉의 보호수

서울시 성북구에는 서울시에서 1968년부터 지정한 6그루의 보호수가 있습니다. 정릉 내에 3그루, 흥천사 앞 1그루, 길상사 내에 2그루입니다. 모두 3백 년이 넘게 살아온 느티나무입니다. 이 나무들은 제각각 스토리를 간직하고 있습니다.

정릉은 태조의 계비 신덕왕후 강씨(?~1396)를 모신 능이죠. 흥천사는 신덕왕후의 혼령을 위로하기 위해 지은 170여 칸의 절이었습니다. 정조 때는 신흥사라 했다가 고종 때 다시 흥천사로 환원시켰습니다. 그러나 일제하에서는 신흥사로 불렸고, 사찰이라기보다는 기생이나 소리꾼을 불러 환갑잔치를 하는 일종의 유흥시설이었습니다. 주변에 각종 음식을 제공하고 영업을 하는 집들이 많았죠. 지금도 신흥사 시절 여기서 노래를 부르고 돈을 벌었다는 국악인들이 제법 있습니다.

이광수의 소설 『무정』에서 여자 주인공 영채는 신설동 밖 청량사에서 배학감에게 겁탈당할 뻔하죠. 그 장소가 청량사인데, 청량사와 같이 사찰에서 유흥장소로 바뀐 절이 신흥사였습니다. 일제 초기에 서울시 주변 여러 사찰이 유흥장소로 바뀌는데 이에 대한 자세한 연구는 없는 것 같습니다. 어쨌거나 지금은 조계종과 서울시에서 주변을 정리하고 흥천사를 원형대로 복원하는 작업을 하고 있습니다. 잘하는 일입니다.

정릉을 들어서면 바로 좌측으로 느티나무 한 그루가 있고, 재실 담장 근처에 또 한 그루가 있습니다. 관리동 쪽으로 가면 또 한 그루가 있습니다. 모두 건강하게 보입니다. 하지만 흥천사 입구 동사무소 삼거리에 있는 느티나무는 좀 불쌍합니다. 팻말도 아주 작게 붙어 있습니다. 아파트와 동사무소 사이 좁은 길에서 전깃줄을 이고 옹색하게 서 있습니다. 구청에서 관리는 하는지 영양주사는 놓고 있습니다.

정릉에서 흥천사는 직선거리로 350m 정도입니다. 네 그루의 느티나무가 이 마을에서 생명 중에는 가장 오래 살아서 나이가 많습니다. 나를 비롯하여 이 글을 읽는 분들이 다 죽고도 한 3, 4백 정도는 살아있을 가능성이 매우 높은 나무들입니다.

정릉 내에는 느티나무 외에도 소나무, 버드나무, 팥배나무 들이 좋은 숲을 이루고 있어 산책코스로 매우 좋습니다. 천천히 두 시간, 8천보 정도 됩니다. 입장료는 1천원, 성북구 주민은 입장료 5백 원입니다. 장마 기간에 낚시도 못가니 나무나 구경하러 다닙니다.

대구 사람의 발음

재밌는 이야기를 해드릴까요. 경상도 사람, 특히 대구 사람은 '어'와 '으' 발음 구별 못 합니다. 제 이름 하응백을 대구에서는 대부분 '엉백'으로 불렀습니다. 저의 초·중·고 선생님들 대부분이 '엉백이'를 본받아라, 하고 외쳤습니다. 서울에 오니 비로소 하응백은 하엉백이 아니라 하응백으로 불렸습니다.

대구 출신 작가가 쓴 원고 초고를 보다가 '머섬'이라고 쓴 걸 보고 웃음이 나왔습니다. 머슴을 무심코 그렇게 표기한 겁니다. 그러니까 경상도 사람 대부분은 글자의 의미와 모양을 외워서 구분하는 것이지, 자기 발음 나는 대로 표기하는 게 아닙니다. 경상도에서는 머슴을 머섬이라 해도 다 알아듣기 때문에 언어생활 하는 데는 큰 불편이 없습니다. 그런데 사람 이름을 표기할 때 문제가 생깁니다. 덕기나 득기나 다 덕기로 발음하니, 구분이 안 갑니다. 이름을 글로 쓸 때는 틀리면 안 되니 큰일입니다. 한자로 쓸 땐 문제가 없었지만 한글로 표기할 땐 어떻게 할까요? 경상도 사람들은 그래서 방법을 찾았습니다. 이렇게 말합니다.

"가, 이름은 김덕기다. 덕은 아래 덕짜다."

이래 말하면 '득'이라는 뜻입니다. 김득기란 말입니다.

"윗 덕짜다", 하면 '덕'입니다. 김덕기란 말입니다. 이렇게 언어생활을 합니다. 참 눈물겹습니다.

나의 취미는 지도보기

한밤중에 일어나 책을 주문했다. 김정호의 『대동지지』 번역본.

낚시야 30대 이후 취미지, 어릴 때 나의 취미는 지도보기였다. 지도를 보고 있으면 그렇게 좋았다. 시간 가는 줄 몰랐다. 중학교에 입학해서 지리부도를 받고는 늘상 그걸 보고 살았다.

지리는 중학교 때 정규 교과목이었다. 지리 선생님은 영남중학교에서 무섭기로 소문났었다. 시험 점수가 낮으면 매질을 했다. 그런 선생님이 전교에서 유일하게 애정 어린 눈빛으로 자애롭게 바라보았던 유일한 학생이 바로 나였다. 지리는 항상 100점을 맞았다. 한 문제도 안 틀렸다. 그뿐만이 아니다. 지리 선생님은 수업 중 어려운 문제를 내서 나에게 맞춰보라고 했다. 나는 깡그리 다 맞췄다. 지리 선생님은 감격했다.

"너 같은 지리 천재는 선생질하면서 첨 본다"라고 말씀했을 정도다.

골목길을 잘 알고 찾아다니는 것도 일종의 지리였을지도 모른다.

지리가 암기과목이라고 생각하는 사람이 많다. 아니다. 지리는 수학처럼 이해해야 하는 과목이다. 내가 왜 지리학과에 안 가고 국문학과에 갔는지

지금도 이해하기 힘들다. 나는 국어 성적은 그렇게 좋지 않았다. 지리 과목은 지도를 이해하면 어려울 게 없다.

지금 생각하니 지도는 다른 세계로 통하는 창이었다. 나는 그 창을 들여다보고 싶었던 거다.

포항 호미곶에 김정호가 7번 갔고, 여기가 가장 동쪽이다, 라고 말했다고, 인터넷 검색으로 살펴보니 그렇게 되어 있다. 과연 그럴까? 그 출전은 어딜까? 그게 없다. 검색의 한계다. 그걸 확인하려고 『대동지지』를 주문한 거다. 아마도 다른 소득이 있을 것이다. 「대동여지도」와 『대동지지』를 보며 김정호의 세계를 잠시 들여다 보아야겠다.

한국 어부와 일본 어부의 차이점

참치를 잡는 일본 방송을 보니, 일본 어부의 공통점을 발견할 수 있었다. 고기를 놓치거나 못 잡았을 때, 일본 어부는 모두 비슷하게 말한다.

"분하다, 다음에는 꼭 잡고 말거다."

한국의 선장이나 어부는 고기를 못 잡거나 조황이 좋지 않을 때 대부분 이렇게 말한다.

"바다가 주는 만큼 가져가야죠."

이렇게도 말한다.

"용왕님이 다음에는 주시겠죠."

어느 나라 어부가 좋다는 게 아니다. 그렇다는 거다.

한국에도 '다차'를

러시아에는 '다차' 문화가 있다고 합니다. 우리말로 번역하면 주말농장, 텃밭이 있는 별장, 정도의 뜻입니다. 1970년대 러시아 정부가 도시의 직장인들에게 600㎡, 그러니까 약 200평 정도의 땅을 무상으로 공급하면서 러시아 도시민의 70% 정도가 다차를 소유하게 되었다고 합니다. 러시아 사람들의 상당수가 주말농장에서 감자나 채소류를 자급자족한다고 합니다. 땅넓은 러시아니까 가능한 일입니다.

우리나라도 주말농장을 가진 분들이 많아지고 있습니다. 하지만 서울과 같은 대도시 주변에 주말농장을 가진다는 게 여간 힘든 일이 아닙니다. 게다가 주말이면 차가 밀려 생고생이지요. 돈과 시간이 필요하다는 것이지요. 하지만 농경민의 후예인 한국의

대다수 도시인들은 텃밭에 대한 로망이 있습니다.

인구가 줄고 있습니다. 2020년은 20세기 이후 순인구 감소를 기록한 첫 해가 됩니다. 정부가 무슨 일을 해도 인구는 줄게 되어있습니다. 농촌 지자

체가 아무리 발버둥을 쳐도 인구는 늘지 않습니다. 백약이 무효입니다. 생각을 바꿔야 합니다. 인구감소 시대에 맞는 국가로 개조해야 합니다. 인구가 줄어야 우리 후손이 더 쾌적하게 살 수 있습니다. 우리 세대는 너무 많이 태어나 개고생하고 살았습니다. 앞으로도 요양병원, 심지어 죽어도 화장터 미어터집니다.

대도시 주변부터 대규모 한국판 다차로 바꾸어 나가는 것도 대안 중의 하나입니다. 대구, 광주, 대전이 그렇게 하기 좋은 도시입니다. 대구로 예를 들자면, 군위·청도·의성 등 인구 감소 군(郡) 지역에 '다차'를 집단으로 만들어서 희망하는 대구 시민에게 적당한 가격에 임대하는 겁니다. 공유 '다차'도 좋습니다. 아이 낳으면 돈 준다는 허황한 정책을 펴지 말고 미래를 보는 정책으로 사고의 패러다임을 바꿔야 합니다.

멍게에 문어 안주로 초저녁에 한잔하고 자다가 새벽 두 시에 일어나, 한 없는 우국충정에 한 소리합니다. 송시열같이. 이제 영락없이 쓸데없는 노인네가 되었습니다. 하 영감이 되었습니다.

표절과 국민작가시대

곽모란 사람이 글을 잘 쓴다 싶은 페친 몇 분의 글을 도용해서 자신의 브런치에 올린 사건이 발생했다. 이게 무슨 일인가 싶어 살펴 보았더니, 구조적인 문제가 있었다.

브런치 자체가 우선 작가라는 호칭을 받고 싶어하는 사람들의 지적 허영심을 이용해서 장사하는 플랫폼인 것 같았다. 그리고 부크크라는 출판사에서 출판을 해준다고 하는데 이게 기존의 출판과는 다른 형태다. 기존 출판은 책을 먼저 제작하고 서점에 출고하면 독자가 사가는 형태다. 온라인 서점에서 사는 것도 마찬가지다. 이런 출판 형식에서는 치명적인 단점이 있다. 재고 처리와 반품이 바로 그것이다.

예컨대 하응백의 소설 『남중』을 초판 3천 부 찍었다고 하자. 교보문고에 500부를 출고하고, 다른 오프라인 서점에도 합쳐서 1,500부를 출고하고, 1,000부는 주문이 더 들어오면 내보내려고 창고에 대기시킨다.

2년이 지나도 교보에서 300부밖에 팔리지 않았다면, 교보는 출판사에 200부를 반품한다. 다른 서점 1,500부에서도 800부가 반품되었다(물론 다

가정이다). 근데 반품된 1,000부는 서점 서가에 오래 진열되어 있어 훼손으로 인해 새책으로는 팔 수가 없다. 이렇게 하여 초판 3천 부 중에 서점으로 나간 2,000부 중 1,000부가 반품이 들어오고, 출고도 못한 1,000부, 합쳐서 2,000부가 창고에 처박혀 있다면, 출판사는 시간이 흐르면 2000부를 폐기할 수밖에 없다. 창고 점유 비용을 계속 감당하는 거보다는 폐기가 그래도 경제적이기 때문이다.

초짜 출판사 사장이었을 때 한 트럭 분량의 책을 자르고(폐기하고), 종이값으로 받은 이십 몇만 원으로 소주를 마시면서 피눈물을 펑펑 흘렸던 적도 있다. 이젠 담담하게 한 트럭 정도는 자르지만.

이 폐기하는 책에는 종이값, 인쇄비, 제본비, 심지어 인세까지 다 들어가 있는 경우가 많다. 하응백은 초판 인세 3천 부를 받았는데, 2000부를 폐기했으니, 출판사가 2000부 인세와 제작비는 다 날린 셈이다. 안 팔렸다고 작가에게 인세를 돌려달라고 할 수도 없다.

여기서 좀 달라진 게 있다. 예스24나 알라딘이나 교보 온라인 같은 인터넷 서점의 활성화로 반품이 확 줄었다. 주문 후 출고이니 오프라인 서점보다 반품이 획기적으로 준 거다. 어쨌거나 책 한 권 만든다는 게 여러 위험요소를 감수해야 하니 출판사는 자선사업이 아닌 다음에야 책의 출간에 신중할 수밖에 없다. 하응백 같은 신출내기 작가 책을 내서 그러니, 성석제 같은 좋은 작가 책을 내면 한 30만 부 나갈 거고, 그러면 출판사 사장은 압구정동에 아파트를 살 거다. 그러니 출판사로서는 인기 작가, 좋은 기획에 목매다는 거다. 그 다음에 완성도를 높이기 위해 없는 지혜를 짜내고 홍보하기 위해 페북 등에 글을 올리느라 밤이 새도록 눈이 침침해질 때까지 스마트폰 화면을 두드린다.

그런데 요즘은 편집툴과 복제 기술의 발달로 새로운 출판 형식이 나타났다. 소량 주문 자가 편집생산이 바로 그거다. 한글로 편집해 PDF파일로 변환시켜 바로 프린트하여 제본하면 된다. 표지도 복사집 표지처럼 해도 되고 저자가 9만 원 정도의 돈만 내면 칼라로 그럴듯하게 만들어 준다. 출판사 등록이 되어 있으니 ISBN만 따주면 된다. 만약 국립도서관 등에 납품도 한다면 저자는 대여섯 권 정도의 책값만 지불하면 된다. 이렇게 하여 120페이지 정도의 책을 150,000원 정도의 가격으로 주문 후 복사, 제본 우송한다. 부크크라는 출판사가 이렇게 출판, 판매를 하는 것으로 보인다. 새로운 출판 사업모델이다. 소비자 입장에서는 아주 적은 비용으로 책의 저자가 되어 지적 허영심을 만족시키는 외에도 혹 자기 책이 팔려서 압구정동에 아파트를 살지도 모른다는 꿈을 꿀 수도 있다. 이런 책을 냈다 하고 그 분야의 전문가 혹은 권위자 행세를 하며 또 다른 분야로 진출하여 일확천금을 노릴 수도 있다.

출판사 입장에서는 플랫폼 만들어 놓고 작가라고 해주면, 자기들이 공짜로 글 올리고, 편집, 교정 다 봐서 표지 사서 최소 수십권은 사가니, 이런 좋은 일이 어딨나. 선금 받고 후제작이어서 반품 염려 없고… 누이 좋고 매부 좋은 출판 사업 모델이라 하겠다. 간단하게 말하면 소량 다품종 자비출판 사업모델이 등장한 것이다. 복사기가 좋아지고 복사비가 싸져서, 그리고 플랫폼 구축비용이 싸져서, 즉 기술 발달이 이런 결과를 가져왔다.

조선시대 문집 하나 간행하려면 집 서너 채 가격이 들어갔다. 책은 인격이고 품위고 심지어는 목숨 같은 것이어서 신중에 신중을 가해 글을 쓰고 모으고 다듬고 했다. 현대에도 기성 출판은 글의 완성도를 높이는 데 출판사도 같이 노력하는 데 비하면, 요즘 새로운 플랫폼을 활용한 자비출판 형식의 출판은 출판사 입장에는 참 좋아졌다. 그러니 표절이 이리도 쉽게 발생하는 한 원인이 되기도 한다. 검증 절차가 없거나 소홀하니 말이다. 참 쉬운 시대가 되었다.

영화 안 봐도 사는 데 지장없다

나 때는 그랬다. 70년대 후반 조세희의 『난쏘공』, 이문열의 『사람의 아들』, 김성동의 『만다라』를 읽지 않으면, 사람들과 만나도 할 이야기가 없었기에, 문과 대학생 정도 학력 이상이라면 누구나 그 소설 정도는 읽었다. 누가 시킨 게 아니다. 자발적으로 그랬다.

요즘은 사람들이 영화를 그렇게 본다. 〈자산어보〉니, 〈미나리〉를 보았다는 소리가 여기저기서 들린다. 〈기생충〉도 어마어마한 인구가 보았을 거다.

하지만 난 안 본다. 영화관에 안 간 지 한 5년은 되었을 거다. 마지막으로 본 영화가 〈명량〉이다. 〈서편제〉 이후로 영화관에서 본 영화는 10편도 안 된다. 저 녀석들이 내 책, 내 출판사에서 낸 책도 안 보는데, 내가 왜 그 녀석들이 만든 영화를 보나.

시나 소설을 보지 않고도 살아가는 데 아무 지장이 없듯이 영화 안 봐도 살아가는 데 아무 지장이 없다. 앞으로도 안 볼 것이다. 언젠가 말했듯이 봉준호가 내 소설 『남중』을 읽었다고 전해 오면, 그때 〈기생충〉을 볼지 생각해 보겠다. 지난 추석에 궁중파에서 〈기생충〉을 방송하여 공짜로도 볼 수 있었지만, 보지 않았다. 보나마나 『남중』이 〈기생충〉보다 훨씬 뛰어난 예술 작품이다. 인생은 자존심이다.

누가 이기나 보자. 문학평론가로, 소설가로 끝까지 버티겠다.

조선구마사와 한산도, 그리고 통영 세병관

〈조선구마사〉란 드라마가 방영 2회 만에 종영되었다고 합니다. 드라마를 거의 안 보지만, 이 드라마 예고편을 보면서 충녕대군이 등장하는 좀비 드라마라, 그냥 가볍게 깊이 생각하지 않고 다만 황당하다고 생각했습니다. 충녕대군이 누굽니까? 바로 훗날의 세종대왕입니다. 이순신 장군과 함께 한국인이 가장 좋아하고 존경하는 역사 인물입니다.

경남 통영에 가면, 바로 앞바다에 한산도가 있고, 통영시내에 세병관이란 조선시대 건물이 있습니다. 한산도에는 1593년 초대 삼도수군통제사에 임명되었던 이순신 장군의 통제영이 있었습니다. 통제영이란 요즘으로 하면 해군사령부란 뜻이지요. 여기서 장군은 그 유명한 시조, "한산섬 달 밝은 밤에 수루에 홀로 앉아…"를 읊었던 것입니다. 그후 통제영은 몇 차례 옮겼다가 전쟁이 끝난 후인 1603, 4년경 제 6대 삼도수군통제사 이경준이 두룡포로 옮겼습니다.

두룡포가 지금의 통영입니다. 이경준은 그 무렵 해군기지 건설에 착수했고, 1605년에는 큰 건물을 지었습니다. 당시 건물로는 지금까지 유일하게 남아있는 국보 305호인 세병관입니다. 세병은 병장기를 씻는다는 뜻입니다. 전쟁이 끝났다는 뜻이기도 하죠. 이경준이 붙인 이름일 텐데요. 저는 왜 하필 이런 이름을 붙였을까 하고 생각하다, 이순신 장군을 떠올리고 바로 답을 찾았습니다. 조선 수군의 입장에서 보면 임란을 끝낸 사람은 바로 이순신 장군입니다. 병장기를 씻게 한 당사자가 장군이죠. 그러니 세병관은 결국 이순신 기념관이란 뜻입니다.

통영은 전체 도시가 조선 최고의 해군기지였지만, 일제 강점기에 세병관을 제외한 다른 건물은 대부분 없애버리고, 일본은 그들의 항만으로 개조를 했습니다. 그렇다고해도 통영에서 장군의 흔적은 지울 수가 없었죠. 한산도의 제승당, 충렬사, 세병관 등의 유적은 통영을 이순신의 땅으로 각인시킵니다. 하기야 통영이란 이름 자체가 삼도수군통제영의 준말이고, 또 1955년부터 1995년까지 통영시를 장군의 시호를 따서 충무시라 했으니 통영의 시작과 끝이 이순신 장군인 거죠.

이렇게 우리 국민의 사랑을 받는 분이 바로 이순신 장군입니다. 그런데 장군에 버금가는 분이 세종대왕입니다. 서울 광화문 앞거리 이름이 세종로죠. 세종로에서 대왕은 앉아서 서 있는 이순신 장군의 뒤통수를 지금도 자애롭게 바라보고 있습니다.

대한민국 국민은 행정수도를 충청도 조치원 부근으로 옮겨놓고 이름을 세종시로 붙였습니다. 그만큼 세종대왕을 좋아한단 얘기죠. 그런데 일개 드라마가 세종대왕을 욕되게 하려고 했습니다. 그러니 당연히 심한 저항을 받죠. 세종대왕과 이순신 장군 건드리면 큰코, 작은코 가릴 것 없이 다칩니다. 2회 방영하고 드라마가 막을 내렸으니, 배우와 스텝에게는 참 안된 일이지만, 한편으로 그런 황당한 드라마의 막 내림은 통쾌하기도 합니다. 세종대왕의 용안에 피칠갑을 하면 불쾌합니다.

털게와 함께 하는 작은 인문학

전공은 아니지만, 제가 게에 대해서는 좀 압니다. 우리나라 게 중에 민물게는 참게라 해서 섬진강, 임진강 등에서 지금도 잡히죠. 이 참게장의 맛에 대해서는 작고하신 박완서 선생이, 『그 많은 싱아는 누가 다 먹었을까』에서 자세하게 묘사해 놓았습니다. 고시조나 한시에 많이 등장하는 자해(紫蟹)도 대부분 이 참게였을 것으로 추측합니다.

서해안에서 많이 잡히는 게가 바로 꽃게입니다. 꽃게에 대해서는 다들 아시니 생략하구요. 동해안에서 잡히는 게는 대게, 홍게, 털게 등이 있습니다. 광해군 때 사람인 허균이 「도문대작」에서 가장 맛있다고 한 건 삼척대게입니다. 이건 요즘 흔히 말하는 영덕대게와 같은 종입니다. 대게는 구룡포, 영덕, 울진, 삼척 등 동해 중남부 지역 수심이 좀 얕은 데서 잡히고 지역별로 맛의 차이는 크지 않습니다. 영덕대게나 울진대게나 삼척대게나 다 비슷하다는 뜻입니다. 그런데 허균은 왜 삼척대게를 최고로 쳤을까요? 그건 허균이 삼척부사를 지냈기 때문입니다. 부사였으니 제일 좋은 거 먹었겠죠. 영덕이 외가였던 고려말의 이색(李穡)은 나이 들어서 자해(紫蟹)를 먹고 싶지만 못 먹어 한스럽다고 했습니다. 이때 자해는 영덕대게였을 겁니다.

「도문대작」은 허균이 귀양 가서 장난삼아 쓴 글입니다. 제목은 푸줏간 앞에서 입맛을 다신다는 뜻입니다. 강릉 대갓집에서 태어나 전국의 산해진미를 섭렵한 뒤에 귀양가 먹을 게 궁하니, 상상으로 자기가 먹은 음식 중 맛있는 걸 나열한 글이 바로 「도문대작」입니다.

동해에서는 홍게도 많이 납니다. 대부분 수심 깊은 곳에서 잡히죠. 맛은 대게보다 못합니다. 동해 북부 지역에는 보통 사람들이 잘 모르는 게가 또 하나 있습니다. 바로 털게입니다. 겨울철 동해 북부 지역에서 잡히는데, 속초 중앙시장에 가면 가끔 볼 수 있습니다. 몸통에 털이 덮혀 있고, 상당히 비쌉니다. 이 털게는 북한 함경도 지역, 러시아 연해주, 일본의 홋카이도에서도 많이 잡힙니다. 홋카이도에서는 털게를 특산으로 홍보하죠. 홋카이도 오타루에서 털게 요리를 먹은 기억이 납니다.

정작 말하고 싶은 게는 바로 왕밤송이게입니다. 3, 4월이 제철이고 남해 거제, 통영, 남해군, 여수 등지에서 잡힙니다. 동해의 털게와 거의 같은 종인데, 구분하기가 좀 힘드네요. 왕밤송이게가 좀 작고 오각형이고 붉은빛이 돈다고 할까요. 맛을 보니 털게와 거의 흡사합니다. 털게나 왕밤송이게나 모두 그 장이 맛있습니다. 별미 중 별미죠. 요즘이 제철입니다. 한 10분 찌고 5분 뜸 들여 손가락 빨아가며 뜯어먹으면 됩니다.

옆에 누가 없었으면 하는 맛입니다.

통영 박경리 선생의 묘소에서

　　1994년이었던가. 박경리 선생의 『토지』가 완간되었다. 당시 〈현대문학〉에서 『토지』에 대한 평론 청탁이 와서, 16권으로 완간된 그 긴 소설을 두 번이나 읽고, 「토지론」을 썼다. 얼마 뒤 박경리 선생이 전화를 주셨다. 그 긴 걸 다 읽고 명쾌하게 정리를 잘했다고 치하하셨다. 집으로 와서 밥 한 끼 먹자고 하셔서 원주로 갔다. 국을 한 솥 끓여 놓으셔서 잘 먹고 온 기억이 난다. 그리고는 그 무렵 몇 번 뵈었다.

　　통영에 자주 갔지만 늘 낚시하러 바다로 쏜살같이 달려가느라 선생의 안식처에 한 번도 가질 못해서 이번에는 낚시 포기하고 선생을 찾아뵈었다.

　　봄꽃이 만발할 준비를 하고 있었다. 선생은 높다랗게 앉아 미륵도의 능선과 통영 영운리 바다를 보고 있었다. 평생 외롭게 사셨는데, 여기도 좀 외롭겠다는 생각을 했다.
　　[하 선생, 다 외로운 거야. 그래도 가끔 하 선생 같은 이가 찾아와서 괜찮아. 고기 많이 잡아 먹어. 담배는 잘 끊었네. 쓰레기는 버리지 말고.]

문학은 법에 앞선다

지금은 없어져 버렸지만 여성동아문학상이 있었다. 1970년 1회 수상자가 바로 박완서 선생이었고, 수상작품이 『나목』이었다. 1990년대 이후 한동안 여성동아문학상 심사를 했다. 어느 해였던가. 심사를 하면서 별 이견이 없이 수상작을 선정했는데, 편집부에서 연락이 왔다.

"여자가 아닌데 어떡하나요?"라고 심사위원인 내게 물어왔다. 여성동아문학상은 응모조건에 여자만 응모 가능하다고 되어있다. 그런데 당선자의 주민등록번호 뒷자리가 1로 시작하니 당선자가 법적으로는 남자였다. 작품은 트랜스젠더의 가슴 아픈 이야기를 차분히 전개한 그런 내용이었다. 내가 읽기에 지은이는 정신적으로 여성이 분명했다. 그래도 법적으로는 남자였기에 문제의 소지가 있었다. 본인은 여자라고 항변하는데, 법적으로는 분명 남자다. 이걸 어떡하나.

그래서 내가 딱 1초 생각하고 여성동아 편집부에 분명하게 말했다.

"문학은 법에 앞선다. 그 사람은 여성이다. 내가 책임진다. 당선시켜라."

내 말을 듣고 여성동아 편집부는 법적인 남자를 여성동아문학상 당선자로 결정했다. 시상식 때 그녀의 어머니가, 아들이었다가 딸이 된 자식의 수상 소감을 듣고 통곡을 하는 바람에, 시상식장은 눈물바다가 되었다.

나도 눈시울이 벌개진 채로 축사를 했다.

"문학은 법에 앞선다"라는 명언은 그때 탄생했다. 니체도 칸트도 아니다. 하응백이 처음 말했다는 걸 여기서 분명히 밝힌다.

서울에 살다 보면

조계사 건너편에서 종각 쪽으로 조금 올라가다 보면 농협 건물이 나옵니다. 이 건물이 조선중앙일보가 있었던 곳입니다. 여운형이 사장이었고, 고경흠도 기자였고, 소설가 김남천이 잠시 이 신문사에서 기자를 했었죠. 고경흠은 제주 사람인데, 전설적인 인물입니다. 초창기 카프의 주동자였던 박영희, 김기진을 2선으로 후퇴시키고, 도쿄에서 임화와 김남천을 조종하면서 카프를 실질적으로 장악했던 인물이 바로 고경흠이라고 할 수 있죠.

여운형이 혜화동 로터리에서 암살될 때 그 차에 같이 타서 피 흘리는 여운형을 서울대병원으로 모신 사람도 고경흠입니다. 김남천은 초창기에는 고경흠의 아바타였지만 나중에는 독자적인 길을 걷죠. 그런 인물들이 함께 일하던 공간이 바로 이 건물입니다.

조선중앙일보는 일장기말살사건으로 정간되었다가 얼마 못 가 폐간되죠. 처음 조선중앙일보의 윤전기가 흐려서 일장기를 지워도 일제 강국이 눈치를 못 챘답니다. 동아일보 이길용 기자도 손기정선수 일장기를 지웠죠. 동아일보 윤전기는 성능이 좋아 일제 당국이 알게 되죠. 그래서 동아일보도 정간. 이길용은 감옥에 가고요. 이길용 기자는 우리나라 최초의 스포츠기자라 평가받는 인물입니다. 1920년대에 울릉도 기행문을 남기기도 했습니다. 당시의 울릉도 상황을 알 수 있는 매우 귀한 글이죠. 1950년 납북되었는데, 그후 행방불명입니다.

조선중앙일보 건물 바로 뒤로 우리나라에서 공인 제일 오래된 음식점 〈이문설농탕〉이 있습니다. 원래 이 자리에 있었던 건 아니고 우미관 뒤쪽에 있다가 도심 재개발로 인해 여기로 옮긴 거죠. 이 집에서 가끔 낮술하는 못된 인간들이 꽤 있습니다.

이 집에서 100미터 정도 인사동으로 가다 보면 외환은행 옆에 400년 된 회화나무가 있습니다. 이 정도 나무라면 충분히 서울시의 보호수로 지정되어야 마땅하나 무슨 연유인지 보호수로 지정되지 않았습니다. 율곡 이이의 집이 있었던 자리 부근이라고 합니다. 여기가 풍수지리적으로는 과붓골이라네요. 뭐 이런 건 저야 믿지 않지만요. 그냥 이야기거리입니다.

낮술 마시면서 이런 이야기를 하다 보면 두 병, 세 병이 금방 비워집니다. 절대로 무리하시지 말기 바랍니다.

낚시질의 갑질

'질'의 갑질에 대해 사과드립니다.

접미사 '질' 때문에 벌어진 일입니다. 우리 말이 참 재밌기도 하고 어렵기도 합니다. 제가 낚시 사진을 올리니 어떤 페친이 "낚시질 참 잘하시네요"라는 덕담조의 댓글을 달았습니다. 그런데 어제 밤 음주 후 제가 좀 과격해져서, "'낚시질'이라고 하는 건 낚시를 비하하는 말입니다. 오입질, 서방질…" 이런 답글을 달았더니, 그 분은 깜짝 놀라 저에게 사과를 했습니다. 오늘 보니 상처를 입었는지 저를 '페삭' 했더군요.

제가 페삭당하는 거야 상관없지만, 좀 께름칙해서 사전을 좀 찾고 생각해 봤더니 제가 '질'의 뜻과 용례를 잘못 알고 있었던 겁니다.

'~질'은 여러 용례가 있네요. 해루질, 뜨개질, 비누질, 부채질, 낚시질, 군것질, 저울질 같은 경우는 어떤 행위를 한다는 뜻의 중립적인 말이네요. 서방질이나 오입질도 중립적인 용어 같습니다. 선생질, 중질, 갑질 이런 건 어떤 노릇이나 역할을 말하는데 이 때는 상당히 부정적으로 들립니다.

어쨌거나 제게 댓글을 단 분께 제가 엉뚱한 '갑질'을 했습니다. 사과드립니다.

시조이야기

네이버 오디오클립 〈하응백의 시조이야기〉 100회까지 마무리하였다. 지난 2018년 10월부터 2019년 6월까지 9개월 동안 계속 연속 방송되어 완료되었다. 네이버에 로그인만 하면 언제든지 다시 들을 수 있다. 사라지지 않고 책처럼 남아 있다.

네이버에 로그인해서 오디오클립-하응백의 시조이야기-로 들어오면 100회까지 들을 수 있다. 물론 모두 공짜다. 시간으로 따지면 총 25시간, 대본 원고지 분량으로는 5,000매 이상이다. 1회부터 50회까지는 김선향 시인이, 51회부터 100회까지는 권현형 시인이 대본 작업과 녹음 작업을 함께 했다. 역사와 인물, 가객과 기생과 사대부의 이야기가 많다. 시간의 때가 타도 유효한 이야기여서 당장은 인기가 없지만 두고두고 많은 사람이 들을 것이다. 책 수십 권 분량의 이야기가 압축되어 들어가 있다. 스마트폰으로 들으면 편하다.

시조라서 열광적인 인기는 없지만 들어보면 재미있다. 마늘을 까는 등의 단순 작업을 할 때나, 잠이 오지 않을 때 들으면, '좋아요'를 누르는 거 보다

백번 유익하다.

　방송이라 여러 명이 협업을 해야 해서 좀 힘든 작업이었지만, 어쨌거나 책처럼 세상에 또 하나의 뭔가를 내놓았다는 점에서 보람도 있다. 100회 딱 한 편만 들어보시라. 그러면 다른 회도 궁금해질 것이다. 중후한 저음의 하응백 목소리와 생기 찬란한 두 여성 시인의 목소리도 잘 어울린다.

　삶의 시간은 지속적으로 일정하게 흐르지만, 어디엔가 마디가 있는 법이다. 졸업이나, 결혼이나, 책의 탈고나, 연애의 마감이나 이런 것들. 나에게는, 〈하응백의 시조이야기〉를 끝을 냈으니, 조그만 또 하나의 마디가 맺어졌다.

　김시인, 권시인 고마워요. 축하연 한 번 합시다.

군대에서 바른말 고운말 쓰기

1977년쯤이었을 거다. 문예반 지도 선생님이 날 불러 말씀하셨다.

"문교부 시책인가 뭔가로 해서 우리 학교에도 바른말 고운말 쓰기반을 만들어야 하니, 문예반장인 하응백이 겸직을 해서, 활동상황을 보고해라."

이렇게 해서 나는 고 2때부터 겸직에 익숙해졌다. 현재도 휴먼앤북스출판사 대표에다, (사)한국지역인문자원연구소 이사장 겸 소장에다, (사)서도소리진흥회 이사장에다가 전조선문학가조사동맹 서기장이다. 지금도 이름만 걸고 있지 않듯이, 고 2때도, 뭔가 활동을 해야 했기에, 문예부원들과 대구 남산동에서 중앙로 일대에 외래어 간판을 단 가게를 조사해서 기록하고 보고서를 만들었다. 게다가 학생들이 많이 사용하는 비속어나 은어를 조사해서 역시 보고서를 만들었다. 물론 그 보고서는 사라져버렸지만.

세월이 흘러 대학원 석사를 마치고 군대에 갔다. 석사장교 시험을 쳐서 낙방하고 난 뒤 병으로 입대를 했다. 자대 훈련소를 거쳐 철원 3사단 23연대 전투지원중대 3소대 관측병이 되었다. 아시다시피 군대는 한 문장이 세 마디라면, 그중 한 마디가 욕이다. 고교 때 바른말 고운말 쓰기반 반장이었던 나는 그게 몹시 못마땅했다. 2년쯤 지나자 드디어 기회가 왔다. 내가 소대 '왕고'가 된 거다. 왕고는 공식 점호가 끝나면, 전 소대원들을 집합시킬 막강한 권한이 있다. 나는 소대원을 집합시켰다.

"전 소대원들은 들어라. 하 병장이 말한다. 오늘 이 시간부터 우리 소대에서 욕하는 병사들은 내 손에 죽는다. 알았나?" 그리하여 3소대 병사들은 최소한 내 주위에서는 욕을 삼갔다. 내가 제대한 다음에는 아마도 또 욕하며 살았을 거다. 욕 못하게 한 나를 미친 몸이라고 욕하며 남은 군생활을 보냈을 거다.

격식을 갖추어 차려입고 관현악 반주에 맞춰 노래하다

우리의 전통가곡에는 우조(평조)와 계면조가 있고, 남창과 여창이 각각 있다. 또 초수대엽, 이수대엽과 같은 곡목들이 있다. 이 모두의 노랫말은 시조다. 이중에 소용, 남창가곡 계면조에 사용된 노랫말에 다음과 같은 시조가 있다.

> 어흠아 그 뉘오신고 건너 불당(佛堂)의 동령(動令)중이 올러니
> 홀거사(居士)의 홀로 자시는 방안에 무시것하러 와 계신고
> 홀거사님의 노감탁이 벗어 거는 말곁에 내 고깔 벗어 걸러 왔음네

이 시조에는 두 명의 화자가 등장한다. 홀로 사는 거사(남자)와 건너 불당에 사는 동령중, 즉 동냥을 다니는 여자가 바로 그 주인공이다.

먼저 한밤에 남자 거처 밖에서 인기척이 난다. 이에 거사가 "누가 오셨는가" 하자 건너편 불당에 사는 여자가 "내 올씨다"라고 대답한다. 그러자 거사가 "남자 홀로 자는 방에 무엇하러 오셨는가요"라고 되묻는다. 그러자 여

자가 하는 말이 "거사님 탕건 거는 곳에 내 고깔도 함께 벗어 걸러 왔다"고 대답한다. 대단한 익살이다. '노감탁'은 탕건의 일종, '고깔'은 여승이 쓰는 모자. '말'은 옷이나 모자를 거는 가구의 일종이다.

이 노래를 국립국악원에서는 격식을 갖추어 차려입고 관현악 반주에 맞춰 아주 엄숙하게 불러야 한다.

독후감은 고통

몇 년 전에 서울시 모 구청에 자원봉사를 1년 정도 한 적이 있습니다. 구민 책읽기 운동에 대한 자문과 여러 책읽기 활성화 아이디어를 내는 그런 역할이었죠. 한 1년이 지나자 구청에서 구청장님을 모시고 여러 구청 관계 공무원 및 구의원이 둥그렇게 모여 확대회의를 했습니다. ○○구 구민 독서 활성화 대책회의… 이런 회의 자체도 참 우스운 것인데, 회의가 진행되면서 한 여성 구의원께서 이렇게 발언하시더군요.

"아이들에게 책을 많이 읽히고 반드시 독후감을 쓰게 하자."

그래서 제가 물었습니다.

"의원님, 책 읽으면 반드시 독후감 쓰십니까?"

제 질문이 황당했던지 구의원은 대답을 못 하더군요. 제가 이어서 말했습니다.

"제 직업이 독후감 쓰는 겁니다. 문학평론가란 게 결국 독후감 쓰는 겁니다. 그런데 저는 쓸 때마다 고통스럽습니다. 아이들은 더 고통스러울 겁니다. 반드시 독후감을 써야 한다면 그 독서가 얼마나 고통스럽겠습니까? 독서는 아이들에게 즐거움을 주는 방향으로 가야 합니다. 어른들은 아이들이 책을 읽었다는 걸 꼭 확인해야 합니까? 그냥 주위에 책이 있는 환경과 책 읽을 수 있는 공간과 시간을 제공하면 됩니다. 책 읽는 녀석들도 있고 안 읽는 녀석들도 있겠죠. 그러면 어떻습니까? 그냥 내버려 둡시다."

뭐 이런 식으로 이야기했죠. 그날 회의는 그런 회의가 늘 그렇듯이 악수나 하고 끝났습니다.

다음날 제게 전화가 왔습니다. 악에 바친 목소리였죠. 전날 독후감 발언을 하다 제게 제지당한 구의원이었습니다. 구의원님 말씀의 요지는 당신 뭐냐? 그렇게 잘 났냐? 우리 구에 발도 못 붙이게 하겠다, 뭐 그런 거였습니다. 그래서 제가 잘 됐다, 이제 당신 구에 안 가겠다, 자원봉사 그만하겠다, 고맙다, 그랬죠.

근데 전 그 약속을 못 지켰습니다. 가끔 그 OO구에 술 마시러 가거든요.

새벽에 잠이 깨어 왜 그 생각이 났는지, 참.

가거초는 멀다

연휴 마지막 날 머나먼 남해 가거초로 출발합니다. 서울에서 가장 먼 곳입니다. 버스로, 배로 11시간을 달려야 도착합니다.

저녁 8시 버스 탑승. 진도 서망항으로. 낼 새벽 2시 출항. 만재도, 가거도 지나 가거초로. 가거초는 가거도 서남방 47km 지점에 있습니다. 예상 도착 시간 내일 아침 7시. 가거초는 1927년 일본군함 일향호가 암초에 걸려 좌초하면서 일향초라고 불렸던 곳. 2006년 해양과학기지가 세워지면서 가거초라는 우리 이름을 찾은 곳입니다. 머나먼 그곳으로 처음 갑니다. 겨울이면 우럭의 소굴이라고 알려진 곳. 낚시꾼에겐 꿈의 해역입니다. 낼 조과는? 저도 궁금합니다.(2016년 2월 9일)

저는 낚시를 온 게 아닙니다. 가거초 사진 찍으러 왔습니다. 아침 엄청 기대하면서 낚시 시작했건만 역시 낚시는 바다가 허락해야만 할 수 있습니다. 8시부터 낱마리로 몇 마리. 이러자고 가거초 온 게 아닌데. 선장이 이따 물돌이 시간에 많이 올라올 거라고 방송을 하네요. 11시 정도. 물이 썰물에서

밀물로 바뀌는 시간. 물돌이 혹은 정조대라고 하지요.

그런데 말입니다. 갑자기 동풍이 세게 불기 시작합니다. 바다의 하얀 이빨이 드러납니다. 배가 밀리고 탁물이 형성됩니다. 아. 그러면 경험적으로 보아 낚시는 끝입니다. 서해는 동풍이 쥐약입니다. 낚시꾼이나 어부에게는.

12시. 선장이 철수하자고 합니다. 그래야만 합니다. 동풍이 더 세게 불면 맞바람이라 귀항이 몹시 힘들어집니다. 해가 있을 때 서망항으로 가야 안전합니다. 세 시간쯤 달렸을까요. 선장이 배를 멈추고 선실에서 나가서 화장실도 가고 담배도 피우라고 합니다. 파도칠 때 배가 운항하면 배 선실은 잠수함처럼 됩니다. 좁게 포개 짐이 되어 잠만 자지요. 전화도 터지지 않습니다.

선실에서 나오니 〈삼시세끼〉의 만재도가 보입니다. 잠시 선장과 이야기합니다. 여기까지만 오면 일단 안심이랍니다. 내만권이고 파도가 아무래도 약하다는 거지요. 두 시간 더 가면 귀항입니다. 낚시하러 와서 바이킹 많이 타고 갑니다. 선실에 누워 있으면 온몸이 붕 떴다가 텅하고 떨어집니다. 허리 조심해야 합니다.

저는 낚시하러 온 게 아니라 사진 찍으러 가거초에 왔다가 덤으로 농어 새끼 두 마리. 우럭 10여 마리 얻어서 그리운 뭍으로 갑니다. 아직도 항구는 멀기만 하고, 항구에서 내가 사는 도시는 더 멀리, 아주 멀리 있습니다. 오늘 안으로 갈 수 있을까요? 그래도 한두 주 지나면 또 병이 도질 겁니다. 무서운 병입니다.(2016년 2월 10일)

지도와 인간

엄마는 삯바느질을 했다. 대구 달성동 331번지, 방 다섯이 있는 마당 넓은 집에서 방 넷은 세주고 정지가 있는 큰방에서 엄마는 늘 발틀을 밟았다. 아침, 잠에서 깨면 자근자근 틀을 밟는 소리, 자르륵자르륵 기계음이 들린다. 아침을 먹고 동네 한바퀴를 돌고, 마당에서 펌프질도 좀 해보고 그러다 보면, 동네 아낙들이 한둘 집으로 모이기 시작한다. 삯바느질감을 맡기러 오기도 했고, 그냥 수다를 떨러 오기도 했다.

엄마가 '산통'의 '오야'였기에, 늘 아낙들이 모여들었다. 산통이란 서울말로 하면 계다. 오야는 일본말이겠지만 계주를 뜻했다. 서울은 18개월 계가 많았지만 대구계는 13개월짜리가 많았다. 산통의 설계 원리는 단순하다. 13개월 짜리라면 오야 외에 12명의 회원이 필요하다. 10만 원 통이라면 12명이 각각 돈을 내 10만 원을 만들면 된다. 그 돈을 번호순대로 타가는 데, 1번은 첫 달에 타가는 대신 돈을 많이 낸다. 1번은 매달 만 3천원, 12번은 7천원, 이런 식이다. 오야는 돈 안 내고 마지막 13번째를 탄다. 1번은 원금을 곗돈보다 더 많이 내야 하지만, 1960년대 중반 사채 이자가 월 4부, 5부였으므로 사채보다는 쌌다고 봐야 한다.

장사를 하거나 조그만 공장을 하는 사람들은 앞번호를 선호하고, 월급쟁이는 뒷번호를 좋아했다. 그러니까 엄마는 아버지를 협박해서 달성동 집 한 채를 산 다음, 생활비로는 손을 벌리지 않았다. 주특기인 삯바느질을 하고, 산통 오야를 하고, 그렇게 해서 목돈이 좀 모이면 사채를 놓았다. 그걸 다 엄마 혼자서 한 건 아니다. 충실한 조수가 있었으니 그게 바로 나다.

내가 초등학교 입학 전에 한 일은 요즘 말로 하면 택배일이다. 삯바느질은 아낙들 치마와 저고리가 대부분이다. 아낙들은 옷감은 서문시장에서 끊어와 엄마에게서 치수를 잰다. 그리고는 돌아가는데, 이때 그 아낙 집까지 내가 따라간다. 예를 들면 동규 엄마를 따라가서 동규 엄마집을 알아 놓고 기억에 담는 일이다. 하루나 이틀 후 치마 저고리가 완성되어 엄마가 보자기에 싸주면 그걸 들고 동규 엄마집으로 가서 배달 업무를 마치곤 했다.

달성동, 원대동, 대신동 일대가 골목도 많고 상당히 복잡했지만, 6살 7살 무렵 나는 그 일을 한 번도 실수없이 수행했다. 그걸 동네 아낙들이 매우 신기해 했다.

"자는 우째 저래 길을 잘 아노."

나도 내가 우째 그리 잘 아는지 모른다. 타고난 방향감각 같은 거여서, 지금도 내가 어디에 있던 동서남북을 정확히 인식한다. 가끔 누구와 대화를 하다가 그 누구가 저기 종로경찰서 쪽에서 걸어 왔는데, 하면서 손으로 방향을 가리키면, 그 방향을 유심히 보고, 종로경찰서는 그쪽이 아니고 이쪽이라고 수정해준다. 그러면 그 누구는 대단히 황당해한다. 대화의 맥을 끊는다는 걸 알면서도 방향이 틀리면 지적하지 않고는 참을 수가 없다.

세월을 되감는다. 그때 꼬마 때 방향이 틀리면, 옷 배달이 꼬인다.

배달의 신동이 바로 나였다. 배달을 잘하려면 방향을 알고 집을 기억하는 것만으로는 부족하다. 배달 대상의 특징도 잘 기억해 두어야 다음 배달 때 집과 주인공을 연관 지을 수 있다. 이를테면 붉은색 루즈를 좀 진하게 바른 아낙이라면 나는 그걸 '빨강 구찌베니'로 기억한다. 그러면 그 아낙의 집은 시간이 지나도 '빨강 구찌베니'를 떠올리면 쉽게 찾아갈 수 있는 거였다. 그러한 별명은 거의 모든 고객들에게 붙여져 있었지만 정작 당사자들은 그 사실을 몰랐다. 다만 엄마는 내가 그런 별명을 붙이는 걸 알고, 가끔 재미삼아 물어볼 때가 있었다. 그럼 내가 빨강 구찌베니, 하면 엄마는 맞네, 맞네 하면서 웃느라고 배꼽을 잡았다.

　내가 고객의 특성을 파악하고, 정확히 배송한 게 6살 때부터다. 아쉽다. 정말. 내가 배달의 민족 창업주가 되어야 했는데 말이다. 아마존을 창업했다 해도 모자라지 않는데 말이다. 내가 왜 그런 창업을 못 했는지 나는 안다. 내게 또 하나의 장점이 있었기 때문이다.